アイアン・レディ

Iron Lady

二階堂黎人

原書房

アイアン・レディ

Iron Lady

目次

ゴリラ

種類　護衛ロボット、守衛ロボット他
型式　KRS-Cgcp3-M ****
製造国　日本
電子頭脳　半独立型ＡＩ、ロボット法チップ内蔵
身長　190 センチメートル
体重　145 キログラム
主な素材　軽量超合金
動力源　濃縮エネルギー（カプセル型）
最大出力　5 ダイン
武器　ロボット用マルチガン、特殊警棒
防御　制圧用超合金盾

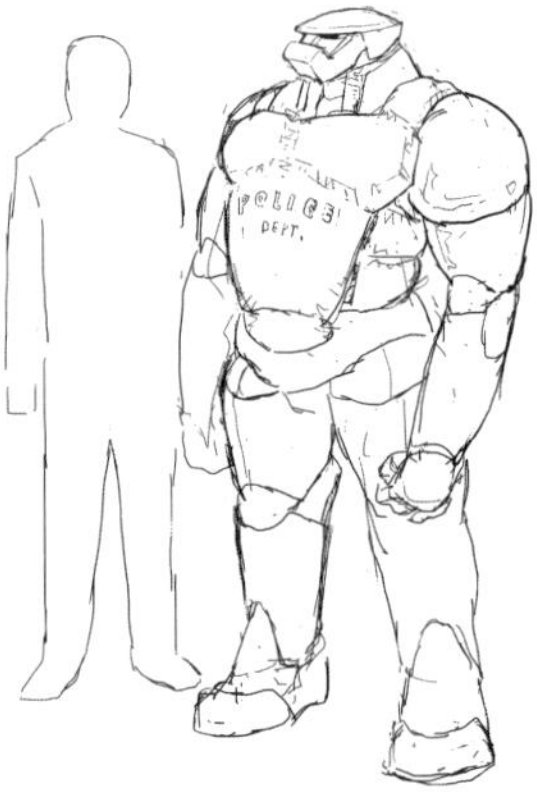

ジャイアント・ゴリラ

種類　制圧用ロボット
型式　KRS-Cgcp3-L ****
製造国　日本
電子頭脳　半独立型ＡＩ、ロボット法チップ内蔵
身長　214 センチメートル
体重　175 キログラム
主な素材　軽量超合金
動力源　濃縮エネルギー（カプセル型）
最大出力　7 ダイン
武器　ロボット用マルチガン、特殊警棒
防御　制圧用超合金盾

オクトパス

種類　地雷探知除去用ロボット
型式　？
製造国　タイ
電子頭脳　半操縦型
身長　2407 センチメートル（基準直立時）
体重　1845 キログラム
主な素材　強化合金
動力源　濃縮エネルギー（カプセル型）
最大出力　5 ダイン
特徴　万能マニュピレーター（2 腕）
備考　人命救助用格納庫内臓、地雷探知器（6 脚）

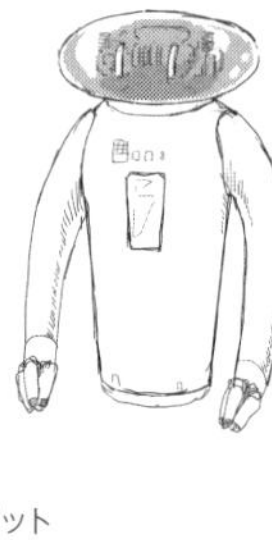

ロビタ

種類　使役ロボット
型式　RK-Dhcp4-N2 **
製造国　日本
電子頭脳　完全独立型ＡＩ、ロボット法チップ内蔵
身長　164 センチメートル
体重　111 キログラム
主な素材　軽量超合金
動力源　濃縮エネルギー（カプセル型）
最大出力　1.2 ダイン
特徴　フレキシブル・アーム

モンスター《Монстр》

種類　戦闘用大型ロボット
型式　？
国籍　ウクライナ連合
電子頭脳　半操縦型
身長　10800 センチメートル
体重　2651 キログラム
主な素材　強化合金＋軽量超合金＋特殊プラスチック
動力源　重水素燃料電池（複式貯層型）
最大出力　21 ダイン
攻撃的武器　四連機関銃、電磁パルス〔EMP〕兵器
特徴　ジェット飛行可能　キャノピー内部に操縦席付属

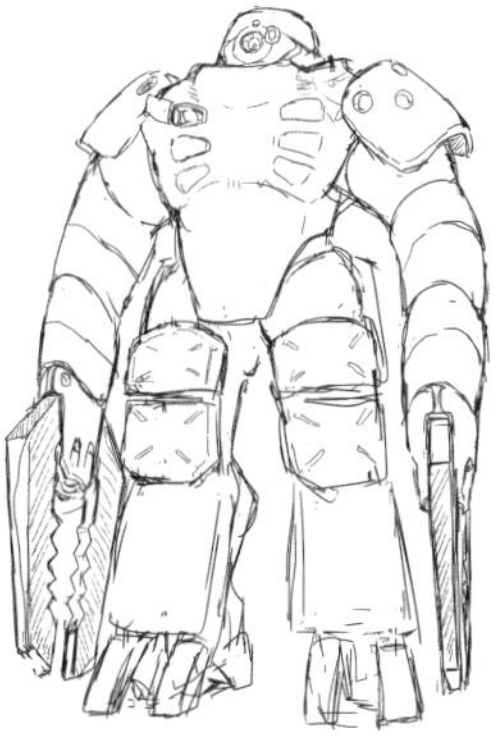

鋼鉄人間《シュタール・メンシュ》

種類　戦闘用大型ロボット
型式　？
製造国　中央ヨーロッパ共和国
電子頭脳　半操縦型
身長　５００３センチメートル
体重　２７００キログラム
主な素材　強化合金
動力源　濃縮エネルギー(充填型)
最大出力　２1ダイン
武器　4連機関銃　火炎放射器

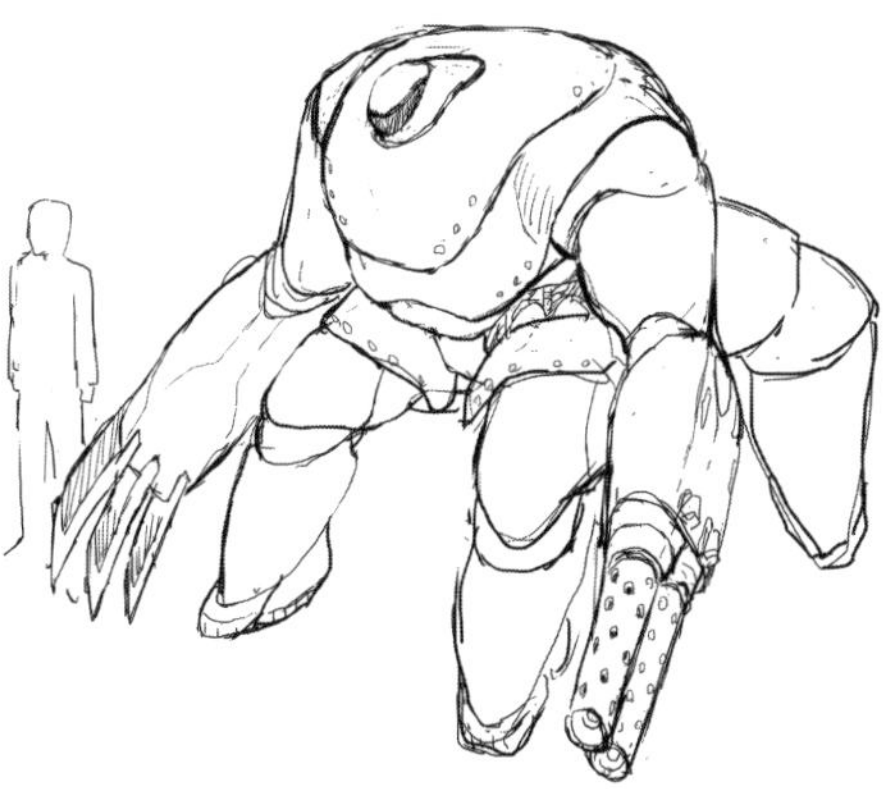

無　双《ウーシュアン》

種類　武装ロボット
型式　？
製造国　日本、中国
電子頭脳　半操縦型
身長　2000 センチメートル
体重　245 キログラム
主な素材　強化合金
動力源　濃縮エネルギー(充填型)
最大出力　8 ダイン
武器　アーム・マシンガン（左腕）
備考　土木工事用ロボットを改造

主な登場人物

永明光一（28）　えいめいこういち。連州捜査局捜査官。
レオナ（0）　アンドロイド（女性型ロボット）。
薬丸洋之輔（67）　やくまるようのすけ。ロボット工学博士。科学省ロボット製造局顧問。
薬丸エリカ（23）　洋之輔の娘。光一の恋人。故人。
薬丸ユリカ（23）　洋之輔の娘。〈ロボット撲滅同盟〉メンバー。
郷土健作（47）　ごうどけんさく。連州捜査局捜査部長。
山下秀介（22）　やましたしゅうすけ。永明の部下。捜査官。
小嶋陽夏（27）　こじまはるか。司令部の通信担当官兼情報分析官。
明科五郎（35）　あかしなごろう。テロ対策課長。
山居響子（32）　やまいきょうこ。明科の部下。捜査官兼情報分析官。
青田敬行（26）　あおたけいこう。捜査官。
マック堀口（44）　まっくほりぐち。元傭兵。
張秀英（40）　チャン・シューイン。中国人マフィア〈龍眼《ロンイェン》〉の若頭。
島貫正夫（35）　しまぬきまさお。暴力団〈黒魔団〉幹部。
ルドヴィク・ドレサル（63）　ロボット工学博士。チェコ人。
李冰冰（41）　リー・ビンビン。ロボット科学者。中国人。

プロローグ

その一帯は真っ暗で、まったく人気《ひとけ》がなかった。腐ったような闇と静寂が蔓延していたが、近辺からは、断続的に、パトカーや救急車のサイレンの音、女の悲鳴、男の怒声、銃声などが聞こえてきた。

物騒な場所であるのは間違いなかった。

そうなったのは、三年前――二〇二七年の七夕《たなばた》の日――に起きた静岡・神奈川大地震が原因だった。マグニチュード9の直下型地震で、大きな揺れは十五分間にもわたり、余震は一ヵ月近くも続いて、この両地域に甚大な被害を与えた。

横浜港は、海底隆起と津波とで壊滅的な状況に陥り、未だに復旧の目処が立っていなかった。

隣接する港湾倉庫地帯も惨憺《さんたん》たる有り様で、煉瓦やコンクリート造りの倉庫は、半分以上が倒壊していた。

道路には地割れが目立ち、倒れた電柱などが片付かずに行く手を塞いでいる場所もある。残った倉庫もすべてシャッターが壊され、荷物や貯蔵品は略奪されてしまい、中には埃とゴミしか残っていなかった。

そんな倉庫地帯の一角に、ライトを煌々《こうこう》と点けた、黒塗りの中型コンテナ・トラックが静かに入って来た。ボディに装甲板が貼られ、窓も防弾ガラスに取り替えられていた。

その窓の一つには、赤い蛇が絡み合う印が描かれている。間違いなく、中国人マフィアのトラックだった。

左右に半壊状態の倉庫が四つずつ並び、奥に大きな倉庫が一つある。行き止まりだった。トラックは、かなり奥まで進み、方向転換してから停車した。エンジンとライトは点けたままである。

ほどなく、ドアがあき、運転席と助手席から二人の男が出てきた。どちらも強面《こわもて》で、屈強そうな東洋人だった。短髪で若い方の男が、コンテナを見上げ、リモコンを兼ねた、スマートフォンを操作した。

すると、コンテナの右半分がゆっくり開いた。そこには、身長が二メートルはある、ごつくて黒々としたロボットが二体、しゃがんだ姿で収まっていた。

若い男が、スマートフォンに向かって中国語で言った。

「よし。外へ出ろ」

――グガアァッ！

ロボットたちは油圧制御に起因する作動音を上げて、ゆっくりと立ち上がった。半円形の頭にある三日月形の一つ目が、赤く光る。そして、太い四つの足を動かし、ズシン、ズシンと重たい音を立てながら地面に下りた。

ロボットは、土木工事用のものを改造して、武装させていた。右手の先は三本指の鉤爪、左手の先は機関銃になっている。太い足はバランスを取るために短めで、胴体は洋梨を逆さまにしたような形をしていた。

この武装ロボットを、中国人たちは〈無双《ウーシュアン》〉と呼んでいる。力は強いが頭は弱い。簡単な状況判断は行なえるが、あくまでも、操縦者の命令がないと動くことはできない。

「俺たちを守り、相手が来たら、その動きを見張っていろ」

若い中国人は、スマートフォンを使ってさらに命令した。

武装ロボット二体は、トラックの前まで進んだ。両手の先を持ち上げると、待機の姿勢を取った。

五分ほどして、中型の装甲車が低速でやって来た。煤《すす》や泥、銃弾を受けた痕で汚れきっており、屋根にはこれ見よがしに、自動装塡型の二連ショットガンまで設置してあった。ペンキで側面に描かれた印を見ると、地元の新興ヤクザ〈黒魔団〉の車であることが解る。

装甲車のドアがあき、背広を着た痩せぎすの男と、背の高い、スキンヘッドの黒人男が出てきた。二人ともサングラスをかけていたが、暗視機能が付いているのは間違いなかった。

中国人たちはかすかに身構え、拳銃を手にした。ロボット二体も、重々しい足音と共に一歩前に進んだ。

最初に声を発したのは、痩せた日本人の方だった。

「嫌だなあ。そんな物騒な武器はしまってくださいよ。おっかねえロボットも要りませんぜ。今日はただ、お互いの利益になるよう、商談に来ただけなんですから」

答えたのは、年配の中国人だった。流暢《りゅうちょう》な日本語を喋った。

「信用はできない。お前たちと俺たち〈龍眼《ロンイエン》〉は、縄張り争いをしている最中だ。お前たちが、罠を張っていないとも限らない」

　痩せぎすの日本人は肩をすくめ、せせら笑った。

「まわりを見てくださいよ、〈龍眼〉のアニキ。罠なんてものはありませんぜ。俺たちもこのとおり、丸腰ですしね。信用がおけないと言うのなら、武器探知器か何かで調べてみたらどうです？」

　言うまでもなく、若い方の中国人は、先ほどからスマートフォンのディスプレイで、周囲の危険を確認していた。

「――大丈夫です」

　と、彼は低い声で言い、小さく頷いた。

「で、本当なのか、〈黒魔団〉の若頭さんよ。ＵＵＣＶ型レーザー・ライフルが手に入るというのは？」

　と、年配の中国人は疑う口調で、相手に尋ねた。

「ええ、本当ですぜ」

「五十丁もか」

「そうです」

　と、答え、日本人は黒人男に合図した。

　黒人男は、車の中から一丁のライフルを取り出した。アメリカ海軍特殊部隊シールズが使うＭ５Ｅ３カービン銃に似ている。黒人男は武器の安全装置をはずし、両手で持って構えると、斜め後ろを向いた。

　痩せぎすの男は、その間にも説明を続けた。

「イスラエル製の最新兵器です。聞いているでしょう。西アフリカ連合国へ大型ヘリで輸送中に、そいつが海に墜落して、荷物が行方不明になった話を。

もちろん、その積荷というのが、ＵＵＣＶレーザー・ライフル五十丁です。俺たちは、それを手に入れることに成功したんですよ。それで、これは、その内の一丁なんです。見本に持ってきたというわけですぜ」

「実際に撃てるのか」

中国人はまだ疑っていた。

日本人は、自信満々に答えた。

「もちろんでさあ。しかも、この大きさで、ＰＡＴＴＯＮ－５Ｆ型戦車に装備されている重火器型レーザー砲と同じ出力が出せるんですぜ。物凄い威力で、びっくりしますよ。

その上、エネルギー・カプセルも充分に小さい。見てのとおり、カービン銃の弾倉とほぼ同じ大きさですからね。にもかかわらず、最高出力のレーザー光線を二十分以上照射できる――というわけで、これほど、何にでも役立つ携帯型の武器は他にはないと思いますね」

これまでのレーザー・ライフルは、強力なものはたいてい照射部と光線発生装置が分離されていた。威力が増せば、ますます発生装置は巨大化し、携帯性に欠けてしまう。それは仕方がないことだった。

ところが、こいつは、アサルト・ライフルの機関部とストックを倍の厚さにしたくらいの大きさしかない。そういう点では、確かに画期的な武器であった。

「よし、威力を見せてさしあげろ」

痩せぎすの男は手を上げ、黒人男に合図した。無口な部下は引き金の指を曲げた。

その途端、UCVレーザー・ライフルのジェネレーターが高周波の音を発し、先端からは目映《まばゆ》い光の照射が始まった。

黒人はライフルの先を、左から右にゆっくりと振った。レーザー光線がレンガの壁に当たると、物凄い蒸発音が生じて四人の耳を劈《つんざ》いた。倉庫二つが、ほぼ水平に動く光線の威力によって、真っ二つに破壊——切られて——いった。

黒人が引き金を戻すと、あたりの暗さが一瞬にして戻った。そして、地面から二メートルほど上のあたりを切断された倉庫は、自らを支える力を失った。轟音《ごうおん》を立てながら上半分が垂直に崩れ落ちて、下半分を押し潰し、もうもうたる土煙を巻き起こした。

中国人は思わず後退りし、顔をそむけた。

「——どうです、〈龍眼〉のアニキ。たった数秒で、あれだけの大きさの倉庫を簡単に切り裂き、ぶっ壊してしまったんですよ。厚さ十センチの鋼鉄の壁だって、難なく穴をあけられる威力を持っているんですぜ、この武器は」

と、日本人は自信に満ちた顔で言った。

中国人は、額に浮かんだ冷や汗を手の甲で拭った。

「ああ、確かに凄い威力だ。それで、どうやって、お前たちはこの武器を手に入れたんだ?」

「それは絶対に秘密でね、言えませんや」

痩せぎすの男は、またニヤニヤした。

「一丁、いくらだ?」

中国人が細い目をさらに細め、用心深く尋ねた。

「百万クレジット。ただし、この一丁は見本なので、三十万クレジットで譲りますよ。他に、エネルギー・カプセルが銃と同じ数だけあります。そっちの値段はまけて、一個五万クレジットですね。あと、急速充電器が二台あるが、それはおまけしますぜ。専用品で、他の武器には使えない代物なんでね。

それから、今、俺たちが実効支配している港湾地区の北側を、この先ずっと、俺たちの縄張りだと認めてほしい。それで、この武器をすべて、そちらにお譲りしますがね」

「値段が高い。それに、縄張りまで寄越せだと。どこまで欲張りなんだ」

年配の中国人は、苦々しい声で言った。

「ですが、この武器が大量に手に入ってごらんなさい。あんたたちは無敵になるんですぜ。警察だろうが、連州捜査局だろうが、もう太刀打ちできない。

それに、あんたたちは、最近、川崎地区を牛耳るロシア人マフィアと揉《も》めているそうじゃないですか。これで商談成立なら、俺たちは、あんたたちの仲間になるってことですぜ。ならば、ロシア人マフィアは俺たちの敵になる。一緒にやっつけるなんてことも、場合によってはありそうですな」

と、日本人は下卑た笑いを浮かべ、誘惑した。

「だが、量が量だ。もう少し安くしてくれ」

中国人は仲間と目を見合わせ、皮算用しながら頼んだ。

「解りました。じゃあ、一丁八十万クレジットだ。それ以上は安くなりませんよ。断わるなら、この話は余所《よそ》に持っていきますからね」

「何で、お前たち自身がこの武器を使わない？」

「知ってるじゃないですか。俺たちは、合成麻薬と売春で儲けるんですよ。荒っぽいことは、そんなに好きじゃないんでね」

と、日本人は真面目な声で言い、仲間に目配せした。

黒人男が安全装置をかけてから、武器を中国人たちの方へ放り投げた。右側のロボットの足下に転がり、ロボットたちは赤い目と、左手の機関銃の先を、レーザー・ライフルに瞬時に向けた。

黒人男はその他に、発煙筒くらいの大きさのエネルギー・カプセルを二つ、放り出した。

「これも、サービスだ」

黒人男が、渋い声で、恩着せがましく言った。

若い方の中国人が、恐る恐る前に出てそれらを拾った。そして、ロボットの後ろまで下がった。相手を信用しておらず、用心を怠るつもりはなかったようだ。

痩せた日本人は、四つ折りになっている紙状電子パッドをポケットから取り出した。それを広げて、ディスプレイを指でなぞる。

「中国の銀行のオフショア口座番号です。ここに、手付けとして、三十万クレジットを振りこんでくださいよ」

「ああ、よし」

中国人の方も、上着の内側から紙状電子パッドを出した。それを広げ、口座番号が表示されているのを見て、必要な文字と数字を打ちこんだ。

「終わったぞ」

中国人は、電子パッドを片付けながら言った。

「――ええ。確かに振りこまれました。ありがとうございます」

日本人は金額を確認してから、ニンマリと微笑んだ。

「残りは？」

「準備できしだい、連絡します――」

それだけ言うと、日本人は黒人男と共に装甲車に乗りこみ、ゆっくりとバックして、その場から消え去った。

暴力団の装甲車が見えなくなると、年配の中国人は嬉しそうに微笑んだ。

「さあ、俺たちも撤退しよう。これで、例の仕事もうまくいくだろう」

「そうですね。間違いないでしょう」

レーザー・ライフルを大事そうにかかえていた部下は、それをトラックの助手席に置いた。それからスマートフォンを使って、ロボットたちに、コンテナの中に戻るように命じたのだった。

第1章 爆弾魔

1

その二日後。

二〇三〇年六月十一日火曜日。

連州捜査局捜査官の永明光一《えいめいこういち》は、かなり不機嫌だった。

理由は三つある。一つは、事件を解決したと思ったら、新たな事件が発生して寝不足だったからだ。

永明が、自分の事件――幼児誘拐事件――の捜査のために奥州の仙台に来たのが、昨日の昼。犯人を捕まえて警察に引き渡したのが、深夜零時過ぎ。ようやくベッドに入ったのが、明け方の四時近く。東北支部からの緊急通報が入り、叩き起こされたのが午前六時半。そして、猪苗代湖近くにある別荘地へ到着したのが、午前七時半頃――というわけだった。

二つめの理由は、先週、新たに供与された護衛ロボットの新型〈ゴリラ〉が、やたらに融通の利かない奴だったことだ。その前に使っていた旧型〈ゴリラ〉は、わりと無口であった。ところが、今度の奴は電子頭脳が進化したせいか、永明のすることなすことに文句を付けてきた。

「永明捜査官。それは規則違反です――」

「永明捜査官。それは法律に反する行為です」

などと、感情のない合成音で注意をしてくる。

永明は、その度、カッとして、

「ロボットは、人間様の命令を黙って聞いていればいいんだ！」

と、言い返した。

けれども、〈ゴリラ〉は表情をほとんど変えず――というか、変える能力がなくて――また次の機会に、同じような注意をしてくるのだった。

「とにかく、生意気なことを言うな！」

と、感情的になった永明は、大声を出した。

〈ゴリラ〉というのは、護衛ロボットの通称である。身長は百九十センチメートル。外観はプロレスラーのようにマッチョで、顔もぶこつだ。ヘルメットを被ったような頭とチンガードによって、顎の出っ張ったゴリラに似ている。しかも、その威圧的な外観どおりの怪力だった。

そんな図体のでかい〈ゴリラ〉が同乗しているのだから、狭苦しくて仕方がない。しかも、車自体が、〈ドーベルマン〉と呼ばれているロボット型捜査車両だった。操縦席には、上半身だけが人間に似せられたロボット運転士が設置されている。

〈ドーベルマン〉という通称は、前席のドアが、ガルウイング形だったことから付いたものだ。それを跳ね上げた格好が、犬の垂れ耳に似ているらしい。もちろん、犯人を追う警察犬と、犯人を追う車、という類似点が前提となった渾名《あだな》だった。

この〈ドーベルマン〉も、先週、新型に切り替わったばかりだった。だから、新車の匂いがプンプンしていた。

永明はドライブ好きで、犯罪現場などに向かう時も、できれば自分で運転をしたかった。ところが、これも局の規則で禁じられていたのである。人間の運転より、ロボットの運転の方が安全だからという理由で。

永明が不機嫌な三つめの理由は、事件現場に、彼の苦手な――というか、頭の上がらない――女性が待っていることだった。

山居響子《やまいきょうこ》といい、永明より四歳年上の、三十二歳になる捜査官兼情報分析官だ。現在の部署は異なっているが、以前は、彼の指導員だったこともある。そのせいか、今でも彼女の前に出ると、どうしても萎縮してしまう。

響子は、連州捜査局に入局する前は、日本自衛軍の陸軍隊員だった。所属部署は諜報部。鍛え上げられた体は一流のボディービルダーのよう。性格はさっぱりしていて、姉御肌だった。

その響子が〈爆弾魔b362号〉を発見し、本部と東北支部に報告を入れたのである。支部はただちに、永明の居場所を確認して、命令を下した。

「山居捜査官を援助して、爆弾魔を捕まえてくれ」

――と。

彼女の一番近くにいた捜査官が、永明であった。

ベッドを出た永明は〈ドーベルマン〉に飛び乗り、現場へ急行した。指定された場所は、磐梯山《ばんだいさん》の麓にある自然公園の側だった。隣接した森の中に、広い別荘地があった。といっても、一九八〇年代後半のバブル景気の頃にできた場所で、親会社はとうに潰れており、荒れ放題だった。使われている建物もごく少数だ。

　別荘地の指定された駐車場へ行くと、赤くて古いRV車が止まっていた。プラグイン《PH》ハイブリッド《EV》のトヨタ・プラドだ。その右側には、響子の〈ドーベルマン〉が停車していた。

「そのRV車の後ろに止めろ」

　永明は、ロボット運転士に命じた。相手が逃げられないように、邪魔な位置に車を置くことにしたのだ。

　響子も永明も、護衛ロボットと共に車から出た。ロボットは体重があるため、ガッシ、ガッシと足音を立てた。動作の度に、各部を動かす油圧サーボの音もする。

「悪いわね、永明君。こんな朝早くに」

　手を軽く上げて、彼女が言った。

「それで状況は。山居さん？」

　マルチガンを握り、周囲に注意を払いながら、永明は尋ねた。小鳥のさえずり以外、特に聞こえるものはない。清涼な空気を湛えて、森は静まり返っていた。

　マルチガンは、連州捜査局の捜査官だけが携行を許可された特殊な拳銃である。切り替えによって、電撃を発するテーザー弾、殺傷能力のある通常の銃弾、熱線《ブラスター》のいずれかを発射することができた。

「このすぐ上に、古いログハウスがあるの。そこに、〈爆弾魔b362号〉が潜んでいるわ」

駐車場から、木材で仕切っただけの土の階段が上に向かって続いていた。緑の濃い樹木の向こうに、茶色く苔生《こけむ》した屋根が垣間見えた。

「そいつの素性は解っているんですか」

「ええ。顔認識データーベースで確認したわ。佐久間猛《さくまたけし》、四十七歳。無職。以前は埼玉にある私立高校で物理の教師をしていたけれど、妻を交通事故で亡くしてから精神を病み、退職したの」

「確か、下北沢と大宮の商店街で、小さなパイプ爆弾を爆発させたんですよね」

「そうよ。負傷者がそれぞれ数人出たわ。死人が出なかったことだけが幸いよ」

と、痛ましげな顔をして、響子が頷いた。

「凶行に及んだ理由は？」

「はっきりは解らないわ」

「よく、そいつを見つけましたね」

「大宮の商店街で犯行に及んだ時に、防犯カメラで姿が撮られていたのよ。それから、昨夜、高速道路のNOシステムが撮影した画像にも顔が映っていたわ。それで、支部で動かしていた顔認識ソフトが働き、引っかかったわけ。同一人物である確率が高いから、手配書を回していた私に、支部から報告が届いたのよ」

「東京からここまで、追跡してきたのですか」

と、永明は驚きぎみに尋ねた。本部では、捜査部のチームが九つあり、その中でも捜査官が単独行動を取ることも多い。だから、他のチームに所属する者の任務は、よく解らないのだった。

響子は目を細め、手を振った。

「違うわよ。奥州国立大学の医学部に用事があって、ちょうど、こっちにいたのよ。永明君も、うちの旦那のことは知っているでしょう？」

「ああ。確か、ヨーロッパ戦線で被曝して骨髄変質癌になり、闘病生活を送っているんでしたよね。こっちの大学病院に入院中なのですか」

響子の夫は報道カメラマンであった。数年前のヨーロッパでの戦争を取材中に、劣化ウラン弾に触れて被曝し、具合が悪くなったと聞いている。難病指定された面倒な病気で、かなり苦痛を伴うものであり、死亡率も高い。

「そう。幸いにも被験者に選ばれたから、実験治療を試みてもらっているの。それで、見舞いに来ていたら、支部の分析班が〈爆弾魔ｂ３６２号〉を発見して、私に連絡してきたの」

「そう言えば、あの顔認識ソフトは、山居さんの発明でしたね」

と、永明は思い出して言った。響子の情報処理の腕前は、本部の中でも一、二を争うほど優秀だ。

「元からあったものを、改良しただけよ」

と、彼女は謙遜した。

「これから、どうしますか」

「ロボットと私たちとで、容疑者を挟み撃ちにしましょう」

「解りました」

と頷き、永明は自分の〈ゴリラ〉の方を向いた。森の奥を指さして命じる。

「お前は、隣の別荘の方から、爆弾魔のいる別荘の裏へ回ってくれ。そして、俺たちが突入するまで待機しているんだ。合図をしたら、窓か裏口を壊してお前も入ってこい。解ったな?」

「命令受諾」

と、〈ゴリラ〉は手短に答え、さっそく、隣の別荘の方へ歩いていった。

響子は、左手の甲に貼ってあるフィルム型スマートフォンをタップした。通称はフィルフォン。薄くて小さいが、多機能な通信装置である。甲の上に、九センチ×十六センチのホロ・スクリーンが立ち上がり、ビデオ通信が可能になった。

「――これから、〈爆弾魔b362号〉の家に、永明捜査官と共に突入します」

「了解、山居捜査官。すでに応援チームを差し向けてある。また、警察の支援も頼んだ。別荘と自然公園の出口は、警察が封鎖してくれる」

支部の担当官の返事を聞き、永明はマルチガンを握りなおした。その時、響子が小道の方へ顔を向けて、ハッとした表情を見せた。

つられて永明が振り返ると、低木の間にある土の階段を、誰かが下りてきたところだった。アーミー調のジャンパーを着た、長髪の中年男だった。向こうもこちらを見て、顔色を変え、あわてたのが解った。

「待ちなさい! 佐久間!」

響子が叫び、彼女と永明はマルチガンの銃口を相手に向けた。

爆弾魔の方も何か喚《わめ》くと、右腕で左腕の手首をつかみ、その左腕を前に突き出した。短い棒を握っていて、手首には銅色のリングが巻きついている。

響子と永明が引き金を引くより早く、爆弾魔の武器の方が何かを発射した。青白い閃光を伴った空気の輪のようなもので、それが何重にも広がり、永明たち二人を素通りし、〈ドーベルマン〉や〈ゴリラ〉をも素通りした。

「止まれ！　佐久間！」

永明は怒鳴りながら、マルチガンを撃った。しかし、何も起きなかった。抵抗なく、引き金がカスカスと動いただけだった。インジケーターも消えている。

その上、〈ゴリラ〉と〈ドーベルマン〉も、乱れた電子音を奏でたかと思うと、急に動作を停止してしまった。

〈ドーベルマン〉はエンジン音が途絶え、ライトが消えただけだったが、〈ゴリラ〉の方は膝を折り、ズシンと重たい音を立てながら前のめりに倒れた。その際に、後ろからのしかかる感じで、響子を下敷きにしたのだった。

2

「山居さん！」

永明は思わず声を上げた。

「大丈夫。いいから、あいつを捕まえて！」

顔をしかめて、ロボットの太い腕の下でもがきながら、響子が大声で命じた。

爆弾魔は階段を駆け上がり、別荘の方へ逃げていった。

永明は頭を切り換え、全力でその後を追った。

「ちくしょう！　何で奴は、電磁パルス兵器《EMP》なんかを持っていやがるんだ！」

男が左腕に握っていた武器が、強烈な電磁波を発したのである。その攻撃によって、電気を用いた武器やロボットが、瞬時に作動不能に陥ったのだ。

爆弾魔の別荘は、がっしりした木材で作られたログハウスだった。そこに逃げこむだろうと永明は予想したが、違っていた。男は母屋の左後ろに立つ、物置に駆けこんだ。

「――永明捜査官、指示をお願いします」

ガサッと音がして、灌木の間から出てきたのは、永明の〈ゴリラ〉だった。母屋の裏に回ったはずだが、物音を聞いてやってきたのだろう。

「おい、脅かすな！」

と、永明は八つ当たりした。

「指示をお願いします」

と、護衛ロボットはまた、抑揚のない声で言った。

「待機だ」と命じて、「特殊警棒を貸せ。それから、爆弾魔は電磁パルス兵器を持っている。奴の真正面に立つんじゃないぞ」

と、彼は強く言った。

護衛ロボットは、腰に付けていた特殊警棒を手にした。スタンガン機能が付いた電撃棒である。

「何をするのですか、永明捜査官」

「まずは偵察だ。それから物置に入り、奴を捕まえる。もしも、奴が出てきたら、お前が取りおさえろ」

「危険です。私が中に入ります」

「だめだ。たった今、山居捜査官の〈ゴリラ〉と〈ドーベルマン〉二台が、電磁パルス兵器でやられたところだ。お前だって、絶対にぶっ倒れるぞ」

「それでも、規則に従えば、あなたより私が、先に突入するべきです。手順ではそう規定されています」

「今は規則の話をしているんじゃない。黙って、俺の命令に従え！」

永明は強く命じ、ロボットから特殊警棒を奪いとろうとした。すると、〈ゴリラ〉は永明の肩をつかみ、強く突きとばしたのだった。

永明は後ろにあった茂みの中に、背中から倒れこんだ。そして、そのまま、斜面を転がり落ちてしまったのである。

「すみません。私はロボット法と連州捜査局規則に則り、あなたの安全を優先します」

そう言うと、〈ゴリラ〉は躊躇《ちゅうちょ》することなく、半身に構え、物置の木製のドアに体当たりを加えたのだった。

その途端、物置が中から爆発した。

爆発音があたりに響き渡り、地面も地震のように揺れ、ロボットの大きく重い体も、広がる爆風と一緒に吹き飛んだ。

倒れたままの永明が、草叢《くさむら》の中から物置を見上げると、物置の大半がなくなっていた。火薬の匂いをばらまきながら、火炎と黒煙が渦巻き、バチバチと音を立てて木材が燃えていた。

3

燃えているのは物置だけではなく、近くの灌木の枝にも、何ヵ所か火が点いていた。〈ゴリラ〉に突きとばされていなければ、永明も爆弾でやられていただろう。

「俺って強運の持ち主だな」

と、自虐的に呟き、永明は用心しながら斜面を登った。その間に、マルチガンをリセットした。幸い、内部の機構は壊れておらず、すぐに使用可能になった。

永明は、物置の横に回って、壁の割れ目から中を覗きこんだ。すると、奥の床に、黒焦げになった男が倒れていた。首は九十度折れ曲がっており、口からは血と唾の混ざったものが流れ出ていた。

間違いなく、死んでいる。

その時、響子が階段を駆けてきた。車の備品である消火器を持っていた。

「怪我は？」

「僕は何ともないですが、ロボットがあのとおりですよ」

と、永明は灌木と雑草の間に倒れている〈ゴリラ〉を指さした。頭がもげており、上半身と下半身も潰れた上に破壊されていた。

永明は彼女から消火器を受け取り、鎮火作業にかかった。

響子の方は、ロボットの損傷を確認しながら、

「何があったの？」

と、彼に尋ねた。

「俺が止めたのに、〈ゴリラ〉が俺を突き飛ばして、ドアに体当たりをしたんです。そうしたら、いきなり爆発しました。たぶん、爆弾魔の奴が火薬の量を間違えたんじゃないですかね。奴自身も、爆発の巻き添えになってしまいましたからね」

「なるほどね。犯人も死んで、高価な護衛ロボットもスクラップになったわけね」

響子は、半ば咎《とが》めるように言った。

「まあ、始末書ものかもしれませんね」

と、永明も落胆ぎみに言った。

確かに、犯人が死んでしまったのはまずかった。犯行動機などの自供を取れないからだ。

しかし、ロボットが壊れたことについては、何とも思っていなかった。あれは単なる機械だ。家にある電化製品が壊れた方が、よっぽど悲しい。

響子はフィルフォンをタップし、支部の担当官に、簡単な報告を入れた。

それから、永明を伴って母屋に入った。

あの男が〈爆弾魔ｂ３６２号〉であったことは、すぐに確実となった。地下室があり、そこのデスクの上に、作りかけの爆弾や、設計図、部品、火薬などが散乱していたからである。

「次は、仙台駅近くの商店街を狙うつもりだったみたいね」

デスクの上にあった地図を指さし、響子は眉をひそめた。街の詳細な地図が印刷されていて、赤いチェック・マークが描きこまれていた。

「本当ですね。少なくとも、あいつの犯行を食い止めることができて幸いでした。被害者を、これ以上出さずに済んだわけですから」

と、永明は安堵《あんど》して言った。こういう時には、捜査官をしていて良かったと心から思う。

「永明君。ここ全体を写真に撮っておいて。私は応援チームや警察の人たちと話をしてくるから」

「解りました」

すでに、サイレンの音が近くで聞こえていた。響子が地下室を出ていくと、永明は言われたとおり、入念に写真を撮った。身分証のカードが、薄型カメラにもなっているのだ。

二名の鑑識官が来たので、永明は彼らに場所を譲り、母屋を出た。駐車場に戻ると、応援チームや警察の邪魔にならないよう、響子が自分たちの〈ドーベルマン〉を移動している最中だった。

すでに、彼女の車は駐車場の一番奥に場所を移していた。

響子は、ガルウイング・ドアを引き上げ、永明の〈ドーベルマン〉の運転席を覗きこんでいた。

「――壊れていませんでしたか」

その後ろから、彼は尋ねた。

強力な電磁パルス兵器を使われると、電子機器がお釈迦になることも珍しくない。ロボット運転士はガクリと頭を落としており、完全停止している。

「私の車は動いたから、あなたの車も大丈夫でしょう」

響子は、ダッシュボードの操縦モジュールから、制御用カートリッジを引き抜いた。三インチのスマートフォンくらいの大きさである。

ドアの下から出てきた響子は、永明に言った。

「車のメモリーは、パルスを浴びて消去されてしまったわ。だから、このカートリッジにあなたの認識番号をもう一度書きこんで、リセットすればエンジンがかかるはず。私の〈ドーベルマン〉は、それで命を吹き返したから」

「じゃあ、走行記録や行動ログも真っ白ですね」

と、永明はがっかりして言った。そうなると、自分で報告書を作成せねばならない。

彼は、響子から制御用カートリッジを受け取り、フィルフォンと接触させて認識番号を書きこんだ。そして、車に戻して、リセット・ボタンを押した。

「さあ、復活しろ」

永明は独りごちて、起動スイッチを押した。

ビュイーンという甲高い電子音がすると、ダッシュボードとロボットのすべてのインジケーターが点灯し、点滅しながらセルフ・チョックを始めた。同時に、

「——異常はありません。走行可能です」

と、ロボット運転士がすぐに言った。

永明は尋ねた。

「何か覚えているか」

「何か、とは、何でしょうか。具体的にお願いします」

ロボット運転士は尋ね返した。

「お前は、俺を知っているか」

「認識番号と、連州捜査局捜査官データーベースを比較すれば、永明捜査官本人であると認められます」

「あのな。お前と俺は、昨日からずっと行動を共にしてきたんだぞ。その記憶はあるかと訊いているんだ」

「ありません。それに、走行距離はゼロです」

それを聞いて、永明は肩をすくめた。

「いつもと同じで、可愛げがない。問題はなさそうですよ、山居さん」

永明はそう言いながら外に出て、車の前を覗いた。制御用カートリッジに書き込まれている登録番号と、彼の免許証番号が、液晶ナンバープレートに表示されている。

「そう。じゃあ、永明君。この車も向こうに移動しておいて」

山居はそう命じると、犯人のＲＶ車を点検するため、ドアに近づいた。無論、即座にノブを触るようなことはしなかった。この車にも、爆弾が仕掛けられている可能性があるからだ。

応援チームの持ってきた爆弾探知器を使って、まずは、ＲＶ車全体のスキャンにかかった。

結局、〈爆弾魔ｂ３６２号〉と、彼の別荘の捜査は、夕方まで続けても終わらなかった。佐久間猛は単独犯であり、犯行も個人的な怨恨か、妄想に由来する線が強かった。家の中をくまなく調べたが、彼がどこかのテロリスト団体に属しているという証拠も出てこなかった。

ただ、電磁パルス兵器や違法通信機の部品なども出てきて、パソコンを調べると、そうしたものを組み立てては、ネットの闇サイトで販売していたらしかった。それで得られた利益を、爆弾の部品の購入費や生活費に充てていたらしい。

何にしろ、警戒レベルが下がり、響子の取り計らいもあって、永明は先に帰還することが許されたのだった。

第2章　連州捜査局捜査官

1

午後四時過ぎ。

永明はロボット型捜査車両に乗って、東京へ戻るところだった。壊れた〈ゴリラ〉は支部に置いてきたから、車内が広々と感じた。

奥州高速道路に入ると、ロボット運転士は超高速レーンに車を進め、電波誘導型自動操縦に変えた。同時にリニア駆動に切り替わり、タイヤがボディ内に収納されると、細かい振動も消えた。車体は路面の上に浮遊した状態になり、速度もすぐに時速二百キロまで上がった。

超高速レーンは、通常レーンの上にある。つまり、道路が二階建てになっているわけだ。下のレーンを走る車の半分は、まだ昔ながらのナンバープレートを付けているが、超光速レーンを走る車や新型車両のものは、液晶型になっている。車自体のナンバーの他、運転者が携帯する免許証のＩＣを読み取って、その番号も表示している。

「俺は寝るから、本部に着いたら起こしてくれ」

と、永明はロボット運転士に言い、背凭《せもた》れを倒して目を瞑《つむ》った。

連州捜査局の本部は、東京の立川にある。官庁街が昭和記念公園の周囲に新しく創られた時に、永田町にあった警視庁と連州捜査局本部のビルも一緒に移転して、統合したのだった。十五階建ての二つのビルは同じ外観で、三階までの土台部分は共有されているため、〈ツインタワー〉という愛称で呼ばれている。

「了解しました」

ロボットの上半身がくるっと後ろへ回り、バイザー型の目を点滅させながら、律儀に返事をする。下半身は、運転装置や座席と一体になっている。

いちいち、後ろを向かなくていいのに——と、思ったが、永明は疲れすぎていて、何も言わなかった。

一般的に、日本人はロボット好きが多い。しかし、永明はどちらかというと馴染めなかった。そもそも、世の中にロボットが増えすぎたと、彼は思っていた。ロボット法の第一条には、『ロボットは人間を幸せにするために生まれてきたものである』と書いてあるが、果たしてそうなっているだろうか。

——いいや。

むしろ、ロボットが急激に増えたこの十年間の方が、不幸を感じる人間が増えている。だいいち、普通の人間の生活は不満だらけだ。二十世紀同様に、社会構造も歪《いびつ》で、政治も政治家も未熟である。世間の情勢は一向に良くならず、理想的な未来など夢のまた夢だ。

しかも、近頃は、テロを筆頭とする凶悪な事件が頻発するようになった。それは、差し迫った危機だし、世界的な大問題だった。

永明が連州捜査局の捜査官をしているのも、そこに理由があった。警察では手に負えない事件を解決するため、自分たち捜査官が存在する……。

永明は、夢うつつの状態で、そんなことを考えていた。

思い返すと、日本の不幸の始まりは二〇一七年だった。

当時、与党の首相だった安保大助《あんぼだいすけ》が、集団的自衛権の行使を閣議決定してしまった。さらに、世を挙げての反対意見を無視して、議会で多数を占めている与党の力で押し切り、憲法九条の改正――いや、改悪――にも踏み切った。つまり、平和憲法は有名無実化し、日本は他国を攻撃できる軍隊を持つ、ありきたりな国家になり下がった。

その結果、どうなったか。

北朝鮮は日本を敵国の最上位に指定し、中国との関係も悪化の一途を辿《たど》った。中国内の日本の企業が焼き討ちにあったり、日本人が暴行されたり、日本製品のボイコットが広まった。日本政府は、邦人をすべて中国から引き揚げさせ、二年後には、ほぼ国交断絶の状態に陥ってしまったのである。

また、イスラム過激派たちからは、アメリカの同盟国――というより隷属的存在とみなされ、かつてヨーロッパでよく起きたように、日本でも爆破行為などが多発しだした。つまり、テロの標的にされる――無実の人々が多数死傷する事態――が増大したのである。

中でも、二〇一九年の日比谷地下鉄爆破事件、二〇二二年の大阪城公園爆破事件、二〇二四年の札幌雪祭り爆破事件は悲惨なもので、大勢の被害者が出た。いずれも、イスラム国《IS》人による自爆テロであった。

無論、その度に、アメリカと日本の連合軍がイスラム過激派を攻撃したが、相手を駆逐することはできなかった。むしろ、敵はゲリラ化して、事態は悪化する一方だった。

二〇二五年には、北朝鮮のスパイが、新潟の柏崎原発に時限爆弾を仕掛けるという事件があった。変電所や自家発電装置などへの同時攻撃により、電力などエネルギーの半分が供給されなくなり、原子炉一号機が臨界寸前にまで至るという危機が発生した。

このように、過激で規模の大きな事件が多発しており、社会的な不安は増大するばかりだった。そこに、静岡・神奈川大地震が起きた。この地域が壊滅的な被害を受けたため、国全体にも、多大な損失と痛手が生じた。関東南部の——特に静岡の——復旧のために多くの力と金が注がれたが、二〇一一年の東日本大震災の時と同じく、再建はのらりくらりとしか進まなかった。

とにかく、毎年、何らかの大事件が起きて、連州捜査局の仕事も増えに増えていた。現場で活躍する捜査官として、永明も多忙を極め、実際問題、もう三ヵ月以上、休みを取っていなかった。いいや、取れなかったのである。正直なところ、永明の疲労もかなり溜まっていた——。

2

「——永明捜査官。本部の司令室から連絡が入りました」

ロボット運転士が、淡々とした声で告げる。

永明は瞬時に目を覚まして、頭を振りながら背を起こした。どこでも眠れるし、一瞬で起きられるのが、彼の特技であった。

「繋いでくれ。早くしろ」

彼が言ったのと同時に、運転席と後部座席の間に、ホログラム・スクリーンが立ち上がった。映し出されたのは、艶々した黒髪の、やや可愛い感じの女性だった。ショートカットで、前髪を眉の下で揃えてある。パッチリした猫目が強調されていた。

「永明さん」

「ああ、ハルカ」

彼より一歳下の、同僚である小嶋陽夏《こじまはるか》だった。司令部の通信担当官であると共に、情報分析の専門家でもある。

「帰ってくるところすみませんが、まずは報告です。昨夜から、三件の重大事件が起きています。一つは、昨夜の午後九時頃。静岡のアルファー・ロボット部品工場の近くで荷物を積んだコンテナ車が襲われ、ロボットの部品の一部が強奪されました。襲撃者は、武装した数人の人間と武装ロボット二体でした」

「どんな奴らだ？」

「黒ずくめで、顔を隠していました。サブマシンガンや強力なレーザー・ライフルを持っていたそうです。武装ロボットは〈無双〉でしたから、犯人はたぶん中国人マフィアでしょう」

「捜査には誰が当たっている？」

「明科《あかしな》さんが率いるチーム5が、出動しました」

永明は、明科五郎《ごろう》のごつい顔を思い浮かべた。本部では、一番血の気が多い中年捜査官だ。若い頃にオリンピックに出て、無差別級の格闘術で銀メダルを取っている。

「他の事件は？」

「午前中の事ですが、大宮の繁華街近くにあるマンションで、カルト宗教団体と警察との銃撃戦がありました。犯人の一人はその教団のまとめ役である三十代の男で、洗脳され、ＩＴ企業社長の娘を拉致していました。警察が彼女の居場所を特定して救出に向かったところ、いきなり拳銃を撃ってきました。

犯人は三人。教祖は六十代の女性で、自分は何も知らないと言い張っています。まとめ役の男だけが逃亡して、東京方面へ逃げました。それで、警察からこちらに協力要請があったわけです」

「俺も、その捜査に加わればいいのかい？」

誘拐や犯人逃亡など、広域捜査に関することは永明の得意とするところだった。

「今のところ、手は足りています」

「三つめは？」

「今日、昼過ぎに、千葉の成田空港に爆弾の入ったトランクが置かれているのを、警備ロボットが発見しました。その対処に、特殊火器戦術チームの者を派遣してあります。今のところ、犯人からの声明などはありません」

「それについては、俺の出番はなさそうだな」

と、永明が苦笑すると、

「実はですね、連絡を入れたのは、郷土《きょうど》捜査部長が永明さんと話をしたいそうです。ずいぶんおかんむりだから、気を付けてください」

と、陽夏は同情するように言った。

「ありがとう」

永明が礼を言った途端、映像が切りかわった。レトロな黒縁メガネをかけた上司の顔が、目の前に現われた。短髪で、黒い髭《ひげ》を生やしている。

「おい、永明」

「はい、郷土捜査部長」

「奥州での、児童誘拐事件の報告書は受け取った。よくやったな」

「ありがとうございます。最終的に犯人はテーザー弾で気絶させ、奥州警察に引き渡しました」

「その前に、通常の銃弾で肩を撃ち抜いたんだろう？」

「そうですが、仕方なくです。問題でも？」

「いいや。相手も爆弾を投げてきたし、呼びかけに応じず、抵抗したのも確認済みだ。だが、もう一つの事件では、ちょっと問題があるぞ」

「〈爆弾魔ｂ３６２号〉の件ですか」

「そうだ」

「あれは、山居さんの担当事件ですよ。俺は単なるサポートです」

だが、郷土は永明の言い訳を無視した。

「問題は、お前がまた、護衛ロボットを壊したことだ」

と、上司は太い眉をひそめ、不満そうに言った。

「不可抗力ですよ。〈ゴリラ〉が勝手に、犯人の隠れていた物置に突入したんです。ドアに爆弾が仕掛けてあって、それで、〈ゴリラ〉は吹き飛ばされました。犯人も火薬の量を間違えたらしく、命を落としましたが」

「ロボットの突入を止めなかったのか」

「止めましたよ。なのに、奴は俺の命令を無視したんです。俺にはどうしようもありませんでした」

「ロボットが危険を察知して、お前をかばったんじゃないか。お前が罠を見抜けなかったんで、ロボットが身代わりになったのさ」

　と、郷土は咎めるように言った。

「ええ。どうせ、俺には探査装置は付いていませんからね」

　と、永明は肩をすくめながら答えた。もちろん、危険は察知していたし、そのことは、上司だって解っているはずだ。

　郷土は苦い顔をした。

「いいか、永明。護衛ロボットの損失率が、お前だけ他の捜査官より高いんだ。三倍だぞ。これは、異常な数値と言わざるを得ない」

「別に、俺が故意に壊しているわけではありません。ことさらロボットを守る気もしませんが」

　と、永明は悪びれず答えた。それは、正直な気持ちだった。所詮、ロボットは替えのきく物だ。機械だ。道具だ。バッジやマルチガンなどの支給品と大差はない。

「本当に、お前のロボット嫌いにも困ったものだ」

　と、郷土は溜め息をつきながら言った。

永明は黙っていた。ある程度は事実だったからだ。

二十世紀末にパソコンがそこら中で使われるようになり、二十一世紀初頭にはスマートフォンが急速に普及した。それと同じように、ここ数年でロボットは一般化した。今では、外の世界だけではなく、家庭内にもロボットが入りこんでいる。いずれ近い内に、テレビ並みの値段と普及率になるだろう。

だが、ロボットが爆発的に増えたせいで、迷惑を被った人間も多数いる。たとえば、永明の父もそうだ。

船会社で高速フェリーの運転士をしていた父だが、ある日突然、ロボットに仕事を奪われた。再就職もうまくいかず、失意のあまり酒浸りとなった。両親はそれが引き金で離婚したし、永明も大学に入る金が不足して、いろいろと苦労した。

それだけ、ロボットが地球全体に普及しているということだ。

それには、いくつかの理由があった。

一つに、戦争に使われる軍事用ロボットの需要が高まったことが大きい。兵士の人命損失を最小限に抑えるため、代わりに戦闘用ロボットを使うようになった。危険な任務を遂行させたり、危険な場所へ行かせたりするわけだ。

人間の兵士が死ねば、誰かが責任を感じるか、悲しむだろう。しかし、ロボット兵士が破壊されても、指揮官の良心は痛まない。せいぜい、修理費や新規購入費を心配するだけである。

最近では、敵対する国がルールを定め、複数のロボット兵士同士を戦わせて、戦争の勝敗を決めることまで始まった。無人島や人のいない僻地を戦地として設定し、そこでロボット兵士同士の戦いを行なうのだ。まるで、サバイバル・ゲームか、電子機器用戦争ゲームのようにだ。

しかも、その戦争の模様はテレビで生放送される。放送権は、オリンピックのように莫大な金額でどこかのテレビ局に売られ、戦費へと還元される仕組みだった。

通常、この局地的な無人ロボット戦争では、どちらかのロボットが全滅したところで勝敗が決定する。その結果によって、参加国が事前に提示してあった要求の達成や賠償がなされる。

日本近隣では、いつも硫黄島がその戦地に当てられていて、中国、北朝鮮、ロシアなどと何度か戦っている――日本のロボットは優秀だし、武器はアメリカから調達していたので、勝率は七割を超えていた。

二つめの理由は、災害時の救助用ロボットの発展があった。日本では、東日本大震災と長野大《だい》北《ほく》地震の後、この方面で役立つロボットの研究が官民挙げて行なわれた。ロボットは急速に進化し、実用化されるようになった。

瓦礫《がれき》の山の中に潜るロボット、火災現場などから負傷者や死者を捜し出してくるロボット、重機の代わりとなる力持ちのロボット――などなど、必要とされるロボットの技能や形態は様々であった。

無論、そうした技術は軍事用のロボットにも転用された。地雷発見用のロボットや、空爆を受けた瓦礫の中から被害者を見つけ出すロボットなど、活躍の場がたくさんあったからだ。

三番めは、電気街の秋葉原で発展した、遊びに用いるロボットだ。早くからキットものや自作ものの小型ロボットのコンテストが行なわれていて、それが二つの流派に分かれていった。

片方は単純に、ロボットの美しさや技能の優秀性、先進性、用途性、携帯性を評価し合うものである。言うなれば、美人コンテストに近い。ロボットの形態や特徴、使用目的なども採点の重要な要素だ。会場は、秋葉原駅に隣接する大型展示場の秋葉原メッセと決まっている。

もう片方は、単純明快に力を競うロボット対決。ロボット同士を相撲の土俵のような場所で戦わせるのだ。戦争での生々しいロボット兵士対決の小型版というよりも、その源となった競技である。

そして、このロボット対決は、六年前から〈世界ロボッティング大会〉に昇格して、年々派手になっていた。ロボットの方も精巧かつ大型化しており、昨年からは、身長と体重を基に、スモール、ミディアム、ビッグの三つの階級が設けられるようになった。

〈世界ロボッティング大会〉が実施される場所は、須田町にある多目的催事場の秋葉原ドームだった。この大会は年一回、大晦日の夜に開催され、会場には三万人のファンが集まる。テレビ中継でも大人気で、二年目からは、ＮＨＫの紅白歌合戦の視聴率を超えるようになった。

これら秋葉原メッセと秋葉原ドームの存在によって、今や秋葉原はロボットの中心地に昇格した。一年を通して世界中から大勢の人が来て、新型のロボットを見たり、完成されたロボットを買ったり、パーツを探したり、技術情報を交換したりしている。

四つめの理由は、工業用、農業用、家庭用、医療用、看護用のロボットの発展だった。二十一世紀に入ってなおさら顕著になった日本の少子高齢化。そのため、労働力の不足が顕著化して、初めは東南アジアなどから外国人労働者を積極的に受け入れていたが、言葉の壁などもあって、あまり成功しなかった。

そこで、必然的に、ロボットの導入が推進されたのである。ことに、重労働を強いられる分野には、力のあるロボットの必要性が大であった。

さらにもう一つ、資源の少ない日本は、ある時を契機にして、宇宙開発に邁進《まいしん》することになった。そこでも当然、人力や人命の代用としてのロボットが不可欠だった。ロケットや人工衛星の建造、ロケットの乗組員、月や火星の基地の建造など、その大半の労働力としてロボットは大いに役立った。

要するに、ロボットは、退屈、不衛生、危険な仕事から人間を解放するために生まれ、進歩し、驚くほど社会全体に広まっていったのだった。そういう意味では、ますますロボットの数は増えていくだろう。これは、誰にも避けられない事態である。しかし、永明もそうだが、そうした変化に不満を持っている人間も多かった。

「――まあ、いい、永明。今後は気を付けろ。次のロボットもすぐに壊すようだったら、始末書を書かせて、降格させるからな」

郷士は、部下の顔をまっすぐに見て言った。

「解りました」

永明は素直に頷いた。

「それと関連するが、お前は本部へ帰らずに、このまま薬丸《やくまる》博士の所に行ってくれ。向こうからビデオ通信が入って、今夜中にお前に会いたいと言うんだ」

ロボット工学博士の第一人者である薬丸洋之輔《ようのすけ》の名前を聞いて、永明は眉をひそめた。胸の中に刺々しい感情が湧いてくる。長い白髪と、白髭が目立つ、偏屈な科学者――。

「何で、です？」

できれば、あの老人とは会いたくなかった。今夜だけではなく、ずっと先まで。

郷士は、皮肉っぽい笑みを口の端に浮かべた。

「お前が護衛ロボットを壊したことを知って、新しいロボットをくれるそうだ。それも、新型のロボットをだぞ」

「何で、俺の護衛ロボットのことを、薬丸博士が知っているんです？」

「護衛ロボットは、科学省からの支給品だ。報告書を上げると、ネットワークを通じて、自動的に情報が向こうに届くようになっているんだよ」

それを聞いて、永明は口を尖らせた。

「〈ゴリラ〉だって、先週来たばかりの新型じゃないですか。本部に、今使われている型の予備があるでしょう。それで充分です。

だいたい、俺は疲れているんです。そちらに戻って、仮眠を取りたいんですけどね」

「お前にとっては残念だが、これは命令だ。四の五の言わずに、薬丸ロボット研究所へ行け。ことロボットに関することでは、俺たちには拒否権はないんだよ。あの白髭の爺さんが、様々な力を持っている。そのことは、お前が一番解っているはずだ」

解っているからこそ、あんな老人には会いたくないのだ。永明は言い返したかったが、我慢した。

「だけど、何故、ロボット製造局じゃなくて、薬丸博士の個人研究所の方なんですか」

「さあな、知らん。最新型だって言うから、研究所の方で何か試験でもしていたんだろう――」

それだけ言うと、郷士は通信を切った。

映像が消えたので、

「聞いたな。目的地変更だ。薬丸ロボット研究所へ行ってくれ。できるだけ早くな」

と、永明はため息混じりに命じた。

「承知しました」

答えたロボット運転士は、車のナビに行き先変更の指示を伝達した。

3

薬丸ロボット研究所があるのは、東京と埼玉の境にある狭山湖のすぐ側だった。近くには、ムサシノ遊園地とムサシノドームがある。

ロボット研究所の外観は、多少、風変わりだ。同じ大きさのホットケーキを四つ、積み上げたような形をしている。ほとんどの部分が窓となっていて、外壁を含めてミラー仕様となっているから、樹木の多いこのあたりでは、日の光を受けてキラキラと輝き、やたらと目立っていた。

ここは、薬丸博士の自宅でもあり、最上階が居住空間に割り当てられていた。

研究所の敷地は、背の高いコンクリート塀で囲まれているが、門のすぐ外には、マスコットである高さ十メートルのモニュメントが立っている。巨大なロボットだった。昔のロボットのオモチャ——四角い顔と四角い胴体をしたブリキのロボット——を大きくしたもので、夜になると、複数のサーチライトがそれを目映く照らして、ここが特別な場所であることを誇示していた。

ロボット工学博士で、科学省ロボット製造局の顧問でもある薬丸博士は、子供の頃から大のロボット・マンガ好きだった。中でも、手塚治虫の『鉄腕アトム』と横山光輝の『鉄人28号』は最大の愛読書で、その二つのロボットをいつか本当に作ろうと夢みて、科学者になったというのは有名な話である。

薬丸博士の年齢は六十七歳。常に黒いサングラスをかけているが、もちろん、ただのメガネではない。様々な情報がレンズの内側に映し出される、装着端末《ウエアラブル・デバイス》で、博士はこれを〈万能メガネ〉と呼んでいる。

真っ白な髪は、一度も切り揃えたことがない感じだった。ボサボサに伸びていて、雄ライオンのたてがみのように見える。同じく白い口髭と顎鬚の間には、への字型に曲がった分厚い唇が覗いていた。

そうした面相のため、彼は怖い人だと思われがちだったが、実はそうではない。むしろ愉快な変人と言った方が正しい。いい年をして、いつまでもロボットというオモチャに夢中になっている子供なのだ。

そんな人物が何故、科学省のロボット製造局の顧問に選ばれたかと言えば、一つに学閥、一つにロボット工学とロボット産業に対する貢献度だった。

人工知能を有する人間型ロボットが普及し始めた頃、国連は電子頭脳に安全装置を内蔵させることを義務づけた。そのため、欧米諸国はロボット三原則プログラムを焼きこんだ〈アシモフ・チップ〉を、日本を中心とするアジア諸国では、ロボット法プログラムを焼きこんだ〈アトム回路〉を、電子頭脳に装着するようになった。

そのロボット法の制定に尽力し、〈アトム回路〉を発明したのが、薬丸博士だった。無論、彼の大好きな『鉄腕アトム』から、その名前をもらったのである。

薬丸博士は、他にも、多重柔軟関節、サーボ型小型モーター、マルチ感知器、新型エネルギー・カプセル、超電導エンジン、感情因子回路、多機能式マニピュレーターなど、数え切れないほどのロボット用の部品を生み出し、改良品を作り出した。それらはすべて、ロボットの頭をより高等なものにし、各部もしくは全身の動きを滑らかにし、人間の動きに近づける働きをするものであった。

だから、薬丸博士の発明品やアイデアは世界中で使われ、買われ、巨万の富を得ることになった。そして、彼はその金のほとんどを、ロボット工学の発展のために注ぎこんだ。新しいロボットを作ったり、新しい部品を開発したりするために使ったのだった。

狭山湖畔にある薬丸ロボット研究所も、新型ロボットの研究と製作を目的として建てられた。ここには、彼を師事する優秀な弟子たちも何人かいて、ほぼ住み込みで働いていた。

故に、ロボット愛好家にとっては、この研究所は秋葉原と共に、ロボットの聖地と化していた。日本人だけではなく、外国からもわざわざ見に来る人が多く、すっかり観光地となっている。また、薬丸博士は、ロボットの神様として崇めたてまつられているほどだ。

しかし、機密の発明も多いため、敷地の周囲にある塀の上には、高圧電流の流れる忍び返しが設置してあった。入口は、人間の警備員と、戦闘能力の高い守衛ロボット〈ゴリラ〉が守っていた。

永明らが乗る〈ドーベルマン〉は、研究所の誘導電波を捉えて、まっすぐ正門に向かった。両脇に立つ〈ゴリラ〉二体は、微動だにしない。永明の身分証明書を、研究所の門にある探知機が自動的に確認して、問題ない人間だと判断したからだ。

門扉が勝手に開き、〈ドーベルマン〉は減速しながらそこを通り抜けた。すぐ先にもう一つ、アーチ型の自動門があり、人間の警備員がブースから出てきて、ライトを振った。

車が停止し、永明は後部座席の窓をあけた。

「久しぶりですね、永明捜査官。薬丸博士がお待ちかねですよ」

「やあ、高松さん。娘さんは元気かい？」

永明は、中を覗きこむ警備員に優しい声で尋ねた。

三年前、永明がこの研究所をよく訪れていた頃、守衛の娘がある犯罪に巻きこまれたことがあった。その時に、永明が知り合いの刑事を紹介してやり、事件がうまく解決したので、守衛は今でも感謝しているのだった。

「ええ、元気です。元気すぎますよ」

「薬丸博士の機嫌は？」

「今日は、普通ですね。偏屈度3です」

と、笑いながら、守衛は冗談を言った。

そうした会話の間にも、車の調査が行なわれていた。赤外線探査や超音波による危険物検査である。

通過許可が下りたので、〈ドーベルマン〉は地下駐車場の入口から坂を下った。指定された停車位置へ車が進んだ時、ここに配置されている守衛ロボット二体が、ガチャガチャと足音を立てて近づいてきた。そして、物騒な特殊警棒を振りかざし、両側から〈ドーベルマン〉を挟みこんだ。

「降りてください」

と、片方の〈ゴリラ〉が淡々とした声で言った。

永明は首を傾げ、窓をあけると、

「何だ？　どうしたんだ？」

と、尋ねた。

「降りてください」

と、〈ゴリラ〉はもう一度言った。ドア・ハンドルに手をかけ、無表情な顔を永明に近づけた。

「要請に応じていただけないのなら、力ずくで、あなたを引き摺《ず》り出します」

第3章 ロボット工学の権威

1

守衛ロボットの外観や機能は、警察や連州捜査局で使っている護衛ロボットとほぼ同じである。色が違うのと、行動規範のプログラムが若干違っているだけで、融通が利かないところはそっくりだった。

「解った。下りるから、ドアから離れてくれ」

永明は〈ゴリラ〉を刺激しないよう、相手の指示に素直に従うことにした。下手に反抗すると、たとえ連州捜査局捜査官であっても、容赦なく攻撃してくるだろう。

「俺の身分とレベルは解っているな。どういうことか、説明してくれ」

車の外に出た永明が冷めた声で言うと、〈ゴリラ〉は〈ドーベルマン〉へ視線を向けたまま、返事をした。

「再確認したところ、この車から、正体不明の電波が出ています」

「本当か」

永明は驚き、自分の車を見直した。

「本当です」

「どんな電波だ。それに、車のどこから出ているんだ?」

「どちらも不明です」

永明は運転席側の窓を叩き、運転士ロボットに命じた。

「車全体に自己診断をかけろ」

「了解しました」

運転士は答えて、動かなくなった。代わりに、メーター・パネルのディスプレイに様々な数値や波形が表示された。

一分かからずに、答が出た。

「左後輪のタイヤハウス内に、何かが付着しています。盗聴機能を持った、小型追跡装置のようです」

運転士の報告を聞いて、永明は車の左後ろに移動した。跪《ひざまず》いて、タイヤハウス内を手探りしてみる。すぐに、問題の物を発見して取り外した。

永明は立ち上がり、それを親指と人差し指でつまんで、光にかざした。菱形の、長さ五ミリ程度の、小さな装置だった。

「どうして、お前はこれに気づかなかったんだ?」

永明は、ロボット運転士を咎《とが》めた。

「その装置は一グラムしかありません。エンジン始動時の通常検査では、五グラム以下の物体は無視をしています。泥や砂などの埃が、車体に付着することがあるからです」

「だったら、今度は、異質な電波の発信の有無を確認した方がいいな。そういう機能がないのなら、整備の時に増設してもらえ」

と、永明は憤慨口調で言い、見つけた装置を証拠袋に入れて、車の助手席に投げこんだ。証拠袋は電波や光線を遮断するので、これなら安心だ。

「何者の仕業か、薬丸博士に調べてもらいましょうか」

と、〈ゴリラ〉が言った。

「いいや。こいつは、連州捜査局で入念に調べる。そして、こんなふざけた真似をした奴を、絶対に捕まえてやるさ」

と、怒りをあらわに永明は答えた。誰かが、いつからか解らないが、自分の行動を探っていたのだ。なのに、何も気づかなかった自分にも腹が立つ。

しかしながら、テロ組織による、この手の盗聴や妨害行為はよくあることだった。もっとセキュリティを強化するよう、警備部へ文句を言ってやろう。

「では、中へどうぞ」

守衛ロボット二体は特殊警棒を片付け、〈ドーベルマン〉から離れた。

永明は、近くにあるエレベーター・ホールに向かった。箱に乗ると、それは自動的に最上階へ向かった。

四階で停止したエレベーターから出ると、寸胴型の使役ロボットがスルスルと近寄ってきた。頭は透明な楕円回転体になっていて、中にある電子頭脳や他の機械が見えていた。いわゆるロビタ型と呼ばれるロボットだった。

「永明捜査官。こちらへどうぞ」

と、抑揚のない女性の声がして、ロボットはクルッと振り返った。先に立って廊下を進む。ロビタ型には足がなくて、胴体の下に全方位型ローラーが複数付いている。腕はフレキシブル形状になっているので、グニャグニャと柔軟に曲がるのが特徴だった。

永明は、黙って後に続いた。自分でも、どんどん不愉快な気持ちになっていくのが解った。それほど、薬丸博士の顔は見たくなかったのだ。

「お前の名前は？」

「私はロビタ12号です、捜査官。向こうには13号もいます。私たちはみんな、ロビタです」

と、使役ロボットは進みながら答えた。

案内された先は、楕円形の広々とした部屋だった。面積的に見て、この階の四分の三以上を占めているだろう。

部屋の南側がすべて窓ガラスとなっているので、嫌でも外の景色が目に入る。コンクリート塀の向こうにあるモニュメントが、動き続けるサーチライトで照らされており、その反射光が眩《まぶ》しいくらいだった。

「永明捜査官をお連れしました」

と、ロビタ12号が報告した。

窓の前には、大きなデスクが三つ並んでいる。コンピューターのホログラム・ディスプレイがそれぞれ表示されていて、他にも様々な機器が載っている。北側の壁には、造り付けになった十二のカプセル型ブースが並んでいた。手前の六つは扉が開いていて、中に収まるロボットが見えている。いずれも〈ゴリラ〉で、新旧三種類の形態が揃っていた。奥の六つのブースは、半透明なカバーが閉じていた。中に、人間型ロボットが入っていることしか解らない。

部屋の中央には、まだ外装がない、作りかけのロボットと、それを組み立てている薬丸博士が立っていた。白衣を着た白髪の老人は、オーケストラの指揮者のごとく手を振っている。その動作に合わせて、天井からぶら下がる四つの作業用フレキシブル・アームが、ロボットの部品を組み合わせているところだった。

助手を務めているのは、もう一体のロビタ型だった。

これが13号で、その横には、製作中である新しいロボットのホログラム設計図が表示されていた。老人の命令によって、13号がその設計図を回転させたり、部分的に拡大したりしている。

永明は部屋に入った所で立ち止まり、その様子を冷ややかに眺めた。

老人の姿を見た途端、胸の中に刺々しい感情が広がった。その苦い気持ちを抑えようとしてもだめだった。憎悪を抑えきれない……。

「ちょっと待っていてくれ、永明君」

と、ロボットを作ることに専念しながら、太い声で薬丸博士が言った。

「ええ、待っていますよ」

と、永明は愛想なく応え、窓へ視線を移した。薬丸博士のいつもの命令口調に、内心では怒りを感じていた。

五分ほどして、作業の終わった老人は、作業用アームを天井内に片付けた。そして、振り向くと、

「待たせて悪かったな、永明君。座ってくれ。コーヒーでも飲みながら話そう」

と、幾分柔らかな声で言った。

ロビタ12号が、壁の制御盤に指示を与えた。床から楕円形のテーブルと、ゆったりした大きさの椅子がせり上がってきた。テーブルに設置された自動飲料製造器からは、湯気を上げるコーヒー・カップが出てきた。

「飲み物はけっこうです。それよりも、薬丸博士。早く用事を終わらせましょう」

永明は冷たい声で言い、壁のブースを見た。〈ゴリラ〉はどれも、筋肉隆々なプロレスラーのような体型をしている。連州捜査局で使っているものの型番はRK—Cfだ。

一般的にロボットは、記号式の型名を見ると、それがどういう種類なのか判別できる。科学省ロボット製造局の分類では、形態別にA、B、C、Dとあり、Aは非人間型の下級なロボットで、Dが最も人間に近い形状をしている。

また、リモコン型から人工知能型まで、思考的能力によっても分類される。こちらは小文字でefghと四つに分類されている。eが単なる操縦型で、最高級の人工知能を有した電子頭脳を持つものはhだ。

従って、ロボットの型番の頭にDhが付いていれば、人間型で、完全自立型のロボットであると解る。〈ドーベルマン〉の運転士や、会社の受付などをしているロボットの知能はf、警察や連州捜査局で使っている護衛ロボットの知能はgである。

大学や研究所などで、学者や科学者と共に活動するために作られたロボットの電子頭脳の階級はｈ。思考能力は人間にほぼ匹敵し、数値計算などの面では、人間を凌駕《りょうが》している。

ただし、それだけの知能を有していても、思考パターンはプログラムどおりにしか働かない。簡単に言えば、命令されたことには従うが、自発的に考えたり動いたりはできないのだ。

人間は、仕事をしながら家庭のことを考えたり、同時に、遊びの用意をしたり、誰かに恋愛感情を持ったりすることができる。しかし、ロボットは仕事なら仕事、遊びなら遊びと、一つのことにしか対処できない。そもそも、そこには感情というものは存在しない。

電子頭脳の人工知能プログラムに関しても、優秀性を表記する型番がある。今のところ、ｃｐ１からｃｐ５までとなっている。

実は、疑似感情まで有した完全な人間型も、近頃では作られ始めている。それはｃｐ５で実現している。その段階ならば、複数の考えや行動を同時に遂行することも可能だ。だが、そこまで高性能な電子頭脳を組みこんだロボットは、世界でも数体しかない。

つまり、人間そっくりのロボットは、まだ実験段階にあると言っても良い。それに、高度な技術や優秀な電子頭脳を持ったロボットを作るとなると、非常に高額になる。費用的にも手間的にも設備的にも、簡単に作るというわけにはいかないのだ。

永明は、直立不動の護衛ロボットに近づき、そいつの分厚い胸を拳で叩いた。

「薬丸博士。俺はこいつをもらって、さっさと帰りますよ」

ブースの横のモニターには、人間のバイタル・サインのように、エネルギー充填率や視覚センサーの有効率など、様々な情報が表示されている。どうやら、ロボットたちはスリープ・モードに入っており、自己機能確認と診断を行なっている最中のようだ。

薬丸博士は、乾いた笑い声を上げた。

「おい、勘違いするな。君に与えるロボットはそいつらじゃない。それだったら、別にわしの所に来てもらう必要もないじゃないか。ツインタワーには、予備が何体も保管されているだろう。その内の一体を起動すればすむことだ」

「じゃあ、どれです？」

ムッとして、永明は訊き返した。

薬丸博士がロビタ12号に合図した。使役ロボットは壁の制御盤に指示を入れた。左側のブースの半透明な扉が開き、他の六体のロボットが姿を現わした。

それらを見て、永明は驚くというより恐怖に近い感情を覚えた。

その六体は、すべて女性型ロボット――アンドロイド――だった。一つずつ微妙に形は違っていて、一番左側にあるのは、顔や手などには合成皮膚が使われており、よく観察しないと、人間にしか見えないほど精巧だった。

「こ、これは――」

と、永明は息を飲んだ。

何故なら、その六体の内、左側の二体のアンドロイドの顔は、明らかに彼の死んだ婚約者――そして、薬丸博士の一人娘である――エリカの顔を模してあったからだ。

2

〈アンドロイド〉というフランス語を有名にしたのは、十九世紀のオーギュスト・ヴィリエ・ド・リラダンという作家である。彼が書いた『未来のイヴ』というSF小説に女性型ロボットが出てくるが、それをアンドロイドと称して紹介してあった。

実は、アンドロイドという単語は女性名詞であり、女性型ロボットを差すのが正しい。故に、奥のブースに入っているロボットは、すべてアンドロイドであった。

その六体を見て、永明は激しく動揺した。それから、急激に怒りが込みあげてきた。

「薬丸博士！　あなたって人は！」

と、永明は強張った顔と声で叫んだ。

だが、白髪の老人は、永明が受けたショックを理解していなかった。あるいは、理解していない振りをした。

老人はアンドロイドたちに近づき、両手を広げ、自慢げに言った。

「どうだ、永明君。これがわしの作った最新にして、最高傑作だ。1号から4号は試作品だが、5号と6号は完成品だ。何が凄いって、最新型の人工知能プログラムを電子頭脳に入れてある。だから、この二体は、ほとんど人間と変わらない思考力を持っているんだ。

いいや、むしろ人間の頭を凌駕していると言っても良いだろう。この娘《こ》たちは、完全な自立型だからな。感情だって、学習して身に付くようになっているんだ」

しかし、永明は、そんな説明を聞いていなかった。老人に対する怒りで、心も体も打ち震えていた。

アンドロイド5号は金属製で、体形がはっきり解る黒いボディ・スーツを着ている。顔や手などは美しい銀色をしているから、全身がその色なのだろう。6号は人工皮膚で全身を覆われていて、見た目はまるっきり人間である。着ているのは、黄色いワンピースだった。

その上、顔が、エリカに瓜二つだったのである。

かなり前に鬼籍に入ったエリカの母親は、北欧出身の有名な物理学者だった。そのため、エリカの顔立ちや目鼻立ちもはっきりしており、永明はいつも、デンマーク系アメリカ人である昔の映画女優、ジェシカ・アルバに似ていると思っていた。

5号も6号も目を閉じていて、微動だにしない。ブースの横にあるモニターを見るまでもなく、彼女たちはスリープ・モードに入っているようだ。そのため、どちらも単なる等身大の人形のようだった。無表情な顔には、西洋人寄りの、彫りの深い特徴が顕著に表われていた。

その美しく整った顔を見て、永明はどうしても、死んだ恋人のことを思わずにはいられなかった……。

3

……永明光一が初めて薬丸エリカと会ったのは、二年前だった。

毎年四月に、秋葉原メッセで〈世界ロボットおもちゃ博覧会〉が開催されるが、そこに、テロの予告メールが届いたのだった。爆弾を仕掛けられたくなければ、博覧会を中止し、二千万クレジットをある銀行の指定口座に振りこめという文面であった。

この展覧会は企業中心ではなく、コミック・コンベンションなどと同じく、一般愛好家中心の催しである。その実行委員の一人であり、広報を担当していたのが、二十一歳の大学生、薬丸エリカだった。

永明は一目見て、彼女が好きになった。まさに一目惚れだった。最初は美しい外見に目が留まったが、話してみて、彼女の柔らかなしゃべり方と、優しい性格に好感を持った。

事件の方は、統計分析でもプロファイリングでも、単なる狂言である可能性が高いと出ていた。しかし、実際に事件が起きては困る。永明は、警察と実行委員と共に警戒に当たり、事件勃発の予防に努めた。

結局、小嶋陽夏ら情報分析班がメールの差し出し人を突き止め、犯人を逮捕することができた。四大陸を経由してIPアドレスを辿れないようにしていたが、文面の癖を分析したところ、過去に同じような脅迫メールを出した人物がいることが解ったのだ。

犯人は大阪に住む大学生で、単なる愉快犯であった。

犯人を捕まえたことで、〈世界ロボットおもちゃ博覧会〉は、無事に最終日まで開催された。

永明は、エリカを見た瞬間から、彼女と懇意になりたいと思った。彼は事件の聞きこみをしながら、大会のスタッフたちに、それとなくエリカのことを尋ねた。さらに、本部の検索システムを使って、彼女の身上を調べた。薬丸という苗字を見て、もしかしてと思ったが、案の定、彼女はあの有名な薬丸洋之輔博士の一人娘だった。

大会最終日の翌日、会場が片付けられるのを見ながら、永明は報告書を書き、紙状電子パッドを使って本部に送った。そして、エリカたちの仕事を手伝った。すべてが終わり、打ち上げパーティの最中、彼はエリカに話しかけた。

どうしてそんな勇気が湧いたのか、永明自身にも解らなかった。しかし、彼は直球勝負に出た。彼女に好きだと告白し、デートに誘ったのである。

エリカは嬉しいような、困ったような、複雑な表情で永明を見返した。キラキラ輝く大きな目。神秘的とも言える青い瞳に、彼の心は吸いこまれそうになった。

エリカははにかんだように微笑み、

「ありがとうございます。でも、私、あなたのことを何も知りません。いきなり、そんなことを言われても困ります」

と、冗談めかすように答えた。そして、永明が口を開く隙を与えず、自分の仲間たちの方へ行ってしまった。

けれども、永明は諦《あきら》めなかった。

翌日から、しばらくの間、仕事の合間に、永明はお茶の水にあるエリカの大学に通った。捜査官たる彼の権限を使えば、彼女がどこにいるか、探すのは簡単だった。

最初は、偶然の出会いを装い、校門の外や駅の近くで声をかけたが、それが何度も重なれば必然となる。一ヵ月後には、永明はもう堂々と彼女の前に姿を現わし、食事や映画に行こうと——何度、断わられても——声をかけつづけた。

「永明捜査官。あなたって、本当にしつこい人ですね」

ある日の夕方、大学の食堂で、エリカは友人たちとコーヒーを飲んでいた。永明が手を軽く上げて笑いかけると、彼女は溜め息交じりに言った。

「まあね。そうでなければ、テロリストと戦ったり、難しい犯罪事件を解決したりできないさ」

永明は彼女の前にずうずうしく座りながら、そう答えた。

「私は犯罪者と同じなんですか」

と、エリカが苦笑する。

「犯罪者は、君ほど美しくない」

「まあ」

エリカが頰を赤らめたのを見て、友人たちもはしゃいだ。

永明は、ジャケットの内ポケットから、あるものを取り出した。

「今夜、有楽町大劇場で、三代目デヴィッド・カッパーフィールドの大イリュージョンをやる。最前列のプラチナ・チケットが二枚あるんだ。一緒に見に行ってくれないか」

と、それを顔の前でヒラヒラさせた。

実は、エリカの隣に座っている女性――エリカの親友――から、彼女がそれを見たがっていることを、事前に聞き出していたのである。

「えっ、でも……」

エリカがためらいの表情を浮かべたが、永明はすっくと立ち上がった。

「じゃあ、行こう。今から行けば、充分に開演に間に合う。まさか、この競争率三十倍のチケットを無駄にはしないよな」

と、笑いかけ、エリカに手を差し出した。

彼女は苦笑した。

「解りました。でも、イリュージョンを見るだけですよ。今、レポートの締め切りが近くて、遊んでいる暇はあまりないんですから」

「ああ、いいよ。終わったら、まっすぐ家まで君を送る。約束するよ」

と、永明は真面目に答えた。

デヴィッド・カッパーフィールドの、マジックとコンピューター・グラフィックスと3Dプロジェクションを巧みに融合した大イリュージョン。それは、見事な娯楽ショーだった。二時間という公演時間は、舞台と主役に目を奪われている内にあっという間に過ぎてしまった。永明でさえ、しばし、エリカのことを忘れていたほどである。

会場を出た永明は、彼女を自分の車に乗せ、お台場にある行きつけのレストランへ向かった。ビルの五階で営業するステーキハウスで、そこの窓からはライトアップされたレインボーブリッジをはじめ、煌《きら》めくような綺麗な夜景が見えた。さらに、東洋一大きな観覧車や、高さ二十メートルに及ぶホログラム・シアターも目の当たりにできるから、最高にロマンチックな場所だった。

「――家に送ってくれるって、言いましたよね」

エリカが咎めるように言ったが、永明は優しく微笑み返して、

「ああ。しかし、食事くらいいいだろう。この後、ちゃんと送るよ」

と言い、彼女の椅子を引いてやった。

美味しい食事をして、少しワインを飲み――永明はその後でアルコール解消剤を飲み――気持ち良くなって店を出た。エレベーターホールには誰もおらず、二人の間に緊張感が高まった。

永明は彼女の肩をつかみ、自分の方へ向かせた。

「――好きだ」

そう囁くと、隙を与えず、彼はエリカの唇を奪った。

エリカはアッと息を飲み、永明の胸を押して、自分の体を彼から話した。

彼女は上気した顔で、しかし、悲しそうな目をして、小声でこう言った。

「永明捜査官。私に好意を持ってくださったのは、本当に嬉しいです。でも、私は誰ともお付き合いできないんです」

「何故だい？」

「生まれつき、ある難病に罹《かか》っていて、ほとんど治療は不可能なんです。それで、たぶん、長生きはできません。余命も解りません。だから、今まで、誰も好きにならなかったし、お付き合いをするつもりも、結婚をするつもりもないんです」

それを聞いて、永明は心底驚いた。

見たところ、エリカは健康そうだった。大層な病気をかかえて生きている感じはいっさいなかった。身上調査でも、そのような情報は浮かばなかった。

しかし、エリカの真剣な眼差しを見れば、嘘をついていないことは明らかだった――。

第4章 恐怖の夜

1

アルファー・ロボット部品工場は、静岡の裾野市のはずれにある。地名どおり、富士山の裾野に広がる森林の中がその敷地だ。真夜中を過ぎると操業も終わり、その一帯は非常に静かになる。だが、今はまだ午後九時。これから、最後の荷物が搬出されるところで、倉庫の搬出口付近はかなり賑やかだった。

数台の半自動型フォークリフトが、製品の入った段ボールをトラックやコンテナに運ぶため、作業員の間をひっきりなしに行き来していた。荷物を積みこむのは、力自慢の運搬ロボット〈リキシ〉で、作業員はそれを監督したり、荷物の確認をしている。

「――さあ、行くか、井上《いのうえ》。予定どおり、科学省ロボット製造局へ着かないと、給料を減らされちまうからな」

と、しかめっつらで言ったのは、運転席でハンドルを握る柴田《しばた》運送主任だった。長年、貨物車の運転士をしてきたせいか、かなり太っていて、顎も二重どころか三重に弛《たる》んでいる。

「ええ、いいですよ。承認はすべて完了しましたから」

その隣でシートベルトを締め、頷いたのは、短髪でニキビ面の若い青年だった。ユニフォームの胸に貼られたホログラム・ワッペンには、運送助手と表示されている。

柴田がエンジンを始動する間に、井上は電子パッドをダッシュボードの制御盤にあるスロットに差しこんだ。制御盤に内蔵されたコンピューターは、電子パッド内のデーターを読み取り、再度、貨物室にある荷物の内容や個数、重量などと照合した。それに掛かる手間は、二秒もなかった。

「OKです、柴田さん。貨物室も異常ありません」

「解った」

答えた運送主任はコンテナ車を発進させ、門の手前で待っていた先導車にライトで合図をした。それを見て、先導車が先に門を通り、森へ入る道を進んだ。脇から、四匹の犬型ロボット〈ドッグボット〉が姿を現わした。走りながら、コンテナ車の前後に二匹ずつ付いた。

〈ドッグボット〉はシェパードを少し大きくして、毛を刈った感じの外観をしている。軍用犬や番犬としての用途が多いが、柴田たちの勤める運送会社では、警備用に使っていた。疲れ知らずで文句を言わずに走り、目的地まで貨物車を守ってくれる。運動能力ももちろん、視覚、聴覚、臭覚といった機能も、生身の犬の何倍も優秀だ。

先導車は、防弾ガラスの他、銀色の特殊塗装膜で防弾処理されたミツビシ・パジェロだった。昔のようなタイヤを履いておらず、エア・カー仕様になっている。車輪を攻撃されて、走行不能になることを避けるためだった。

先導車とコンテナ車は、県道を右折し、東名高速道路のインターチェンジを目指した。左折すると東富士五湖道路に繋がっている。そのあたりは、緑の濃い森が続く。民家も外灯もなく、朝から曇天だったため、真っ暗だった。

小高い丘にさしかかった時、井上は小さく背伸びをしながら言った。

「――柴田さん。それにしても、今回の警備は少し大袈裟《おおげさ》すぎやしませんか。先導車はともかく、〈ドッグボット〉まで連れてくるなんて。どうせ荷物は、ロボットの人工声帯や人工内耳、人工臭覚装置なんてものばかりなんだから」

すると、柴田は目を細め、一瞬の間のあと、

「昨今は物騒だ。会社の方針で、厳重な用心を必要とするようになった。それだけのことだ」

と、やや言い訳がましい説明をした。

「物騒？」

「ほら、お前も知っているだろう。先週、九州と近畿州で、ロボット工場の倉庫が地元の暴力団や強盗に襲われ、電子頭脳やその部品が強奪されたんだ。その手の犯罪が増えているから、うちの会社も警戒しているわけさ」

「犯人たちは、ロボットの部品を盗んでどうするんですかね。売るんですか」

井上は、首を傾げながら尋ねた。

「まあ、そうだろうな。その他の使い道もあるのかもしれん。俺には解らないがな」

と、運送主任は言い、口をへの字に曲げた。

井上には、その物言いが気になり、さらに質問しようとした。

だが、「ピン！」という鋭い警告音がして、制御盤の非常灯が点滅した。あわてて井上が前を見

ると、ロボット犬四匹が、何か危険を察知したらしく、走る速度を上げていた。サーチライトの光を最大にし、前にいるパジェロに追いすがろうとしている。

パジェロは、次の右カーブを曲がりつつあった。ところが、凄まじい爆発音と強烈な火炎を含んだ閃光が、この先導車を襲ったのである！

パジェロの前部は紅蓮の炎に包まれ、砕けたアスファルトと共に、車は空中へ吹き飛ばされた。そして、後転しながら、コンテナ車の前へ落下してきた。〈ドッグボット〉の一匹も、その巻き添えになり、爆風で空中に放り投げられた。

「うわっ！」

叫び声を上げた柴田が、反射的にハンドルを左に切り、ブレーキを思いっきり踏みつけた。コンテナ車は、右に傾きながら急減速した。コンテナ部分が遠心力で反時計方向に振り回された。十二本のタイヤがいっせいに悲鳴を上げる。

落ちてきたパジェロは、フロント部を下にして道路に激突し、また跳ね上がった。そして、今度は裏返しになって落下した。キャビンはその衝撃で半分に潰れてしまった。

そこに、横滑りしたコンテナの右後方がぶつかったのだ。半ば壊れたパジェロの車体は弾かれ、コマのように回転した。コンテナ車は勢い余って道を外れ、前半分を雑草の生い茂る森の中に突っこみ、ようやく止まった。

それらの出来事が、ほんの数秒の間にすべて起きた。

運転主任と青年の体はフロント・ウインドウの方へ投げ出されたが、かろうじてシートベルトが働き、被害を最小限で食い止めた。

「待ち伏せされたぞ！　用心しろ！　顔を上げるな！」

顔を歪めた柴田が叫び、呻《うめ》き声を上げた井上の頭を手で強く押し下げた。

その判断は正しかった。井上の全身の血が凍りついた。間近で、強烈な銃声と、金属的な炸裂音が轟いたからだ。無数の銃弾が、パジェロやコンテナに襲いかかった。誰かが、マシンガンで攻撃してきたのだった！

「出ろ、井上！　積荷と自分の命を守るんだ！」

柴田は怒鳴った。彼はシートベルトを外し、半身を捻《ひね》って、背凭れの後ろからショットガンを二丁取り出した。一丁を青年に押しつけると、太った体からは考えられないほど俊敏にドアをあけ、外に飛びおりた。

「くそっ！」

井上も、血の気を失った顔で、運転席のドアを蹴りあけた。カーブの方を見たが、暗闇の中、解るのは黒煙混じりの火炎と、吼《ほ》えながらあたりを見回す、〈ドッグボット〉のサーチライトの光だけだった。

「柴田さん、あそこに、小型の爆弾か地雷が仕掛けてあったんですよ！」

「そこにいろ！」

運送主任は屈みながら、素早くパジェロまで走った。割れたガラス窓から、車内を覗く。

「おい、大丈夫か！　しっかりしろ！」

彼は、引っ繰り返った車の中に腕を入れ、傷つき、気絶した警備員を引っ張り出そうとした。だが、簡単にはいかなかった。またもや、多数の銃弾がパジェロを攻撃したからだ。爆発による火炎と黒煙の向こうに、銃口の位置を示す断続的な発射炎が見えた。

柴田は頭を低く下げ、体を小さくした。防弾処理がされているとはいえ、マシンガンの威力にはかなわなかった。銃弾が当たる度に、車の外装にボコボコと窪みができ、ガラスの破片が飛び散った。

「援護します!」

青年は叫び、コンテナ車のドアを盾にして、ショットガンを前方に向けて闇雲に撃った。

運送主任は、警備員を何とか車から助けだすと、コンテナの後部へ逃げこんだ。警備員の顔は血塗れで、意識はなかった。

「運転士は?」

「だめだ! もう死んでいた!」

柴田は、井上に向かって叫びかえした。そして、彼も、片膝を突いた格好でショットガンを撃ちだした。

熱を帯びた火炎と油臭い煙のせいで、井上の喉が痛んだ。銃声と球形に見える発射炎からして、撃ってくるのは二人だろう。〈ドッグボット〉が目のサーチライトを向け、威嚇のために身構えながら、強く吼えていた。

しかし、相手は怯まなかった。その理由はすぐに解った。炎と黒煙の中から姿を現わしたのは、二体の大きなロボットだった。三日月形の一眼が、無気味に赤く光っている。四本の太い足を動かし、地響きを立てながら、ゆっくりと前進してきたではないか!

ロボットの左腕の先が、マシンガンになっていた。先端の銃口をこちらへ向け、少し左右に振りながら、容赦なく銃弾を撃ってくる。銃身は絶え間なく回転し、銃弾と薬莢を吐き出す。

その身長二メートルはあろうかというロボットに、井上は見覚えがあった。中国人マフィアが使っている〈無双《ウーシュアン》〉という、改造武装ロボットだ。

強烈な殺傷力と怪力とを誇る、恐ろしいロボットなのである！

2

〈ドッグボット〉が二匹ずつ、その二体の〈無双〉に飛びかかった。一匹がアーム・マシンガンに嚙《か》みつき、もう一匹が、〈無双〉の頭部と胴部の繋ぎ目に嚙みついた。

瞬間的に、〈ドッグボット〉の牙から電流が流れる。バチバチと火花が散ったが、〈無双〉はまったく平気だった。

「コンテナ内の護衛ロボットも使うぞ！　〈ドッグボット〉だけでは、あいつを倒せん！　後ろのドアをあけろ！」

と、ショットガンを撃ちながら、柴田が井上に向かって命令した。青年は素早く運転席によじ登り、後部ドアの施錠スイッチを押した。

ドアが開くと、護衛ロボットが特殊電撃棒を手にして、積みこんだ荷物の前で片膝をついた。

「敵をやっつけろ。このコンテナの荷物を守るんだ！」

柴田が命じると、二体の護衛ロボットは、荷台から飛び降りた。〈ゴリラ〉は目を光らせ、周囲を見回した。敵を認識すると、特殊電撃棒を振り上げ、〈ドッグボット〉が嚙みついている〈無双〉へ向かって突進した。

右側の〈無双〉は右手で〈ドッグボット〉の尻尾をつかみ、振り回した後、地面に叩きつけた。さらに、左手のマシンガンを犬型ロボットの脇腹に押しつけ、続けざまに銃弾を放った。

この激しい攻撃には、〈ドッグボット〉もひとたまりもなかった。特殊合金の体に壊滅的な穴が空き、内部の機械が銃弾によって滅茶苦茶に破壊された。科学火花を伴った小さな爆発が起きて、犬型ロボットは全身を痙攣させ、すぐに動かなくなった。

そこへ、〈ゴリラ〉が突っこんだ。護衛ロボットの頭と〈無双〉の分厚い胸が激突して、派手な金属音がした。〈無双〉は衝撃でよろけたが、踏みとどまった。

「グワアアア！」

怒りにも似た吼え声を上げて、もう一体の〈無双〉は両手を振り回した。右腕で〈ドッグボット〉を、左腕で〈ゴリラ〉を薙《な》ぎ払った。そして、地面に倒れた〈ゴリラ〉の背中に機関銃の弾を浴びせた。脇の茂みまではね飛んだ犬型ロボットは首が折れて、作動不能に陥った。

その間に、井上はスマートウォッチで緊急連絡アプリを表示し、タップした。しかし、何の反応もなかった。エラー表示には、電波の乱れが示されていた。

「柴田さん！　救援を呼べません。敵が通信妨害をしています！」

「だったら、俺たちで積荷を守るしかない！」

ショットガンを撃つ太った男は、必死な顔で怒鳴った。

「追加の弾です！」

車内に備えた弾倉《マガジン》を四つ持って、ふたたび、井上は車から出た。そして、その内の二つを上司に向かって投げた。柴田は、手を伸ばして一つをつかんだ。もう一つは、彼の近くに落ちて転がった。

その時だった。井上の視界に何か強烈な光線が入り、目を眩ませた。そう思った瞬間に、突然、燃えているパジェロが真っ二つになり、爆発した。物凄い風圧で、運送主任も青年も後ろに転びそうになった。

敵の武装ロボット二体の後ろから、まさに閃光といった感じのレーザー光線が発せられ、パジェロを一刀両断にしたのだった。さらに、〈無双〉に放り投げられた〈ドッグボット〉も、その凄まじい威力のレーザー光線で真っ二つになった。光線の当たった箇所が、高温のために一瞬にして溶けるのが解るほどだった。

「だめだ、井上！　下がるぞ！」

柴田が悲痛な声で怒鳴り、森の中に走りこんだ。青年もそれにならった。

肩越しに振り返ると、ゴリラの一体は〈無双〉に破壊され、もう一体は、強烈なレーザー光線の餌食になった。〈無双〉の脇に、サブマシンガンに似たレーザー光線銃を構えた黒ずくめの男が立っていた。

柴田と井上が、茂みの中の大きな岩の陰に隠れた時、武装ロボットの一体が、大きな声で喋りだした。それを操っている奴が、ロボットの声帯を拡声器代わりに使っているのだった。

「お前ら、道路まで出てきて、武器を捨てるんだ。抵抗すれば殺すぞ。俺たちの欲しいのは、コンテナ車の荷物だけだ。投降すれは、命だけは助けてやる！」

柴田と井上が答えないでいると、黒ずくめの男はレーザー光線銃を撃ってきた。男は、銃口を水平に動かした。柴田や井上がいるあたりの木々の太い幹が、訳なく横に切られ、それらが彼らの方に倒れてきた。

「わ、解った！　降参する！　助けてくれ！」

柴田が悔しそうに叫んだ。二人は、道路に逃げ出すしかなく、ショットガンを横に捨てて、両手を上げた。

「よし、そこに腹這いになれ！」

柴田たちは、相手の指示に従った。手を頭の後ろで組み、アスファルトの上に突っ伏した。

男の部下らしき男が二人姿を現わし、柴田たちと、気絶したままの警備員の手足を縛った。免許証とスマートウォッチも取りあげられた。免許証には、コンテナ車のエンジン・キーも兼ねるＩＣチップが埋めこまれている。

〈無双〉二体は、豪腕を発揮し、燃えているパジェロを森の中へ押しやり、コンテナ車を道路に引き摺り戻した。男の一人が運転席に乗りこみ、エンジンをかけた。

その間に、カーブの向こうから、ヘッドライトを光らせ、二台の車がやって来た。一台は中型のコンテナ・トラックで、もう一台は、ニッサンの大型ＳＵＶだった。どちらも黒塗りで、装甲板が貼られており、あちこちに銃弾を受けたと思しき傷跡があった。

「さあ、お前。パスワードを言ってもらおうか」

ドスの利いた声で、黒ずくめの男が命じた。

頭に銃口を突き付けられた井上は、恐怖に負けて、簡単に教えてしまった。柴田が横で苦い顔をしていたが、命の方が大事だ。仕方がなかった。

「俺たちが運んでいるのは、たいした部品じゃないぞ――」

柴田が無駄だと解っていても言ったが、黒ずくめの男は余裕の態度だった。

「何がコンテナにあるのか、ちゃんと解っているさ。情報はつかんでいるんだ。黙っていろ、このデブ野郎が！」

と、嘲笑い、柴田の方へレーザー光線銃を向けた。

運転席の男は、ダッシュボードにある制御パネルを操作し、荷物のデーターを引き出した。そして、コンテナ内にある荷物から、特定の一群を選び出し、それを自分たちのトラックに積み替えた。

最後に、男たちは、コンテナ車の運転台をレーザー光線で破壊した。エンジン部が爆発して、噴き上がる火炎が、変形したボンネットを森の中へ吹き飛ばした。道路に伏している柴田と井上の所まで、破片や火の粉が落ちてきた。

井上は、レーザーの発射音や爆発音がする度に震え上がった。こんな威力のあるレーザー光線銃は見たこともなかったし、あるのも知らなかった。

男たちと武装ロボットは、自分たちの車に乗りこみ、去っていった。

事件に気づいた工場の警備員が駆けつけたのが、それから二十分後。警察と消防署の車が駆けつけたのは、さらに十五分後のことであった。

時間がかかったのは、道路がドロドロに溶けていて、大きく波打ち、通り抜けるのに手間取ったためである。犯人たちが、あの強力なレーザー光線を道路を照射し、アスファルトを高温で沸騰させたのだった――。

第5章　薬丸エリカ

1

永明は混乱する頭で、何とか言葉を選びながら、

「エリカさん。僕が、君を好きな気持ちは本物だ。消そうと思っても消せない。できれば、君のことをすべて知りたい。そして、君のすべてを受け止めたい。君がどんな状態であろうと愛している。力になれるものなら、何でもする覚悟がある――」

と、強く訴えた。

エリカは、じっと、永明の顔を見つめた。

永明も息を止めて、彼女の肩に両手を置き、その視線を受け止めた。

「――解りました」と、エリカが肩から力を抜いて言った。「正直に言えば、私も永明さんが好きです。初めてお会いした時から、素敵な人だと思っていました。ですから、告白していただいてとても嬉しいです」

「そうか」

と、永明は安堵した。気持ちが明るくなった。

「交際するとなると、たぶん、大変な苦労をおかけしますけど」

「かまわない」

「その覚悟がおありなら、お付き合いします」

「うん」

「本当に良いのですか」

「ああ。ぜひ頼むよ」

と、永明は嬉しくて、頭を下げた。

しかし、エリカはかたい表情のまま、

「ですが、いくつかお願いがあります」

と、遠慮がちに口にした
「何だい？」

「まず、私の病気のことは質問しないでください。私も話しません。それから、私の身上調査も、これ以上は行なわないでください。

永明さんが、私のことを調べていたのも知っています。でも、私の父が、公的データーベースにマスクを貼りました。さらに、今後、私の位置検索などもしないでください」

「ああ——解った」

ばつが悪かった。自分がしていたことは、彼女にばればれだったのだ。

「私は、病気のことがあるので、治療を含む自分の生活習慣やプライベートを優先します。ですから、永明さんからデートに誘ってもらっても、行けないことも多いと思います。それでも、私を束縛したり、非難したりしないでください」

「うん。約束する」

「寿命が短いので、私は自分がしたいことをします。生きている内に、やっておきたいことがいくつかあります。永明さんとお付き合いをしても、それを削りたくありません」

「全部、君の希望に従うよ」

そう永明は答えるしかなかった。後のことは、後で何とかなるだろう――。

すると、エリカはニッコリ笑い、永明の首に両手を回した。今度のキスは彼女の方からだった。甘美だった。彼は幸福感で頭がいっぱいになった。

「――じゃあ、行きましょう」

と、エリカがエレベーターのボタンを押した。

「ああ、ちゃんと家まで送るよ」

と、あわてて永明が言うと、エリカは彼の二の腕をつねった。

「違いますよ。私は生き急いでいるんです。ですから、すぐに、あなたと一緒にしなければならないことがあるでしょう――」

結局、その晩の内に二人は愛し合い、翌日の夜には、永明は彼女の父親――薬丸洋之輔博士――と直接会って、ちゃんと挨拶することになった。

それから、永明は、何度となくこの薬丸ロボット研究所を訪れた。幸い、薬丸博士は永明のことを、娘のボーイフレンドとして認めてくれた。というより、老人は年の離れた一人娘を溺愛していて、彼女のすることなら、何でも手放しで受け入れたのである。

エリカとの交際は、感情面で言えば順調だった。永明は彼女に夢中だったし、彼女の方も彼を愛してくれているのは確実だった。

しかし、行動面となると、事前に釘を刺されていたようにかなり妙だった。

まず、突然、エリカと連絡が取れなくなることがある。予定も急にキャンセルされたり、変更になったりする。それらのことに対して、彼女からの説明がいっさいないし、説明を要求できる雰囲気を作ってくれない。

永明の仕事はいつ何時、何が起こるか解らない。突発的な対応を迫られるし、数日間、徹夜続きになることもある。地方出張どころか、外国出張も多い。だから、エリカの都合と合致せず、すれ違いになることもよくあった。

病気のことも、エリカは絶対に教えてくれなかった。それと、彼女は自分の頭に、永明が手で触れるのを嫌がった。彼女の豊富な髪が綺麗なので、何度か撫でようとしたが、絶対にやめてくれと断わられた。

ベッドで愛し合っている時に、一度、彼女の後頭部にそれとなく手が行ったことがあった。彼女は絶頂の段階にあって、それに気づかなかった。そこには、掌大のコブのようなものがあった。永明は、もしかして、それが病気と関係があるのではないかと思った。つまり、悪性の腫瘍か何かである。

それでも、二人は仲良く付き合ってきた。その間、永明は何度か、彼女に結婚してくれと頼んだが、やんわりと断わられた。

「私は早めに死ぬ運命にあるのだから、そんな要求をしてはだめですよ、永明さん」
と、エリカは悲しい顔で首を振るのだった。

2

そうして一年以上経ったある日、薬丸博士から緊急の呼び出しがあった。お茶の水にある、東京セントラル医療大学病院へ来てくれと言うのだった。

前日から、エリカは、手術のために入院していた。しかも、手術が終わったのに覚醒せず、危険な状態にあるらしい。

激しく驚き、仕事を投げ出し、永明は病院へ駆けつけた。すると、薬丸博士は集中治療室の前にいて、沈鬱な表情でドアを見つめていた。

「薬丸博士！」
「おお、永明君！」
「どうしたんです。エリカは無事ですか！　彼女はどんな病気なんですか！　教えてください、博士！」

永明はすがりつくようにして、老人に質問した。

彼女の父親は、ためらいがちに口を開いた。その内容は、永明の思いよらないものだった。

「――実はな、永明君。エリカは本当は、双子として生まれてくるはずだったんだ。ところが、娘の内の一人が体内で成長せず、もう一人の体内に取りこまれ、細胞が吸収されてしまった。そのために、キメラとなってしまったんだよ。

長い間、わたしは、エリカの体や精神に何か問題があるとは思わなかった。うかつなことに、気づかなかったんだ。だが、それは、命を左右するような難しい症状だったのだよ」

「何です⁉　どんなことなんですか⁉」

「いつの頃からか解らないが、あの娘の頭の中には二人分の人間がいたんだ。双子の人格が育っていたんだよ。姉がユリカで、妹がエリカだった。

詳しく検査したところ、あの子の脳の容量は通常の人間の一・三倍もあった。通常、人間の脳はすべて使われているわけではない。だから、もう一人の娘が頭の中にいても、しばらくは平気だったんだ。

もちろん、一つの頭と一つの体を、二人の人格が使うわけにはいかない。だんだん、負荷がかかってきた。それで、ユリカとエリカは、自分の体を何日か交替で使っていたらしい」

永明はショックを受けたまま、

「じゃあ、彼女の後頭部のコブは――」

と、呻くように言った。

「そうか。気づいていたかね。脳の大半はキメラ細胞で、二人分の個性が重なり合っていたが、あのコブの所だけが、どちらかの自我を占める部分だった。私は友人の脳医学者である大田原《おおたわら》博士に頼み、よく調べてもらった。

すると、本来の脳はエリカのもので、そこにユリカが付随しているとのことだった。だが、頭蓋骨には容量の制限がある。近頃、ユリカの脳の成長がエリカの脳を圧迫し始めていた。このままでは、二人ともが死んでしまう。

そこで、わしは大田原博士と綿密に打ち合わせ、あの娘の頭から、ユリカの部分を削除することに決めたのだよ」

永明は、蒼白な顔で尋ねた。

「そうすると、彼女はどうなるんです？」

「ユリカは死ぬ。エリカは生き残る。そうなるはずだ」

「エリカは、手術について何と？」

「姉を殺すのは嫌だ。手術は嫌だと言った。このまま、姉のユリカと共に死んでもいいと――」

「ば、馬鹿な！」

と、永明は大声を出した。

エリカの死の可能性については、事前に通告されていた。けれども、彼女が自分の頭の中にいる姉と共に死ぬだなんて――そんな悲劇的な結末は、彼には考えられなかったし、耐えられそうもなかった。

薬丸博士はうんと、深く頷いた。

「そうだ、わしは馬鹿だ。それに、エリカが死ぬなんて許せんと思った。だから、昨日、あの子が脳の障害で倒れて病院に運ばれた時、大田原博士に連絡して、即刻手術をしてくれと頼んだのだよ。そして、脳の中の、ユリカの部分だけを削除したわけさ。

といっても、単純な切除手術ではない。大田原博士が新たに開発した〈ブレイン・スキャナー〉と〈ブレイン・トレーサー〉を使った、実験的な新治療だ」

「何ですか、それは⁉」

「心臓手術をする時に、人工心肺を用意して血液をそちらに流すだろう。それに似ている。つまり、娘の脳の中身や記憶をすべて、一時的に、コンピューターを使って作った仮想的な脳にコピーするのだよ。

　そうして、元の脳を空の状態にしてから、不必要な細胞を切除するのだ。それがうまく行ったら、仮想的な脳に移してあったあらゆる情報や記憶を入れ直す。こういう方法で、エリカの脳の治療が進んだのだ」

「で、手術の結果は⁉」

　と、永明は強く尋ねた。

「大田原博士は、成功したと言っている。だが、昏睡から醒めるのには、かなり時間がかかるそうだ。ユリカとエリカの脳細胞がかなりの部分で重なっており、そこを切除して、足りない部分は人工脳細胞で補った。本当に、世紀の大手術だったのだよ――」

　しかし、エリカは、麻酔が切れても覚醒しなかった。永明はひどく心配して、病院に三日間泊まりこんだ。彼女は深く眠ったままだった。

　四日目に、永明に抜けられない仕事ができてしまった。高崎駅で自爆テロがあったのだ。犯人はイスラム系の過激派グループで、その仲間を捕まえるのに五日かかった。

　そして、急いで病院へ行ってみると、そこに、エリカはいなかった。一昨日の夜、いつの間にかエリカが目覚め、病院を抜け出して消えたのだと告げられた。

　恐怖と怒りで頭に血が上った。永明は、薬丸博士にビデオ通信をかけたが繋がらなかった。彼は自分の権限を使って、エリカと老人の行方を捜した。エリカの反応はどこにもなかった。老人は自宅にいた。

永明は車を飛ばして、研究所に行った。老人はいつもと同じく、一心不乱にロボットを作っていた。

「薬丸博士！　エリカはどうしたんですか！？　彼女はどこです⁉」

頭に血が上った永明は、喚くように尋ねた。

すると、手を休めた薬丸博士は、茫然自失の体で、

「永明君。エリカは死んだ。エリカはこの世からいなくなった……」

と、か細い声で答えたのだった。

「何を言っているんです！　エリカは目覚めて、こっそり病院から出て行ったと、看護師が言っていましたよ！」

薬丸博士は作業用ブレスレットをはずし、デスクに近づくと、操作パネルに手をかざした。

ホログラム映像の録画が立ち上がった。

病人服を着て、頭を包帯で巻かれた女性が出現した。

「――残念だったわね、お父さん。私はエリカじゃないわ。ユリカよ。大田原博士と一緒に、私を殺そうとしたのに、失敗したわね。脳を切り取られて、死んだのはエリカの方よ。あなたは、彼女ばかり可愛がっていた。私を要らない娘だとして、いつも無視していた。そして、最後に、文字通り、切り捨てようとしたわね。

でも、生き残ったのは私。死んだのはエリカ。

悲しいでしょうね。ざまあみろよ。まあ、いいわ。私は、あなたの前から消える。私はあなたを憎んでいるし、嫌いなの。だから、もう会うこともないでしょう。探しても無駄よ――」

たったそれだけの言葉だった。

永明は愕然となった。その動画の人物が、エリカではなく、別人であることが一目瞭然だったからだ。

エリカは、あんな醜い表情をしなかった。その女は、残忍な笑みと共にしゃべっていた。目には、話しかけている相手――薬丸博士――への憎悪が顕著に浮かんでいた。

こうして、永明はエリカを失ってしまった。彼女に別れを言うこともできなかった。

最愛の人を亡くして、精神的な衝撃が大きかった。

そして、永明は、薬丸博士と大田原博士を怨《うら》んだ。

この二人が失策を犯し、エリカを殺したのだ。

そう思うしか、気持ちのやり場がなかった。

鬱々《うつうつ》とした日が続く中で、永明は一応、ユリカの行方を追った。薬丸博士からも、そうしてくれと頼まれた。

ユリカの失踪は完璧で、電子情報に触れていないのか、居所はまったくつかめなかった。何の痕跡もなかった。

ところが、三ヵ月後に、永明も薬丸博士も驚くことになった。ユリカが何をしているのか、解る日が来たのだ。とんでもない形で、消息がつかめたのである。

ユリカは、過激なロボット排斥運動組織〈ロボット撲滅同盟〉の仲間になり、暴力的な破壊活動に参加していたのだ。

最初に彼女の姿を確認できたのは、那須に建築中の、ロボット製造局新工場でだった。そこが時限爆弾で攻撃された際、防犯カメラの映像にユリカが映っていたのである。

強力な爆弾の爆発によって、新工場は壊滅的な打撃を受けた。その翌日、〈ロボット撲滅同盟〉の犯行声明がインターネットに流れた。その声明を述べていたのが、サングラスをかけたユリカであった。

永明は、最愛の女性と同じ姿をした犯罪者を捕まえるため、仕事をしなければならなくなった——。

3

永明は頭に血が上り、体に震えが走った。

「薬丸博士！　どうして、このアンドロイドたちの顔をエリカに似せたんです！」

と、彼は血を吐く勢いで怒鳴った。

機械機械した外見の1号から4号ならともかく、5号と6号は、人間の容貌を完全に模してあった。5号は銀色の金属製だったが、6号は人工皮膚を使ってある。だから、6号は死んだ恋人とそっくりだったった。

薬丸博士は顎鬚を撫でながら、

「君は、何を怒っているんだね」と、不愉快そうに言い返した。「このアイアン・レディたちは、エリカではなく、わしの死んだ妻をモデルに作ったのだ。デンマーク人のアンナ・ニールセン物理博士だ――」

そう言うと、老人はデスクの操作パネルの上で手を振った。

すると、そこに、ホログラムの胸像写真が浮かび、ゆっくりと回転し始めた。

永明もデスクに近寄り、ホログラムとアンドロイド6号とを見比べた。確かに、両者は似通っている。それに、エリカの顔と比べると、こっちの方が近い感じがした。

「解ったかね、永明君。実に美しいアンドロイドだろう。わしは、妻を素晴らしい美人だと思っていた。だから、それを土台にして、アイアン・レディたちの外見をこしらえたのだよ。そして、わしは、君にこの5号と6号を与えたくて、今夜、ここに呼んだのだ。この娘たちはな、現時点でわしの作ったもっとも新しい型でな、非常に優秀な電子頭脳を持っている」

永明はまだ怒りが収まらず、はっきり首を振った。

「だめですね。女性型ロボットなんて要りませんよ。前からある護衛ロボットで充分です。性能的にも機能的にも」

薬丸博士はホログラムを消して、

「ただの護衛ロボットならそうだろう。だが、この5号と6号はそれ以上の知能と機能を持っている。君にとって最高のパートナーとなるし、守護者になるだろう」

「守護者?」

「そう、守護ロボットだ。いろいろな面で、君を守ってくれるはずだぞ」

と、白髪の老人は陶酔顔で言った。

永明は、すっかり気持ちが冷めてしまった。

「いいですか、薬丸博士。私たちの仕事場は暴力沙汰が絶えない。敵に銃で撃たれたり、爆発物で吹っ飛ばされたりする。そんなことが日常茶飯事だ。人工皮膚でできたロボットなんて弱すぎる。すぐにぶっ壊れますね」

「だから、そのために二体のアンドロイドを作ったのだ。5号と6号をな」

「どういうことです?」

「まあ、簡単に言えば、6号は日常生活用で、5号は危険任務用だ。両者の電子頭脳は常にネットを介して接続されている。思考や記憶を共有する形になっているんだ。だから、君がどちらかのアイアン・レディを連れて歩いていても、その娘《こ》が知り得たことや見聞きしたことは、もう片方へ情報として送られ、メモリーに蓄積されるわけだよ。

6号の体は、人間そっくりにできている。触感も体温も反応も同じだ。この娘は食事もできるし、排泄もできる。

一方、5号の表面素材は生体金属《ライブ・メタル》で作られている。こっちは、滅多なことでは壊れない。柔軟性は人工皮膚にも匹敵するが、丈夫さで言えば、ダイヤモンドとほぼ同様のかたさだ。よって、この娘は、戦闘任務だとて軽くこなすことができるぞ」

と、薬丸博士は自慢げに説明した。

「生体金属——」と聞き、永明は驚きを隠せなかった。「——まさか、それって?」

五年前のことだが、直径三キロメートルの巨大彗星が太陽系に迷いこんだ。しかも、地球に衝突するコースを取っていることが解り、大騒ぎになった。彗星が実際に落ちてくれれば、地球は壊滅する。間違いなく、人類も他の生物も死滅するだろう——そう科学者たちは断言した。

しかし、そうした危機を想定して、国連宇宙対策評議会は、何年も前から防衛策を構築していた。火星軌道における核ミサイル防衛網、地球近傍におけるシャトル自爆攻撃。月面基地からの超レーザー光線及び超マイクロ波による追撃装置——などなど。

そうした武器を駆使して、幸いにも、火星軌道と地球軌道の間で、この巨大彗星を粉々にすることに成功した。ただ、粉々になった彗星の屑が隕石となって、地球の大気圏に突入したのである。

もちろん、その大半は地上に届かずに、空気との摩擦で燃えつきてしまった。ただ、解っているだけでも、三十六の破片が、カナダ北部を中心にあちこちの地表に激突した。

調べた結果、それらの隕石は、恐ろしく硬い、未知の金属の塊だった。そして、ある種のピエゾ効果によって、特定の電気的エネルギーを与えると、非常に柔軟になることも解った。

これが、のちに、生体金属と呼ばれるようになった物体である。ただし、この特殊な金属の正体は不明で、自然のものなのか、人工的なものなのかも謎だった。

とにかく、大変貴重な金属であることは間違いなく、国連宇宙対策評議会は、塊をすべて回収するよう各国に依頼した。そうして、集めた塊を世界中の最高科学機関に貸し与え、分析や研究をさせていたのである。

「——どうやって、生体金属を手に入れたんです?」

永明は、銀色に光る、美しい体を持った5号を見やった。

「いろいろとコネがあってな。これは、アメリカ人の宝探しハンターに大金を払って買ったんだ。

アラスカの氷原で見つかったもので、ほぼ六十キログラムあった。５号には、外装を中心に、その半分ほどの量を使ってある」

永明は、老人の返答に呆れてしまった。

「いったい、この二体のロボットを作るのにいくらかかったんですか」

「かなりの額さ。我がロボット研究所の、年間予算の半分くらいかな。だが、わしのポケット・マネーを注ぎこんだから、研究所の経理には迷惑をかけておらん」

と、薬丸博士は悪びれずに答えた。

「そんな高価なロボットを私に預けて、生活や仕事で使えと言うんですか」

「そうだ」と、白髪の科学者は頷き、「無論、このアイアン・レディたちの活動状況や思考経路、出来事に対する反応などは、内部の発信器から、逐一、わしの所のコンピューターに入ってくることになる。その情報を元に、わしは、次のさらに優れたロボットや部品を作ることになるだろう」

永明は侮蔑的な目で、得意気な顔をした老人を見た。

「そんなことは、絶対に認められませんね。私の事件捜査に関する内容は極秘です。部外者に漏らすわけにはいきませんよ」

「大丈夫だ。連州捜査局長官の許可は取ってある。長官や局にとっても、護衛ロボットの進化は喜ばしいことだ。それによって、犯罪に関する解決件数は上がるからな。それに、弱者である人間の捜査官の怪我率や死亡率も低くなるだろう」

と、薬丸博士は恩着せがましく言った。

郷土捜査部長自らが、永明に、ここへ行って新しいロボットを受け取って来いと命じたくらいだから、老人が言っていることに嘘はないだろう。

エリカに似たアンドロイドと、四六時中、行動を共にする——そんなことは考えたくなかったし、絶対に嫌だった。しかし、上からの命令では、永明に拒否する手立てがないのも事実だった。

第6章　謎の襲撃

1

「ちょっと、左手を出してくれ」

と、薬丸博士が言い、永明は、渋々、手を差し出した。忌々《いまいま》しいが従うしかない。

捜査官全員がそうだが、左手の甲には、一センチ五ミリ角の、フィルフォンことフィルム型スマートフォンが貼ってある。老人はピンセット状の道具でそれを剝ぎとり、別の、七色に輝くホログラフィー・シールを貼りつけた。

チクリと痛みがした。

「これはフィルフォンと一体化した、ロボットの基本操縦器だ。アイアン・レディを起動したくなったら、フィルフォンに触ればいい。一本指回転がそのジェスチャーだ。

君の神経系と接続したので、この娘たちは、わしと君の命令しか聞かない。近距離なら無線機になるし、ネットに接続できる状況なら、どこからでも指示を出せる。

言うまでもないが、通常の命令は口頭で良くて、君の仕草や表情でも、あの娘たちはちゃんと動く。最高級の電子頭脳を内蔵してあるから、推察力と判断力と思考力は超一級だぞ」

永明は、薬丸博士の言葉を遮《さえぎ》るように尋ねた。

「この二体のアンドロイドは、同時に動かせるのですか」

「一応、動かせる。しかし、人格プロセッサーのサブルーチンは一つ分しかないので、人工知能プログラムを働かせた状態で活動モードにできるのは、一体だけとなる。その間、もう一体は、リモコン操作による半自動型ロボットと同じ動きとなるわけさ」

「何故、そんなふうにしたんです？」

「人格プロセッサーのサブルーチンが異なると、別人格のロボットが二体できてしまうからだ。この娘たちの体の違いを研究するため、あえてそういう具合に作った。どちらの形態の体が実用的か、有効か、そうしたことの差を見るためにな」

と、薬丸博士は嬉しそうに説明した。

だが、永明は不快感を覚えた。それでは、一つの体に二つの心を持っていた、あのエリカとユリカを反転させたようではないか――。

いったい、この老人は何を考えているんだ！

ふざけるな！

と、怒鳴りたくなる気持ちを、永明は懸命に抑えた。そして、フィルフォンを触ってみた。

こうなったら、早くこいつらをもらって帰ろう――。

5号と6号の収まっているブースで、軽やかな電子音が鳴った。モニターの照度が増して、様々なデーター・チェックが活発に動き始めた。それと同時に、アイアン・レディたちの額の真ん中が、一度、赤く、小さく、光った。人工皮膚もしくは生体金属の皮下に、インジケーターが埋めこまれている。

永明は、6号の様子を見ていた。6号がゆっくりと瞼を開いた。エリカと同じ青い瞳をしている。

またもや、額の小さなインジケーターが光った。今度は青色だった。それと共に、6号の口が開いた。

「――起動プロセス、完了です。命令をどうぞ」

声には、これといった特徴はなかった。よくある女性型ロボットの合成音で、人の耳には心地良く感じられるものだった。

薬丸博士が、楽しそうな顔で命令した。

「ブースから出なさい」

アイアン・レディは指示に従った。きっちりと足を動かして、博士の前まで歩いた。

「わしと彼が、誰だか解るかね」

6号は、老人と永明を交互に見た。

「はい、解ります。顔認識データー検索終了。薬丸洋之輔工学博士――お父様――と、連州捜査局の永明光一捜査官です」

「お前の帰属は?」

「薬丸ロボット工学研究所です。私の守護対象は、永明捜査官です」

「そうだ。これから、お前は彼の命令に従い、世話をするのだ。いいな」

「はい」

ロボット法によって、ロボットは、己の制作者を親と見なすよう規定されている。だから、第一命令者は薬丸博士であり、第二命令者は永明という順位であった。

永明はアンドロイド――薬丸博士の言い方によれば、アイアン・レディ――の顔を見ながら、慎重に質問した。

「お前の、型番と名前を教えてくれ」

「RK―Dhcp5―S3306、レオナです」

「じゃあ、そっちのもう一体は？」

永明は、銀色の5号を指さした。

彼女は後ろを振り向き、自分の分身を見て、

「RK―Dhcp5―S3295、レオナです」

と、返事をした。

「どっちもレオナか……」

呟いた永明は、ちょっと感心したように、このアンドロイドの全身を見直した。

目を閉じてじっとしていた時は、蠟人形か、よく出来たマネキンか、高級なラブドールのようだった。しかし、一度動き始めると、かなり生身の人間に近い。表情も刻一刻と変化するし、髪の毛も自然に揺らぐので、本当に生きているように見える。

「薬丸博士、この6号ですが、瞬きも呼吸もするじゃないですか」

「ああ、そのとおりだ。人間と同じ仕草や表情を、ランダムに行なうようにしてある。呼吸も口だけではなく、体全体でリズムを取るようにした。それに、体温も与えてある。この娘の皮膚に

触ってみたまえ、永明君」

　彼はそっと、レオナの頬に指を当てた。生温かい。皮膚には適度な弾力がある。

　薬丸博士は説明を続けた。

「もちろん、レオナは、ただ呼吸の真似をしているわけではない。空気の成分を分析をしているから、有毒ガスなどが室内に溜まってきたら、すぐに察知する。当然、室内の温度や湿度も計測している——そうだな、レオナ？」

「はい、そうです、お父様。空調用冷却タワーの一機が不調で、室内の気温が二度上がっていましたので、適正に調整するよう、〈バッカス〉に指示を出しました。すぐに、快適な温度になるはずです」

　6号はそう答えて、優しく微笑んだ。

〈バッカス〉というのは、この研究所の館内コンピューターの通称だった。

　薬丸博士は嬉しそうに言った。

「どうだね、永明君。レオナは自分で考えて、このように私たちに奉仕した。彼女の電子頭脳は非常に優れているから、微妙な気遣いもできるわけさ」

「なるほど。確かに優秀みたいですね」

　と、永明も認めるしかなかった。

「じゃあ、5号と6号を連れてかえってくれたまえ。どう使おうと、君の好きにしていいからな。なお、この娘たちの行動や様子を報告する必要はない。さっきも言ったが、そうした情報は、勝手に、当研究所のコンピューターに送られるようになっている——」

と、薬丸博士が言った時である。

思いもしない事態が発生したのだった。

2

室内全体に、けたたましい警報が鳴り響いた。それと同時に、照明の半分が警報灯に変化して赤く点滅した。さらに、〈バッカス〉が、

「危険警報！　危険警報！　レベル5！　レベル5！」

と、警告を繰り返し、ロビタ12号もそれに合わせて、

「危険です！　危険です！　警戒が必要！　警戒が必要！」

と、喚きながら、両手を上下にバタバタと動かし、薬丸博士らの周囲を回り始めたのだった。

白髪の老人はひどく驚き、文字通り飛び上がった。

「な、何だ⁉　ロビタ⁉」

一瞬、永明もギクリとしたが、彼は緊急事態の発生には慣れていた。あわてふためく使役ロボットに向かって、険しい声で命令した。

「ロビタ！　危険の内容と、事態の詳細を報告しろ！　それから、急いで安全対策を実行するんだ！」

そして、彼はデスクの制御パネルを覗きこみ、

「〈バッカス〉！」と、館内コンピューターを呼んだ。「異常事態の起きている箇所を確認して、

その場所の映像と音声をディスプレイに表示しろ！」

すると、デスクの上の三つのディスプレイが拡大して結合した後に、映像が八分割された。しかも、激しい銃声や、爆発音や、悲鳴や、金属と金属が激突するような轟音が、すべて一緒くたになって、スピーカーから怒濤《どとう》のごとく流れ出てきたのである。

「襲撃者あり！　襲撃者あり！　危険レベル5！　危険レベル5！　薬丸博士、ただちに安全対策を取ってください！」

と、〈バッカス〉とロビタ12号が一緒に叫んだ。

映像はもっと衝撃的だった。数々の事件を通じて修羅場に慣れている永明でさえ、思わず息を飲んだ。表示されたのは、正門や玄関などの様子だった。

一つの画面には、何かに突っこまれて、破壊された門が映っていた。次の画面には、検問ブースをなぎ倒して停車している黒塗りのSUVが映っていた。その後ろには、汚れきった中型コンテナ・トラックも見える。

もう一つの画面の端には、顔を血で染めた高松警備員の姿が映っていた。彼は、玄関にある大理石の柱に身を隠しながら、必死にテーザー・ガンを撃っていた。その横には、片腕がなくなり、胴体も半壊状態である守衛ロボットが倒れている。

「高松さん！　警備チーム！」

永明が大声で呼びかけたが、向こうの騒ぎが熾烈《しれつ》すぎるのか、応答がなかった。周囲の轟音や黒煙、粉塵、火花、火炎、高松警備員の必死の形相を見れば、現場での過酷さが解る。他の監視映像を見ても、玄関付近はもっと悲惨な状態になっていた。

敵は、黒ずくめの男たちだった。顔は黒い目出し帽か濃い色のサングラスで隠している。それと、四体の武装ロボットだった。

男たちは、サブマシンガンを容赦なく撃ちまくっていた。ロボットは中国人マフィアがよく使っている、四本足の〈無双《ウーシュアン》〉だった。つまり、襲撃者は中国人マフィアなのだろう。

――グゥアッガァァ！

油圧サーボに由来する作動音と共に、〈無双〉は前に出た。そして、立ちはだかる守衛ロボットを、左腕に内蔵した機関銃で攻撃し始めた。二体の〈ゴリラ〉の胸や腹に銃弾による穴が次々にあき、後ろに吹っ飛んだ。

「〈バッカス〉！　映像を切り替えろ！　警備チームはどうしたんだ。彼ら全員の安否を確認して、それが解るものを見せろ！　他の守衛ロボットや、使えるロボットをすべて、玄関に回すんだ！　急げ！」

永明は、興奮ぎみに要求した。チラリと横を見たが、薬丸博士はショックで青ざめ、呆然としていた。

ディスプレイの映像が次々に切り替わっていく。

玄関付近には、高松警備員の他にも四人いた。騒ぎに気づき、すぐに駆けつけたようだ。しかし、すでに二人は撃ち殺され、血塗《ちまみ》れで、床に倒れている。

時折聞こえる爆発音の背後には、複数の機関銃の音が響いていた。建物の外壁も、地面も、玄関のガラス・ドアも、無数の銃弾を浴びて穴だらけになるか、壊されて破片が飛び散っていた。物陰に身を隠そうとする警備員たちに、その破片が降り注いだ。

黒ずくめの男たちの一人が、見慣れない武器を持ち出した。先端から、太くて、目映い光が放たれた。角度によっては、あまりの輝きに、ディスプレイの映像がハレーションを起こすほどだった。強力なレーザー光線を放つライフルのようだが、その威力はとんでもなかった。命中したものは次々に破断されるか、貫通して、溶けて、大きな穴があいた。

四体の守衛ロボットと、二体のロビタ型が応援に駆けつけた。〈ゴリラ〉は特殊警棒を振り回しながら、二体の〈無双〉に体当たりした。

だが、相手の力の方が数段上回っていた。〈無双〉は機関銃のシャワーでロビタ型を簡単に破壊した。〈ゴリラ〉は、側面から〈無双〉に突っこんでいった。〈無双〉はその攻撃を受け止め、〈ゴリラ〉頭上に持ち上げ、軽々と投げ飛ばした。

もう一体の〈無双〉は、右手で〈ゴリラ〉の頭を摑んで動けなくすると、左手の機関銃の銃口を相手の腹に押しつけ、機関銃で外装も内部の機械も徹底的に痛めつけた。一体を作動不能にすると、次の一体も同じようにして、破壊した。

〈ゴリラ〉四体の内、二体は、頭部や腹部から黒煙を発して倒れた。内部からの爆発がそれに続き――エネルギー・タンクをやられたのだろう――体の各部が吹き飛び、単なるロボットの残骸となってしまった。

3

襲撃者たちは、建物に設置されている監視カメラやセンサーも破壊し始めた。

永明が見ている映像が次々と消えていく。だが、館内コンピューターも、別の監視カメラに切り替え、新たな映像を表示した。それによって、襲撃者たちが建物内に入ったことが解った。

「——もうだめです！　防ぎきれません！　薬丸博士！　永明捜査官！　逃げてください！　危険です！　逃げてください！　奴らは、そちらに向かっています！」

悲鳴のような声で叫び、ホールの方へ逃げこんだのは、高松警備員だった。右手が血に染まり、だらりと垂れている。彼は左手にテーザー・ガンを握り、それを撃ちながら後退していた。

永明は、茫然自失となっている薬丸博士に怒鳴った。

「博士！　何とかしてください！　他に、防衛手段はないんですか！　彼を助けないと！」

ハッと我に返った薬丸博士は、デスクの制御盤に飛びついた。

「ここは、ロボット製造局の工場じゃない。ただの研究所だ。こんな風に襲われるなんて、考えてもいなかった。だから、それほど、警備には重きを置いてなかったんだ。今、動かせるロボットを全部、起動させるから、ちょっと待ってくれ！」

と、老人は懸命に、命令の入力を繰り返した。

「火災用の防御壁は下ろせますか！」

「下ろせるが、手動でやるには時間がかかる。そこまで、手が回らん！　ロボットの操縦で手一杯だ！」

永明は、急いでアイアン・レディの方を振り向いた。

「レオナ！　お前は今、〈バッカス〉と接続されているのか！」

「はい」

アンドロイドは即答した。永明が忌々《いまいま》しく感じるほど、彼女は落ち着いている。

「だったら、お前から〈バッカス〉に命令を入力しろ。あるいは、館内のセンサーを騙して、状況を偽装するんだ」

「どちらも可能です」

「即座に防御壁をすべて下ろせ。ただし、消火装置は使うな。あと、エレベーターも停止させろ！」

レオナの額のインジケーターが、三つとも点灯した。一瞬、青から赤になる。

「――入力完了。各所の防御壁が、十五秒で下ります。エレベーターも、二階より上で停止させました。高松警備員は、地下駐車場へ逃げこみました。他の警備員は全員、死亡の模様。警備ロボットもすべて作動停止しました」

と、6号は淡々と状況を報告した。

「次は警察への通報だ、レオナ！」

永明はそう命じて、自分は、左手のフィルフォンをタップした。連州捜査局に通報しようと思ったのだ。

だが、電話が繋がらない――。

「電話も通信も発信不可能です。警察を呼ぶことはできませんでした。電波妨害装置が使われている模様。

代わりに、ビルの外にある警報装置を鳴らしました。これで、近隣の住人が気づいてくれるはずです」

レオナの報告する声に、別の物凄い音が被さった。爆発音だった。それはスピーカーだけではなく、直に聞こえてきた。床からの微振動を感じたほどだ。

永明は、あわててディスプレイを見た。襲撃者たちは、一階の防御壁を手榴弾やレーザー光線で破壊して、階段を使い、二階へ上がろうとしていた。

永明は、薬丸博士に尋ねた。

「奴らは何が目的で、この研究所を襲ったんですか！」

「さあ、知らん。あいつらに聞いてくれ！」

薬丸博士は、眉間にしわを寄せて答えた。

ここは研究所なので、新発明品もあれば、試作品のロボットもあるし、秘密の技術もある。それらのどれかか、あるいは、全部を盗もうとしているに違いない。

襲撃者たちは、自分たちの戦闘ロボットを先に立たせ、階段を上り始めた。途中、立ちはだかる研究所のロボットたちを、〈無双〉のアーム・マシンガンが容赦なく血祭りに上げる。男たちが持つサブマシンガンとレーザー・ライフルを、使う必要すらなかった。

「何て、ことだ――わしの可愛いロボットたちを――」

と、薬丸博士は悔しそうに言い、壁のブースに入っている六体の護衛ロボットを起動した。

「薬丸博士、ここからの逃げ道は？」

と、永明は真剣な口調で尋ねた。

「エレベーターと階段だけだ。この裏にある部屋は倉庫で、窓もないんだ」

「屋上は？」

永明は、天井を指さして尋ねた。

「上がれる。ヘリコプターの発着場になっているが、わしの個人機は今、助手が乗って、科学省の方へ行っている。だから、屋上へ出ても、そこから先の逃げ道はないぞ」

「だとしても、ここにいてもやられるだけです。警察か誰か、応援が来るまで、屋上に避難しましょう」

「解った——」

と、頷いた薬丸博士だが、制御盤のキーボードを使って、何か命令を打ちこみ始めた。

「何をしているんですか。早く行きましょう！」

苛立った永明は、叫び気味に言った。

「まだだ。ロボットに関する秘密データーを、あんな奴らに奪われてはたまらん！　コンピューターからすべて削除するから、ちょっとだけ時間をくれ！」

「消してしまって、大丈夫なんですか」

「ああ。主立ったものは、ロボット製造局のサーバーにバックアップしてある。奴らが警戒厳重な向こうではなく、ここを襲ったのも、そのためだろう！」

薬丸博士は、物凄い勢いで指を動かした。最後の削除コマンドを打ちこむと、

「いいぞ！」

と、声を張り上げた。

「じゃあ、行きますよ。レオナ、前へ立って、俺たちを誘導してくれ！」

鋭い声で永明は命令し、薬丸博士の二の腕をつかんで引っ張った。

だが、時すでに遅しだった。

突然、部屋の照明が落ちて真っ暗になった。すぐに予備電気が点いたが、照度はこれまでの四分の一くらいしかなかった。赤い非常灯も、点滅を続けている。

「どうした⁉」

と、永明はレオナに尋ねた。彼女の額のインジケーターが、三回赤く光った。

「――襲撃者が、研究所の変電機を爆破した模様です。自家発電に切り替えましたが、その隙に防御壁を突破されました」

薬丸博士が、青い顔で言った。

「変電機は裏門の脇にある。敵は二手に分かれて攻撃してきたのだな」

この階のエレベーター・ホールの方から、銃声や爆発音が聞こえてくる。しかも、その音はどんどん近づいていた。

薬丸博士は、動き始めた〈ゴリラ〉六体を、入口の前に移動させた。この六体は武器を持っていなかったから、体当たりで敵を攻撃するくらいしかできない。

永明は、怒鳴りぎみに命じた。

「レオナ。デスク二つを倒して、盾にしてくれ！」

彼女は命令に従った。その力は人間の倍以上あり、床に固定されていたデスクをいとも簡単に倒した。そして、天板を入口に向けて並べた。

永明は、うろたえる老人を、その後ろに引っ張りこんだ。

第7章
逃走と追跡

1

襲撃者が、二枚扉の入口をサブマシンガンで撃ち始めた。一秒たりともやまない銃撃の音、薬莢が床に落ちる音、弾丸が金属製の扉に激突して、そこをボコボコにへこませる音など、凄まじく暴力的な音が鳴り響いた。

その上、奴らは手榴弾を投げたらしく、轟音と共に分厚い扉がひしゃげ、片側は上半分がひん曲がり、片側は内側に倒れた。

薬丸博士は、〈ゴリラ〉たちをドアの前へ進ませた。襲撃者は武装ロボット〈無双〉を使い、入口の扉を完全に破壊した。奴らのロボットは大きくてごつい上に、相当な力持ちだった。

扉を蹴飛ばして押し入った〈無双〉一体に、こちらの〈ゴリラ〉三体でやっと対抗できる状態だった。後ろから、さらに二体の〈無双〉が入ってきた。そして、アーム・マシンガンを使って、狙いを定めずに無茶苦茶に撃ってきたのである。

「危ない！」

永明は薬丸博士の頭を押さえこみ、自分も身を低くした。銃弾は壁や天井や機器類やロボットなど、ありとあらゆる所にあたり、数え切れない穴をあけ、破片や火花を撒き散らした。

もちろん、デスクにも多数の弾が当たったが、鉄板が挟まれているらしく、何とか衝撃に耐えてくれた。

「レオナ！　お前が薬丸博士を守れ！」

老人に覆い被さっていた永明は命令して、横にどいた。代わりに、アイアン・レディが屈んで、老人に寄り添った。

永明は片膝を突き、隙を見て、デスクの脇からマルチガンで撃ち返した。だが、敵の猛攻が凄すぎて、しっかり狙いを定めることはできなかった。

レオナが、声の音量を上げて言った。

「永明捜査官。時間を稼いでください。倉庫に、試作品の制圧ロボット二体がありました。それを〈バッカス〉を通じて起動しました。応援に来ますから」

「解った！」

怒鳴り返しながら、永明はマルチガンを殺傷モードに変更した。目の前の敵を倒すには、テーザー弾では足らない。殺《や》るか殺られるかだ。

永明は、相手の攻撃が緩む合間に応戦した。狙いを定めている暇はない。発砲光の見えたあたりに向け、続けざまに引き金を引く。

武装ロボットの背後には、黒ずくめの男たちが三人いた。彼らはサブマシンガンを持っていて、その内の二人が、〈無双〉と争っている〈ゴリラ〉たちを撃ちまくっていた。もう一人は、サブマシンガンの先端を左右に振りながら、永明たちに銃弾の雨を降らせていた。

最後に入ってきた四人目の男は、見慣れぬ形をしたレーザー・ライフルを両手で持っていた。形状は、M5E3カービン銃に似ていた。

そいつは、〈ゴリラ〉と揉み合う〈無双〉たちの間に立ち、ロビタ12号とロビタ13号をいとも簡単に破壊してしまった。レーザー・ライフルから発せられた鋭い光の威力は尋常ではなかった。目映い光の奔流が、二体のロボットの胴体を真っ二つにしてしまったのだ。

「普通のレーザー光線銃じゃないぞ!」

と、永明は震え上がりながら言った。

腹に響き渡るような激突音が三つ、連続して生じた。三体の〈ゴリラ〉が、〈無双〉二体によってスクラップになった。首や腕を引きちぎられた〈ゴリラ〉は、〈無双〉に振り回され、思いっきり壁に投げつけられた。そして、そのたくましい体は、壁に突き刺さるか、床に落ちて動作不能となった。

残りの〈ゴリラ〉三体も、強力なレーザー光線にやられてしまった。切り裂かれた胴体の各部から、プラズマ火花や黒煙が噴き出した。

ズシン、ズシンと、〈無双〉が壊れたロボットを踏みつぶし、永明たちに近づいてきた。

「くそっ!」

永明は、もうだめだと思った。〈無双〉はともかく、あのレーザー光線には太刀打ちできない。降伏するべきなのか。自分一人なら最後まで徹底抗戦するが、薬丸博士がいるとなると——。

だが、まだ諦めるのは早かった。天井から、三本の作業用アームが下りてきた。グネグネと動きながら、〈無双〉の一体の腕と首と足をつかんだ。そして、そいつを宙に持ち上げて、逆さまにした。

「博士⁉」

永明が振り返ると、レオナの下で老人が何かしていた。いつの間にか操縦機のブレスレットを両手にはめ、それを動かしながら、作業用アームに指示を与えていたのだ。

「どうだ。わしだって力になれるぞ！」

そう言って、薬丸博士はニヤリとした。

作業用アームは、〈無双〉の一体を八つ裂きにして、次の〈無双〉に文字通り腕を伸ばした。

「レオナ！　応援のロボットはどうした！」

「もう来ます、永明捜査官！」

冷静ではあるが、レオナも大きな声を出した。

ふたたび、銃弾の雨が襲ってきたので、盾にしているデスクがその衝撃をもろに受けた。アイアン・レディたちが収まっていた壁のブースも銃弾にやられ、透明フードが粉微塵に砕けるか、激しくひびが入った。

「もう限界だぞ、レオナ！」

永明は必死の顔で言い、撃ち返し、黒ずくめの男一人を地獄に送ることに成功した。

と、その時だった。

ガシャン！　ガシャン！

と、物凄い音がして、背後からガラスの破片が盛大に飛んできた。首をすくめながら後ろを見ると、大窓のガラスが二ヵ所割れていて、その前に、〈ゴリラ〉よりも一回り大きなロボットが二体、立っていた。外壁をよじ登り、薬丸博士らを助けるために、部屋へ飛びこんできたのである！

このロボットの通称は、〈ジャイアント・ゴリラ〉もしくは〈ジャイアント〉。警察や連州捜査局などで使用している犯罪者制圧用ロボットの新型だ。アメリカン・フットボールの選手たちを、大きく、厳《いか》つくしたような外観で、頭は丸いヘルメット状だ。そこにスリット状の一文字の目があり、赤い光が灯っていて、常に左右に動いている。それは、敵を探知するためのセンサーが作動している証拠だった。

黒ずくめの男たちは一瞬怯んだが、すぐにサブマシンガンを撃ち始めた。〈ジャイアント〉はやや前屈みになって、銃弾を頭と肩で受け止めながら、敵と敵のロボットに向かって突進していった。

作業用アームに捕らえられていた二体めの〈無双〉は、左腕をもぎ取られたが、反撃に出ていた。逆にアーム二本を引きちぎり、それを〈ジャイアント〉めがけて投げつけた。

黒ずくめの男たちは、制圧用ロボットの突進の凄まじさに、サブマシンガンを撃ちながら、入口まで下がった。

〈ジャイアント〉二体は、分厚く盛り上がった肩を前にして、〈無双〉二体に体当たりした。金属の巨体同士がぶつかり、かたい衝撃音が室内に響いた。

一体の〈ジャイアント〉は一体の〈無双〉を入口近くまで押しやったが、それで精一杯だった。〈無双〉が右手で〈ジャイアント〉をかかえこみ、左腕のマシンガンを相手の腹に押しつけ、そこを集中的に撃ちまくったからだ。

さすがの〈ジャイアント〉も、この猛攻撃に致命的な損傷を受けた。分厚い金属の外装に大きな亀裂ができ、内部の機械も銃弾によってメチャメチャに壊された。

――グアァァアア！

〈ジャイアント〉は作動音による悲鳴を上げ、片膝をついた。動力源もやられて、腹部の裂け目からバチバチとプラズマ火花が噴き出し、前のめりに倒れた。

もう一体の〈ジャイアント〉は、もっと惨めだった。後ろから片腕の〈無双〉が〈ジャイアント〉を羽交い締めにすると、黒ずくめの男がレーザー光線で、その丸い頭を吹き飛ばしたからだ。〈ジャイアント〉二体が作動不能に陥ると、機関銃の嵐はやんだ。しかし、黒ずくめの男たちがサブマシンガンとレーザー・ライフルを構えながら、ふたたび前に出てきた。天井の作業用アームも、〈無双〉によって、最後の一本まで引き抜かれてしまった。

室内は、惨憺《さんたん》たる有り様だった。そこら中、銃弾による穴だらけで、まさに戦場である。火薬の匂い、レーザー光線によって蒸発したプラスチックや金属やガラスの焦げた匂い、そして、科学火災や爆発によって生じた黒煙などが充満している。あちこちのケーブルや機器からプラズマ火花が噴き出ていて、ショートによるバチバチという光や音もあった。本来なら、室内の消火装置が働くはずだったが、それさえも壊れていた。

「万事休すか――」

永明はデスクの陰で、唇を嚙んだ。マルチガンの触感メーターも、銃弾の残りが少ないことを知らせていた。

最早、永明たちに抵抗する手立てはなかった。割れた窓から外の音が聞こえてくる。遠くから、複数のパトカーが鳴らすサイレンが伝わってきた。しかし、警察が到着する前に、自分たちは捕まるか殺されているだろう。

銃弾を受けてボロボロになったデスクの後ろで、永明はどうすべきか懸命に考えていた。薬丸博士をかばっているレオナ6号も、命令を待ってこちらを見ていた。老人は諦めたのか、口をへの字に曲げ、渋い顔をしている。

永明は、チラリと壁のブースを見た。銀色のレオナ5号が、割れたフードの上に仰向けになって倒れていた。

あのアンドロイドも、壊されたのだろうか。それとも、動けるだろうか。

永明は念のため、シール型操縦器でもある、手の甲のフィルフォンに指を当ててみた。

2

サブマシンガンの音がやんだので、急に室内が静かになった。無論、機械や配線のショートする音や、科学火災の延焼音などは聞こえ続けていたが、これまでの壮絶な騒音に比べたら、微々たるものだった。

天井の照明もほとんどが消えていた。残っているものは、赤く点滅を繰り返している。

「――おい、薬丸博士。俺たちは、あんたに用がある。おとなしく投降すれば、命だけは助けてやるぜ！」

男たちの一人が、太い声で言った。

「博士を、どうする気だ⁉」

永明は、時間稼ぎのために大声で言い返した。デスクの端から顔を少しだけ出す。話しているのは、レーザー・ライフルを持った男だった。こいつがボスだろうか。

そいつは冷たい声で、

「どうしようと、こっちの勝手だ」

と言い、銃口をデスクへ向けた。武装ロボットたちも、それにならって、アーム・マシンガンの先を動かした。

「お前がボスか⁉」

「まあ、そんなところだ。で、お前こそ、何者だ？」

身分を明かせば、命の危険度は上がる。しかし、薬丸博士を守るためには選択肢はなかった。

「俺は連州捜査局の捜査官、永明だ。もうすぐ、警察や連州捜査局の応援が来る。お前たちは逃げられないぞ！」

永明は、マルチガンを握り直しながら言った。

サイレンの音が近くなったと思ったら、外で銃声や爆発音が響き始めた。駆けつけた警察官たちと、襲撃者の仲間が交戦しているのだろう。

ボスは肩を揺すり、せせら笑った。

「威勢の良い奴だな。だが、どっちの方が優勢か、状況が解らないほど馬鹿でもあるまい」

「〈無双〉を使っているところをみると、お前らは中国人マフィアだな」

永明は何とか、質問を続けようと頑張った。

しかし、相手はそれを無視して命令した。

「さあ、拳銃を捨てて、投降しろ。応援がこの部屋に来るまで、お前たちの命が持つかな。十秒待ってやるぞ。それでも抵抗するというのなら、容赦はしない。総攻撃を加えてやる」

すると、永明が焦るようなことが起きた。

「――レオナ、どいてくれ」

薬丸博士が6号に命じて、立ち上がると、両手を上げてデスクの横に出てしまった。永明が止める暇もなかった。

「さあ、降伏したぞ。だが、いったいわしに何のようだ。こんなひどいことをしおって。何故、わしの可愛いロボットたちを破壊したんだ。可哀想に――」

と、白髪の老人は広い室内を見回し、その惨状を憂えた。

襲撃者のボスは、容赦のない声で答えた。

「俺たちが欲しいのは、プログラムを焼いていないロボット法チップだ。この研究所にあるものを全部いただこうか。それと、あんたには、〈アトム回路〉の改造プログラムを作ってもらう。だから、俺たちと一緒に来てもらおうか」

男は平然と、自分たちの企みを語った。もう完全に勝ったつもりなのだろう。

「じゃあ、昨日、ロボット部品工場を出たコンテナ車を襲ったのも、お前たちだな！」

永明は、怒りに任せて大声を上げた。

通常、正常なロボットの電子頭脳には、ロボット法を焼き込んだ〈アトム回路〉が埋めこまれている。そのため、善悪の判断が可能になっている。

だから、犯罪者たちは、電子頭脳を部分的に壊したり、改造プログラムを焼きこんだチップを作り、元のチップと交換したりして、ロボットに悪事を働かせる。自由自在に操るためにだ。

「そうだ。俺たちの仕業さ。あのコンテナ車は、別の品名で偽装して、ロボット法チップを積んでいたのだ。それに関する情報を摑んだから、襲って奪ったまでよ。俺たちは、目的のためなら容赦しないぜ」

と、ボスはさらに脅かすように言った。

その間に、レオナがゆっくりと薬丸博士の前へ進んだ。老人を守るために、両手を広げて立ちはだかった。

しかし、薬丸博士は彼女を脇にやって、

「解った。わしは、お前たちの言うとおりにする。その代わり、永明捜査官と、このアンドロイドは助けてくれ」

と、要求したのだった。

ボスは、レオナの方へ顔を向け、

「ふふん。なかなか美人のアンドロイドだな。あんたの大事なラブドールか。だが、もう必要ないだろう」

と、いきなりレーザー・ライフルを撃ったのだった。

目映い光の槍が一直線にレオナの顔を貫いた。その衝撃で、彼女のすらりとした体が後ろに吹っ飛んだ。

薬丸博士と永明は反射的に顔をそむけ、自分の身をレーザー光線から逃がした。

それを切っかけに、敵の武装ロボット二体が怒濤のごとく前進してきた。

一体は、太い手で薬丸博士の胴をつかみ、高く持ち上げた。

もう一体は、盾にしていた二つのデスクの左側に突っこんできた。というより、その後ろにいた永明を殺すために突進してきたのだった！

3

だが、その〈無双〉は、デスクにも永明にもぶつかることができなかった。別のものと衝突したからだ。

ガシーンッという、激突による激しい金属音がした。

レオナのもう一体——生体金属でできた5号——は、ブースの残骸の上に横たわっていた。その彼女が素早く起き上がると、走ってきた〈無双〉に、横から体当たりしたのである。

ほんの少し前に、永明が操縦器であるフィルフォンに触れたので、レオナ5号は目覚めていた。しかも、6号が破壊されて機能停止した瞬間、館内コンピューターが、人格サブルーチンのコピーを5号にダウンロードしていた。故に、5号はすでに、自分の意思で動いていたのだった。

レオナ5号のスラリとした体は、武装ロボットの体の半分以下しかなかった。けれども、彼女の俊敏さと腕力も相当なものだった。銀色のアイアン・レディは〈無双〉の胸元に入りこみ、下から両手でそいつを押し返した。

黒ずくめの男たちは、それを見て驚いた。

その一瞬の隙を、永明は利用した。デスクの脇から拳銃を撃ち続け、サブマシンガンを持った襲撃者を、二人とも撃ち殺した。男たちは額と胸に穴をあけられ、血飛沫《ちしぶき》と共に後ろに倒れた。

「やりやがったな！　ぶっ殺してやる！」

ボスは口汚く喚き、レーザー・ライフルを振り回しながら、照準を定めず撃ってきた。そのため、壁や天井やデスクの一つが切りさかれ、命中した箇所は蒸発して、凄まじい音と爆発が連続した。

「レオナ、薬丸博士を助けろ！」

永明は5号に命じて、敵のボスめがけてマルチガンの銃弾を撃った。最後の二発だった。しかし、老人をつかんでいる〈無双〉がボスの前に立ちはだかり、弾を鋼鉄の胸で跳ね返してしまった。

「私の邪魔は許しません」

レオナはすっと屈むと、自分をつかんで壊そうとしている〈無双〉の右前足にしがみついた。そして、そいつの足を持ち上げて、思いっきりひっくり返した。

敵のボスは、もう一体の〈無双〉を盾にして、後ろに下がり始めた。ロボットは、つかんだ薬丸博士を頭上に持ち上げていた。老人は胸を圧迫されたせいか、気絶していた。

永明は、マルチガンをテーザー・モードに戻した。実弾がなくなったからだ。その上、敵のボスが撃ち続けるレーザー光線の猛攻のために、デスクの陰から出られなくなった。

「あなたを無力にします！」

レオナはそう言うと、倒れた〈無双〉の目に、指二本を突き刺した。次に、相手のドーム型の頭を胴体からバリバリと引っこ抜き、それを投げ捨てた。そして、凄い速さで駆けてくると、永明を抱きかかえ、割れた窓から外へ身を投げた。

思いもしなかった、レオナの瞬発的な行動に、永明は仰天した。落下による冷たい風が、頰を強く叩いた。

「やめろ！」

と、永明が喚いたのと、レオナが下になって、建物の横に生えている、桜の木の上に落ちたのは同時だった。

建物の四階からの身投げである。落下速度が速かったために、二人の体は、葉の生い茂った枝の間を何度か跳ねられながら、擦り抜けてしまった。レオナが地面に激突し、次に永明に衝撃が伝わった。だが、その衝撃を、彼女が腕の力を使ってうまく和らげてくれた。

脇腹が痛かったが、永明はすぐに立ち上がった。

レオナも、パッと立ち上がった。髪の毛が乱れていたが、手で軽く撫でると元通りになった。銀色の髪の毛もヘアバンドも、生体金属製であった。

「馬鹿野郎！」と、永明は怒鳴った。「薬丸博士を守れと命じただろうが！」

この銀色のレオナは、6号と違ってほぼ無表情だった。冷めた眼差しを返して、淡々と説明した。

「襲撃者たちの目的は、薬丸博士の拉致です。ですから、あれ以上、危害を加えるとは思えませんでした。

それに対して、敵からすれば、あなたの存在は無用です。しかも、連州捜査局捜査官は、悪人たちの憎悪の対象でもあります。両方の要素と状況を鑑みて、薬丸博士よりも、あなたの方が殺される可能性は高いと判断しました」

「地面にぶち当たり、死ぬところだったじゃないか！」

「窓の外に、二階まで届く高さの樹木があることは解っていました。研究所の配置図などのデーターは、メモリーに入っていますから。それで、あなたを抱きかかえて飛び下りても平気だと計算したのです」

「下らない考慮や分析などするな！　俺が命じたことは絶対なんだ！　次からは、俺に逆らうな！　解ったか！」

と、永明は怒り声を発した。右の頬から、血が流れているのを感じた。枝で切ったようだ。

「はい。命令受諾」

と、銀色のアイアン・レディは答えた。

永明は、手にしていた銃の弾数を確認した。テーザー弾も終わった。熱線《ブラスター》モードが使えるだけだ。

だが、耳をすませるまでもなく、ビルの反対側から、物騒な音が聞こえていた。銃声や爆発やサイレンの音だ。逃げようとする襲撃者たちと、駆けつけた警察が争っているのだろう。

「さあ、行くぞ、レオナ。薬丸博士を助けるんだ！」

そう大声で言い、永明は走りだした。

レオナの運動能力なら、永明の何倍も早く走れるだろう。だが、彼女は調子を合わせた。永明のように、走っていても息が乱れることはない。

永明とレオナは、裏口から地下駐車場へ入った。彼女が〈バッカス〉に接続して、入口や門の状況を確認したが、襲撃者たちは武装したＳＵＶに乗りこみ、すでに、研究所の敷地から出ていくところだった。

永明とレオナは、〈ドーベルマン〉に乗りこんだ。ロボット運転士に、襲撃者たちを追えと命じる。車は急発進した。

玄関前と門のあたりは、悲惨な状態だった。検問ブースもパトカーも派手に破壊されており、警察官たちも死んでいるか、怪我を負っていた。

永明は、車内に装備された、予備のマルチガンを手に取った。それから、目の前の仕切りをディスプレイ・モードにして、地図を表示させた。襲撃者たちの現在地を確認する。交通監視システムとも繋ぐ。警察のパトカーが一台、奴らを追跡していたので、その情報も取得した。

襲撃者たちは、多摩湖を抜けて、新青梅街道に向かっていた。

永明は、ビデオ通信で、連州捜査局の司令部を呼び出した。ディスプレイに女性の顔が浮かぶ。

「ハルカ。こっちの状況は解っているか。薬丸博士が正体不明の襲撃者たちに連れ去られた。たぶん、中国人マフィアだと思われる。

俺と、俺の新しい守護ロボットは、襲撃者を追う。応援チームを寄越してくれ！」

「解りました。すぐに手配します。また、警察とも連携を取ります。研究所には、すでに救急車や鑑識チームを派遣してあります」

「ありがとう」

永明が礼を言うと、レオナが口を挟んだ。

「提案があります、永明捜査官」

「何だ？」

「悪人が用いていたレーザー・ライフルですが、威力は絶大です。あれを防がないと、襲撃者たちを見つけても、返り討ちに遭ってしまいます」

「そうだな。あの光線銃の種類は解るか」

永明の守護ロボットとして登録された時から、レオナのセキュリティ・レベルは、彼のものと同一化している。よって、連州捜査局や日本自衛軍の武器データーベースを検索する権限もあった。

レオナは目を瞑り、ネット経由で、必要な情報を獲得した。

「あれは、UUCVレーザー・ライフルです。イスラエル製の最新兵器で、最大三ペタワットの威力があります」

「サブマシンガン程度の大きさしかなかったのに、そんなに威力があるのか」

と、永明は驚いて訊き返した。本当なら、あまりに物騒な武器だ。

「対抗手段を一つ、提案します」

「言ってみろ、レオナ」

「連州捜査局本部の武器倉庫に、光の解析型による光学迷彩装置があります。再帰性反射材を塗布した、全身スーツです。あれを使えば、先ほど襲撃者が使っていた強力なレーザー光線が当たっても、ある程度逸《そ》らすことが可能でしょう」

「全身スーツのことは知っている。だが、かさばってだめだ。あんなものを着ていたら、自由に、素早く動けない」

と、永明は首を振った。

「では、大型の盾はどうでしょうか。体の半分は隠れます。テロリスト制圧用に作られたものです」

「それを使えば、こちらは損傷を受けないのか」

「盾に向かってまっすぐ撃たれた場合、あの強度のレーザー光線だと数秒で貫通します。ですが、斜めに当たった場合には、うまく光を屈折できるはずです」

「そうか――おい、ハルカ。聞いたな。武器倉庫から大型の盾を探して、俺たちの所に届けてくれ。それから、〈カトンボ〉も頼む」

〈カトンボ〉とは、小型エアー・ヘリコプターの通称だった。

「解りました、永明さん。すぐに送ります――」

陽夏が返事をし、通信は切れた。

地図で確認すると、襲撃者たちの車は、新青梅街道を青梅方面に向かって驀進《ばくしん》していた。たぶん、16号バイパスに入り、横浜方面に逃げるつもりだろう。あの手の連中のアジトがたくさんある、神奈川特別封鎖地区に入られたら、まずいことになる。

それまでに捕まえるのだ。

永明は焦る気持ちで、ロボット操縦士に車の速度を上げるよう命じた。

第8章 さらなる追跡

1

しかし、このロボット運転士が使えない奴だった。

「全速力で襲撃者を追え！　規則なんて無視だ！」

と、永明が命じたのに、安全基準がどうだ、交通法規がどうだ、とか言い返してきたのである。

永明はカッとなって、運転席の背凭れを蹴飛ばすと、

「レオナ。こいつと運転を代われ」

と、指示を出した。

「命令受諾」

助手席に座っていたアイアン・レディは頷き、ダッシュボードのタッチパネルに右手を置いた。

彼女の額のインジケーターが青く光り、それと入れ替わりに、ロボット運転士はスリープ・モードに入った。

襲撃者たちは、装甲板を付けた二台の黒いＳＵＶと、中型コンテナ・トラックに分乗して逃走

していた。パトカーとのカー・チェイスを繰り広げており、あちこちで一般市民の車に被害を与えていた。追突されて横転した車や、SUVを避けようとしてハンドル操作を誤り、対向車と正面衝突した車、サブマシンガンに撃たれて走行不能になった車などもあった。

警察のパトカーが襲撃者たちを追いかけ始めた時には、交通管制システムを通じて、危険警告情報や交通規制情報が流された。小型電子頭脳を積んだスマート自動車やロボット運転士がいる新世代自動車は、自動的に緊急速報を受信して、危険性のある場所から避難していた。だが、古い世代の車は何も知らず、あるいは、荷物の積み下ろしで停車していたトラックなどが、襲撃者たちの犠牲になってしまった。

五分後、瑞穂《みずほ》交差点の手前で、永明の車は襲撃者たちの車が見える距離まで接近した。最後尾のSUVのサンルーフが開き、敵のボスが上半身を現わした。レーザー・ライフルを構えていて、容赦なく撃ってきた。目映い光の槍が、間を走っていたパトカーの左側に命中して、衝撃音と共にボンネットと助手席のドアが大破した。パトカーは歩道に乗り上げ、ファミリー・レストランのガラス窓に突っこんだ。

警察のヘリコプターも飛んできていた。上空から襲撃者たちを追跡しつつ、サーチライトで照らした。敵のボスは、それにもレーザー光線を発した。

コックピットの助手席側を破壊され、テイルブームをもぎ取られたヘリは、グルグル回転しながら墜落し、道路際にあった倉庫に突っこんだ。即座に爆発と炎上が起きて、真っ赤な炎や黒煙が道路を遮った。

しかし、レオナは怯まず、〈ドーベルマン〉は黒煙の中をまっすぐに突っ切った。

敵のボスはライフルの先を振り回して、無茶苦茶にレーザー光線を撃った。道路に当たり、アスファルトが蒸発し、黒い灼熱の雲が生じた。正面から飛んできた光の刃を、レオナはうまく車を操縦し、何度も、間一髪のところで交わした。

永明は窓をあけて身を乗り出し、マルチガンを撃ちまくった。敵のSUVは防弾処理が施されており、たいして損傷を与えられなかった。

襲撃者たちの車は、やはり16号バイパスに入った。ボスが車内に引っこんだのを見て、レオナが言った。

「レーザー・ライフルのエネルギーが切れたようです。カプセルの余分を持っていないのでしょう」

「よし。だったら好機だ。もっと近づけ！」

永明は力強く、レオナに指示した。

襲撃者のSUVは速度を上げ、代わりに中型コンテナ・トラックが速度を落として最後尾に回った。後ろのドアが両側に開き、武装ロボット〈無双〉二体が、そこから飛び出てきた。一体はあの片腕の奴だった。

そいつらが着地する時の地響きが聞こえたほどだった。重たい体がアスファルトをへこませた。同時に、〈無双〉の一体はアーム・マシンガンを撃ってきた。

連州捜査局の車は防弾仕様にはなっているが、それは単発的な銃弾を防げる程度だった。ボンネットやライトが銃弾の雨を受けて、悲鳴を上げた。フロントガラスにもひびが入った。

「ブレーキ・システムに壊滅的な被害を受けました。この車はもうだめです。永明捜査官、脱出してください」

と、レオナが肩越しに言った。

「くそっ！」

永明は歯ぎしりし、シートベルトを確認して、緊急用スイッチを押した。屋根があくと、彼はシートごと上空へ飛び上がった。シートは空中で何回転かしたが、落下に入ると、すぐにパラシュートが開いた。

一方、レオナはまったくハンドルを切らなかった。車の速度をさらに増して、真っ直ぐ、武装ロボットの一体に突っこんだ。

ぶつかる瞬間に、レオナはドアをあけて、外に転がり出た。〈ドーベルマン〉の自爆スイッチも押してあったので、衝突の瞬間に、〈無双〉を巻きこんで盛大に大破した。炎と黒煙が、渦巻きながら高く噴き上がった。

パラシュートで落下しながら、永明はマルチガンを握りしめた。彼が着地しそうな場所に、片腕の〈無双〉が走ってきたからだ。シートベルトを外しながら、彼は引き金を何度も引き、相手のごつい顔を撃った。武装ロボットはまったく平気で、腕を伸ばして永明の足をつかもうとした。

永明は、身をよじらせてシートから横っ飛びした。その瞬間に、レオナが後ろから〈無双〉に体当たりした。

レオナと〈無双〉は、一塊となって、日米共同軍横田基地のフェンスに激突した。高圧電流が流れているので、激しい音と共に火花《スパーク》放電が飛び散った。

レオナは歩道の上を二度横転してから、サッと後ろに飛び退いた。

——ガアアァァァ！

体中から作動音を発した〈無双〉は、まだ青白い電流に包まれていた。腕を振り回し、四本の脚をばたつかせ、絡みついた金網を引きちぎろうとした。

「マルチガンをください！」

レオナに言われ、永明はそれを投げわたした。受け取った彼女は、金網から逃れ、体勢を整えようとする〈無双〉に駆け寄った。そして、相手の足、胸をステップにして、肩まで上り、銃口をバイザー型の目に押し付けた。

レオナは、躊躇せずに引き金を引いた。銃声が三発響き渡る。目を覆っているバイザーは砕け散り、〈無双〉の頭の中で銃弾が暴れまわった。

レオナはロボットの肩を蹴飛ばし、後ろに跳ね、バク宙して軽やかに着地した。体操選手のような自然な身のこなしだった。

その間、武装ロボットはブルブルと震えていた。破壊された目から火花と黒煙が噴き出た。そして、地響きを上げながら、前のめりに倒れた。

「よくやったぞ、レオナ！」

〈無双〉が完全に動かなくなったのを見て、永明は喜んだ。

「お怪我はありませんか」

アイアン・レディはマルチガンを逆手に持ち、永明に返した。

「ああ、大丈夫だ。お前は？」

「故障箇所はありません」

と、彼女が答えた時だった。上空からサーチライトの光が差して、二人を照らし出した。永明が顔を上げると、小型エアー・ヘリの〈カトンボ〉が螺旋を描きながら下りてくるところだった。

二人の側に着地した〈カトンボ〉の大型フードが開くと、中から、今年、捜査官になったばかりの山下秀介《やましたしゅうすけ》が出てきた。二十二歳で、細身の青年である。

「お待たせしました、永明さん。御希望の盾も二つ、持って来ました。全身スーツも積んでいます」

見ると、機体の左右に、楕円形の盾が取りつけてある。

「ありがとう」

「チーム3の〈ドーベルマン〉も三台、こちらに向かっています」

「敵の位置はつかめているか」

永明が、襲撃者たちが逃げた方を見ると、

「警察が捜していますが、福生駅近くの工場跡地に逃げこんだみたいです。突然、痕跡が途絶えたようで、数台のパトカーで行方を追っています」

「解った。俺たちは、〈カトンボ〉で空から敵を探してみる。お前も仲間が到着したら、一緒に来てくれ」

山下は、レオナを興味深そうに見た。

「これが、永明さんの新しい護衛ロボットですか。こんな美人のアンドロイドは初めてみましたよ。それに、ボディの素材は何ですか。変わっていますね」

「こいつの名はレオナだ。薬丸博士によると、護衛ロボットではなく、守護ロボットだそうだ」

「どう違うんです?」

「さあな——どう、違うんだ、レオナ?」

永明は横目で彼女を見て、意地悪く尋ねた。

「私は、私にできる範囲であなたを守ります。それが、私の務めです」

と、レオナは律儀に答えた。

「だとさ――」と、苦笑いしたが、永明はすぐに真面目な顔になった。「じゃあ、俺たちは、襲撃者を探しにいくからな、山下」

「解りました」

若い部下は深く頷いた。

永明は、守護ロボットを連れて〈カトンボ〉に乗りこんだ。

2

〈カトンボ〉は、二人乗りの小型エアー・ヘリコプターだ。ヤマハの大型電気スクーターに、全体を覆う流線型の透明フードを付けたような形をしている。

「俺が飛ばすぞ」

永明は言いながら座席にまたがり、ハンドルを握った。レオナが後ろに座り、彼の腰に手を回した。

「お前は、空を飛んだ経験はあるか」

フードを閉めながら、永明は彼女に尋ねた。

「いいえ、初めてです。ですが、〈カトンボ〉の運転方法はメモリーに入っています。実行しますか」

「まあ、次の機会にな」

永明はエンジンを起動して、右手で握るアクセルを回転させた。下面の噴射口から圧縮空気が盛大に噴き出し、車体の両側から主翼もせり出た。〈カトンボ〉は華麗に飛び上がった。

今夜は満月で、いくらか明るい夜だった。

地上五十メートルに達すると、永明は〈カトンボ〉をゆっくり旋回させた。フードのディスプレイ部分に、レーダー反応と、警察や連州捜査局からの捜査状況を表示させる。薬丸博士を誘拐した襲撃者たちの車は、福生駅近くの工場跡地に逃げこみ、急に消えてしまった。姿を見失ったパトカーが、必死にあたりを探している。

永明も、まずそこを目指した。襲撃者たちはあの老人を必要としているから、殺すことはないだろう。しかし、どんな暴力を振るうかは解らない。なるべく早く探すべきだ。

かつて、横田基地が米軍専用だった頃に、様々な物資を収容した倉庫群が線路の西側にできた。その後、そこは工場地帯になったが、今は、どの建物もほとんど使われておらず、放置され、荒れ果てている。襲撃者たちは、それらの工場跡地のどこかに隠れているに違いない。

建物の上を飛びながら、永明はレーダーで動く物体を中心に探した。さらに、フードの左前側を暗視モードにして、怪しいものはないかと観察した。チラリと後ろを見ると、レオナも目を赤く光らせ、下を一所懸命見ていた。

「レオナ。お前の目も暗視モードにできるのか」

「それに加えて、視力を十倍に拡大してあります。それから、必要に応じて、赤外線モードも使っています。空の建物内に熱源があれば、察知が可能です」

「ずいぶん、便利な目をしているな。お前、他にどんな特殊な機能を持っているんだ？」

「あとは、勇気だけです」

「何だって？」

「すみません。薬丸博士が子供の頃に好きだったマンガに、そういうセリフがありました。それを、博士が私のメモリーに書きこんであったものですから」

と、レオナは顔を起こして謝った。口調が淡々としているので、ぜんぜん謝罪している感じではないが。

「冗談か。こんな時にまったく――」

と、永明はいらっとして、たしなめた。

そう言えば、あの老人は、若い頃にはロボットのマンガやアニメのオタクだった。『鉄腕アトム』から始まり、『魔神ガロン』、『鉄人28号』、『8マン』、『ジャイアントロボ』、『ザ・ムーン』、『マジンガーZ』、『ゲッターロボ』、『超時空要塞マクロス』、『新世紀エヴァンゲリオン』、『装甲騎兵ボトムズ』などのロボット・マンガが無類に好きで、それが高じてロボット工学を学び、その道の第一人者になったのである。

そうした趣味と経歴を薬丸博士は隠していないし、むしろ、大いに喧伝《けんでん》していた。それに、日本には、その手のオタク系ロボット工学博士がゴロゴロいる。

それにしても、レオナは今、冗談を言った。そんなことができるロボットは初めて見た。薬丸博士が自慢していたように、確かに高性能な電子頭脳を持っているようだ。永明はひそかに感心した。

「――そう言えば、レオナ。薬丸博士は何か発信器のようなものを持っていないのか。GPSが組みこまれた端末とか」

気持ちを捜索に戻し、永明は尋ねた。

レオナは、下を見たまま答えた。

「もちろん、薬丸博士も、ロボット操縦器兼用のフィルフォンを持っています。もう一つ、シクロノメーターという特別な装置が私の体内にあり、それと感応する端末も持っているはずです。先ほどから、私は、それらの電波や信号を探しています。ですが、発見できません。襲撃者たちは、研究所を攻撃した時にジャミング装置を使っていました。よって、それが今も、博士の電波や信号を妨害しているのだと思われます」

少しすると、連州捜査局のチーム3が到着して、〈ドーベルマン〉と、別の〈カトンボ〉も襲撃者捜索に加わった。しかし、夜通し捜索したにもかかわらず、何も発見できなかった。

捜査範囲も、八王子から町田を経て、最後は神奈川特別封鎖地区の間際まで拡大した。しかし、襲撃者の痕跡は皆無だった。

3

午前七時に、永明とレオナは、報告のために本部に戻った。襲撃者と薬丸博士の捜索は、チーム3に任せ、いったん帰還しろとの命令が郷土捜査部長からあったからだ。

その後、彼は、休憩室の簡易ベッドで仮眠を取った。フォーミング・ベッドは優しく彼の体を受け止め、疲れていたのですぐに眠ってしまった。

起きたのは、午後三時頃だった。司令部に顔を出して、小嶋陽夏に尋ねたが、襲撃者たちの行方は未だに不明であった。

「永明さん。分析班の話では、使っていたサブマシンガンや武装ロボットの種類から、あの襲撃者は中国人マフィアで間違いないとのことです。

すでに、襲撃者たちが福生の工場跡地に隠れひそんでいる可能性は低く、神奈川特別封鎖地区まで逃げこんでいるだろうとのことでした。たぶん、大型トラックを二台以上用意してあって、それに中型コンテナ・トラックとＳＵＶを乗せ、国道16号を使って逃げたのだと思われます」

と、陽夏は、衛星写真と広域地図を壁面ディスプレイに大きく表示しながら説明した。

「防犯カメラや警察の監視装置に、怪しい大型トラックは映っていなかったのか」

「夜は、物流トラックがかなりの数、動いていますからね、その中から特定するのは難しいんです」

と、彼女は悔しそうに言った。

「鑑識チームは、研究所で何か見つけたかな？」

「詳しい報告は、まだ上がってきていません。ですが、〈アトム回路〉が一ダース、盗まれていたそうです。これは館内コンピューターが管理していた在庫数と照らし合わせて、判明したことですが」

永明は腕組みし、眉間にしわを寄せた。

「となると、やはり、ロボット法プログラムの書きかえ目的だな。それで襲撃し、薬丸博士を拉致したわけだ」

「改造チップができあがったら、その数だけ、悪事のできるロボットが生まれます。恐ろしい話ですわ」

と言い、陽夏は顔をしかめた。

「昨夜、俺たちが戦った武装ロボットだけだって、凄まじく物騒だったぞ。その上、中国人のボスは、非常に強力なレーザー・ライフルを持っていた。下手をすれば、俺も守護ロボットもやられていたよ」

「永明さんが、無事で何よりでした」

と、陽夏が気遣うように言った。

実を言えば、永明は、彼女が自分に好意を持っていることに気づいていた。だが、彼はまだ、死んだエリカのことを忘れることができなかった。

永明は、ことさら事務的に礼を言って、

「とにかく、何か解ったら、引き続き報告してくれ、ハルカ」

と、頼み、司令部を出た。

次に向かった先は、地下三階にあるロボット整備室だった。

第9章 アイアン・レディ

1

ロボット整備室は、ロボット製造局の分室的な場所でもあり、それなりの機器が揃っていた。仕事の過程で損傷したロボットを修理する必要性から、手動、自動を問わず、多数の工作機械や調整装置や試験機器で溢れていた。

左手の壁面には、薬丸博士の研究室と同じように、複数のカプセル型ブースが並んでいた。何体かの護衛ロボットがその中に収まっているし、台座の上で直立して、点検や修理を待っている〈ゴリラ〉もある。

部屋の奥に、背の高い、痩せぎすの男がいた。白衣を着ていて、チリチリで癖のある赤毛と、猫背が目立っていた。他に二人の助手がおり、それぞれ、カプセルの蓋をあけて、中のロボットの検査をしていた。

「ポーカロ博士。どうです、レオナ5号の調子は?」

と、永明は後ろから声をかけた。

ジェイムズ・ポーカロ博士は、アメリカ出身で、年齢は五十二歳。薬丸博士の愛弟子であり、ロボット工学に関しての才人でもあった。

「ああ、永明君か」

と、肩越しに振り返り、ポーカロ博士は流暢な日本語で言った。母親は日本人なので、彼は両国の言葉に堪能だった。マサチューセッツ工科大学と、千葉未来大学院の両方を卒業している、優秀な科学者だった。

多機能三重レンズ・メガネをかけたポーカロ博士の横には、斜めにした架台と、水平にした架台があった。斜めの方にはレオナ5号が、水平の方にはレオナ6号が仰向けに寝ている。どちらも衣服は脱がされていた。それぞれの横にモニターがあり、様々な情報を表示している。

5号の方は目をあけたまま、微動だにしない。スリープ・モードではなく、ただじっとしているだけのようだ。

6号は、頭をレーザー光線で破壊されているため、まるで、無残な人間の死体のように見えた。どちらのアンドロイドも、二十代の女性の、均斉の取れた美しい姿態をしている。5号は全身銀色で、関節などの部分にうっすらとした筋があった。人工皮膚の6号は、細部まで人間そっくりだ。しかも、その人工皮膚が、今は鉛色に変色していた。

今朝、永明は本部に戻った時に、メンテナンスと機能確認のため、レオナ5号をここに預けたのである。6号の方は、鑑識チームが運んできたらしい。

ポーカロ博士は三重レンズ・メガネをはずし、瞬きしながら言った。

「永明君。どちらも、非常に興味深いロボットだぞ。さすが、薬丸博士が作っただけのことはある」

「何か解りましたか」

永明は、6号を見下ろしながら言った。かつての恋人によく似たロボットだったが、顔の破壊がひどく、同情と悲しみを伴った複雑な感情が湧いてきた。

中年の科学者は肩をくすめ、

「それがなあ、ほとんど何も解らんのだよ。というより、詳しく調べることができないのだ」

と、弱音を吐いた。

永明は顔を上げた。

「どういうことです？」

「まず、この壊された6号だが、体内の各所にナノマシンが封入されていた。6号の体のどこかが多少損傷しても、ナノマシンが自動的に修復するようにセットされている。

ところが、完全に作動を停止した場合には――現状がそうだが――電子頭脳など、重要な内部の装置を、ナノ・マシンが徹底的に破壊してしまう。要するに、他の科学者に研究されたり、悪用されたりすることを防ぐための措置だな」

「なるほど。ナノマシンは自分の仕事を果たして、6号の重要部品を壊してしまったんですね」

「そうなんだ。薬丸博士らしい秘密主義さ」

と、ポーカロ博士は腕組みして頷いた。

永明は、また壊れたレオナに目を戻した。

「この6号の皮膚はどうしたんです？」

「変色かね。腐ってきたのだよ」

「腐った？」

「どうやら、人間の皮膚の見栄えと感触に限りなく近くするために、誰かの皮膚をＤＮＡ培養して、特殊プラスチックと混ぜ合わせて作ったものらしい。これも薬丸博士の新発明だが、ごらんのように、人工皮膚は自然に腐ってきた」

　永明は5号の方を向いて、

「だったら、この銀色のアンドロイドにも、ナノマシンが組みこまれているんですか」

　と、目を細めて尋ねた。

「ああ、たぶん、間違いないだろう。だが、それを調べる手段がない。この娘の全身は生体金属《ライブ・メタル》でできている。悔しい話だが、私には、このアンドロイドを分解する技術もないし、方法も解らない」

　永明が5号のモニターを確認すると、エネルギー充塡率や、体型などの外面的数値の他には、ほとんどの項目が計測不能となっていた。

「というわけでな、解ったのは、身長が百六十五センチメートル、体重が六十三キログラム、スリー・サイズが上から八十八、五十九、八十九――ということだけだ」

　と、ポーカロ博士は悔しそうに言った。

　その数値は、体重以外、死んだエリカと同じだった。彼女の体重は五十キロ台前半だったはずだが――と、永明は思い出した。

「金属性のロボットとしては、ずば抜けて体重が軽い。これも、生体金属を外装に使っているせいだろうな」

と、ポーカロ博士は感心したように言い、架台の上でじっとしているレオナ5号に視線を注いだ。

「博士。そう言えば、このロボットは、どのような燃料電池で動いてるんですか。それに、エネルギー・カプセルをどこから入れるんです？」

と、永明は尋ねた。〈ゴリラ〉の場合、背中の下の方に、それを着脱する場所がある。

「えっ？」

「エネルギー・カプセルは必要としない。それは、5号も6号も同じだ」

「このアンドロイドたちは、光子エネルギー・エンジンで動いている。全身で光を浴びて、光子エネルギーを体内に溜めこむようになっているんだ――そうだな、5号？」

と、ポーカロ博士が尋ねると、銀色のアンドロイドは、正面を向いたまま、

「はい」

と、きっぱり答えた。

永明は彼女の肩に手を置き、

「こんなふうに答えられるのなら、本人に、自らの機能を語らせたらどうなんですか」

と、ポーカロ博士に尋ねた。

「それが、細かいことを聞くと、機密だと言って答えないのだよ、永明君」

永明は腑に落ちず、アイアン・レディに確認した。

「そうなのか、レオナ？」

「はい。私の構造や機能に関することは、基本的に機密です。薬丸博士の許可がないと話せません」

「だが、昨夜、目の機能について教えてくれたじゃないか」

「あれは明白な事実でした。あなたが認識したことの確認を求めてきたので、それに応えただけなのです」

レオナの返事を聞き、ポーカロ博士は溜め息をついた。

「というわけでな、彼女のエネルギー充塡方法についても同じことさ。詳しい説明はないが、明白な事実だけは認めるという感じさ」

永明は、レオナの顔をじっくり見ながら、

「お前は俺の守護ロボットで、俺の命令に従うんだよな。俺は、お前の全機能について理解しておきたい。説明してくれ」

と、はっきり命じた。

「無理です」

アイアン・レディは即答した。

「何故だ?」

「薬丸博士の命令権の方が優先されます」

「俺は、パートナーとして、お前の能力や機能を知っておく必要がある。そうでなければ、安心して、お前と仕事ができないじゃないか」

「申し訳ありません。薬丸博士の許可を取ってください。ただし、状況に応じての説明は、必要性を鑑みて返答できることもあります」

ポーカロ博士が苦笑いして、

「な、それが、明白な事実という奴さ。永明君。このアンドロイドは実に頑固なんだ」

と、また肩をすくめた。

「まったく、融通のきかない奴だな」と、永明は呆れ顔で言い、科学者の方へ顔を戻した。「――他に、何か解ったことはないんですか、ポーカロ博士?」

「まあ、この5号に命令して、走らせたり、跳躍させたり、力を使わせてみた。その結果、おおよそだが、一番身体能力の高い人間の、三倍以上の運動能力があることは解った。

それから、生体金属による外皮部分は、かなりの強度がある。通常の銃弾なら跳ね返すし、多少、傷が付いても、光を吸収しながら自己修復がなされてしまうようだ」

昨日、レオナはけっこうな銃弾を浴び、いろいろな損傷を負っていた。しかし、今見るかぎり、擦り傷一つなかった。

「確かに、腕力と俊敏さはたいしたものですよ。襲撃者たちが使っていた武装ロボットと対等に渡りあい、相手をやっつけましたからね」

誉めるのは悔しい気がしたが、永明は正直に言った。

「それはたぶん、知能が高く、情報処理能力に長けているからだろう。人工知能プログラムが優秀なので、状況の変化や事態の推移にすぐに反応できるわけだ」

「やはり、取り扱い説明書が欲しいですね」

ポーカロ博士は、壊れたアンドロイドの方を見て、

「6号を調べて解ったことだが、電子頭脳はちょっと変わった作り方をされているぞ。普通、人格チップは電子頭脳内部に組みこまれているのに、それが別の外部装置になっていた。しかも、人格チップの他に、付帯脳のような見慣れぬ装置まであるんだ」

と、レーザー光線で穴のあいた頭を指さしながら、説明した。

「その装置を、ナノマシンが壊さなかったのですか」

「いいや、壊した。今はケースが残っているだけだ。内部はほぼバラバラさ」

「そのあたりの奇妙な構造は、理由を推測できますよ。薬丸博士が言うには、5号と6号で人格サブルーチンを共用しているということでしたから――」

と、永明は、薬丸博士から聞いた話を教えた。

ポーカロ博士は顎を撫でながら、

「――それなら、理解できる。二人で一人というわけか。面白い試みだな。だが、何故、そんな変な作り方をしたんだろう？」

と、また首を捻った。

永明はレオナの顔を覗きこみ、質問した。

「お前と6号は、構造や機能は同じなのか」

「基本的な所はほぼ同じです。が、一部は違っています」

と、5号は静かに答えた。

「外皮の他には？」

「私の方が、6号よりも力があります。5号は飲食、排泄、人間との交接ができますが、私はできません」

「交接？」

永明が首を傾げると、ポーカロ博士が面白そうに説明した。

「セックスのことだよ、永明君。６号の方には性器も付いている」

「無駄なことを」

「連州捜査局の捜査官の仕事には必要ないな。だが、人間らしい生活を、君と彼女がパートナーとして送るのなら、必須だろう。そういう意味では、６号は限りなく人間に近いんだ」

確かに、ロボットのラブドールを恋人扱いして暮らしている者もいるが、永明にはそんな趣味はない。

彼は5号の方を向き、質問した。

「レオナ。お前たちロボットと、人間の違いは何だ？」

「いくつもありますが、最大の違いは、増殖ができないことです」

レオナの返事を聞き、ポーカロ博士が付け足した。

「増殖は、生物の定義の一つだからな。それに、6号には性器はあっても生殖器がない。つまり、子供を産むことができないわけだ。だいいち、ロボット法では、ロボットがロボットを作ることは禁じられている。その訳は――」

「あ、ちょっと待ってください」

手の甲に貼ってあるフィルフォンが光り、振動した。永明はそれをタップし、小さなホロ・スクリーンを立ち上げた。

表示されたのは、捜査部長の郷士の顔だった。

「永明。すぐに俺の所に来てくれ。話がある」

「何でしょうか」

「昨夜の襲撃者に関して、有力なタレコミがあった。それについて説明したい」

「解りました。すぐに伺います」

永明は通信を切り、ポーカロ博士に断わって、レオナに声をかけた。

「おい、捜査部長室へ行くぞ。服を着ろ」

「命令受諾」

アイアン・レディは頷き、静かに架台から下りて、自分の黒いボディ・スーツとブーツに手を伸ばした。

2

レオナが支度している間に、ポーカロ博士が、デスクの上で調べていたものを、永明に見せた。彼の〈ドーベルマン〉にこっそり仕掛けられていた、あの小型追跡装置だ。

「誰が何のために、こいつを俺の車にくっつけたか、解りましたか」

博士は、顕微鏡で拡大した写真を見せて、

「いいや、まだ発信電波を解析中なんだ。ただ、この手のものを、香港の中国人マフィアたちが使っているとの情報はある。形態を写真で比較したが、ほぼ同一だった。

それから、この装置がいつ、誰が仕掛けたかだが、それも不明だ。地下駐車場の防犯カメラも調べたが、停車している君の車に近づき、細工した者はいなかった」

「すると、外出している時に、どこかで取り付けられたということになりますね」

「その方が可能性は高い。だが、そうすると、ロボット運転士が、不審な人物の接近を覚えているだろう。君に報告か警告をしたはずだ」

「そうですね。何も言っていませんでした」

「だから、不思議なのさ」

「装置の細工ですが、作業は簡単なんですか」

「取り付けだけならね。しかし、車の情報伝達チューブと合わせてうまく接続しなければならない。詳しく方法を知っているメカニックでも、十五分はかかるはずだ。君がやったら、私のアドバイスがあっても三十分以上は時間を使うだろう。けっこう面倒なのだぞ」

「誘導電波の到達距離は？」

永明は眉間にしわを寄せて、尋ねた。

「おおよそ百メートルだな」

と、痩せた博士は即答した。

「となると、このビルの中に犯人がいると思った方がいいですね」

「そうだな。そういうことになる」

「解りました。警備部門に報告して、局内を調べさせますよ。それに、局員の中に裏切り者かスパイがいるようだと、注意もしておきます。そんな奴がいるのなら、早く見つけ出さないといけませんからね」

永明は、きつい目をして言った。

3

郷土健作《けんさく》捜査部長は、大きな雲形デスクの向こうにいた。複数のホロ・ディスプレイを立ち上げ、仕事を同時に片付けているのはいつもどおりだった。

郷土は音声で書類を書いている途中で、それをやめて、室内に永明とレオナを通した。それから、部下の横で直立するレオナの全身をしげしげと観察した。

「まさか、薬丸博士が、女性型の護衛ロボットをお前にくれるとはな。驚いたんじゃないか、永明」

と、彼は同情するように言った。

「ええ、驚きましたよ。薬丸博士の考えていることは、いつも突拍子もないんですから。あと、このレオナというアンドロイドは、護衛ロボットではなく、守護ロボットだそうです」

「どう違うんだ？」

「俺もよく解りません」

と、永明は肩をすくめ、正直に答えた。

「ポーカロ博士から聞いたが、とても優秀なロボットだそうじゃないか」

「そうですね。それは認めます。しかし、レオナの全機能については、薬丸博士の秘密保持命令が出ていないので、ぜんぜん解らないんです。外皮は生体金属なので、X線などの透視もできません。だから、俺もポーカロ博士も困っているんです」

郷士は銀色のロボットの方を見て、

「そうなのか、レオナ5号？」

と、ちょっと不機嫌な声で尋ねた。

アイアン・レディは小さく頷き、

「はい。永明捜査官がおっしゃったとおりです」

と、まったく悪びれず答えた。

郷士は、永明の方へ顔を戻した。

「まあ、いい。そのことは、薬丸博士を救出して、仕様書や設計図を提出してもらおう」

「応じてくれればいいですがね」

と、曇った表情で永明は言った。あの老人の偏屈さには、本当にうんざりだ。

郷士は居住まいを正した。

「ところで、永明。襲撃者に関して重要な情報が得られそうなんだ」

「タレコミがあったとか、ですか」

「正確には違う。情報を持っているという男から連絡があり、その情報と引き替えに交渉したいことがあると言うんだ」

「誰ですか、そいつは？」

と、目を細めて永明は尋ねた。

郷土は手を振って、ディスプレイに指示を出した。スキンヘッドで、たくましい体つきをした男の上半身が映し出された。鼻は大きく、黒い口髭を蓄えている。頬から唇にかけては、引き攣ったような傷があった。

「マック堀口《ほりぐち》という男だ。元傭兵で、年齢は四十四歳。二年前までアフリカ戦線で、いろいろな国の軍隊やレジスタンスに入っていた。つまり、金を出す方に味方するという卑怯なやり方だ。そして、今は、表向きは貿易商人をしている。だが、裏では武器の密売をやっているわけだ。悪い男さ」

「なるほど。それで、裏社会に通じているんですね」

「そうらしい」

「で、具体的には何を交渉するんです？」

「それを、お前が訊き出してほしい。マック堀口は、権限のある捜査官を一人寄越せ、その者とだけ、詳しく話をすると言ってきかないんだ」

「どうせ、情報料が欲しいという話でしょう。金に汚い奴みたいですから」

と、永明は侮蔑的に言った。

「襲撃者と薬丸博士の捜索の方は、チーム3に加え、チーム5にもやらせる。だから、お前は情報獲得のために頑張ってくれ」

と、郷土は真剣な顔で言った。

すると、横からレオナが口を挟んだ。

「発言の許可を求めます、永明捜査官」

「何だ、言ってみろ」

「そのマック堀口という男ですが、日本国内にはいないようですが」

と、彼女は指摘した。永明たちが話をしている間に、彼女は捜査局の情報端末とリンクして、データーベースからその男のプロフィールを引き出し、確認していたようだ。

郷土は深く頷いた。

「永明。レオナの言うとおりだ。奴は今、韓国の釜山《プサン》にいる。そこまで、捜査官を派遣しろと言ってきたのさ」

「そうですか。今は藁《わら》にもすがる気持ちです。面倒でも、釜山まで行ってきますよ」

「ああ、頼む。必要な切符や書類などは、すでに用意してある。ハルカから受け取ってくれ」

上司が言い、永明はレオナを連れて部屋を出て行った。

4

四時間後、永明とレオナは九州の新福岡駅にいた。高速ジェット・ヘリコプターで捜査局の福岡支部まで移動して、ここからは、両国間リニア新幹線に乗って釜山に向かう手筈だった。

というのも、二人が羽田空港からジェット機で韓国に向かおうとしたところ、日本自衛軍航空部隊の垂直離着陸機とマレーシア航空の旅客機が東京湾上空で接触し、海面に墜落するという事故が発生した。そのため、数時間にわたって、羽田空港と成田空港を利用する航空機の全離発着が制限されてしまったのである。

しかし、明日まで待っている余裕はない。それで永明は、ジェット・ヘリと両国間リニア新幹線を使うことにしたのだった。

ジェット・ヘリの通称は〈オニヤンマ〉。専用のロボット運転士がいたが、永明はそいつの動作を停止させ、レオナに操縦を任せた。

正直、まだ、このアンドロイドをパートナーと認めるには抵抗があった。しかし、レオナの優秀性は疑うべくもなく、だから、仕事と割り切って有効的に使おうと決めたのだった。

福岡から対馬を経て釜山まで行くルートは、四年前に海底トンネルが開通し、リニア新幹線で行き来できるようになっていた。片道の所要時間は、たった五十五分である。

大型ホロ掲示板を見ると、次の列車はあと十分で出るところだった。永明はレオナを連れて、さっさと改札を通ろうと思った。パスポートや切符や捜査官手帳にはICチップが入っているから、わざわざ取り出さなくても、自動改札がそれらを認識する。

ところが、改札を抜けた所で、プロレスラーのように体格の良い駅員が、両手を広げて立ちふさがったのだった。彼は永明たちを睨みつけ、大声で文句を言った。

「おい、あんた。ロボットは困るね。そんなガラクタを車内に連れこむなよ。他の乗客が迷惑するじゃないか」

こいつはロボット嫌悪派か――と、永明は察した。自分もロボットに対していささか差別感情があるから、この男の気持ちも解らないではなかった。しかし、言い方が気に入らなかった。

「俺の捜査官手帳は、自動改札で認識されているよな。お前の電子パッドで、もう一度、確認したらどうだ。俺は連州捜査局の捜査官だぞ。このアンドロイドも、俺のセキュリティ・レベルなら、列車に乗れるはずだ」

駅員は電子パッドを見ることもせず、レオナを軽蔑した目で見ながら、

「ロボットなんて、いつ何時、狂って暴れだすか解らない。一ヵ月前にも、近畿州の駅で、人に危害を加えたロボットがいたじゃないか。こんな奴らは、爆弾と一緒だぜ」

と、喧嘩腰で言い返してきた。

わりと最近の出来事だったから、事件のことは永明も覚えていた。しかし、そいつは駅の警備ロボットであり、精神錯乱を起こした男が、別れた恋人にナイフで切りかかったため、仕方なく男の腕を捻って折り、取り押さえたのであった。

ムッとした永明は、怒り声で言った。

「だったら、俺は捜査妨害でお前を逮捕して、警察に突き出すこともできるんだぞ」

二人が一触即発で睨みあっていたので、周囲に人垣ができ始めた。

すると、レオナが冷静な声で永明に話しかけた。

「捜査官。私は、最後尾にある貨物室に行きます。そこならば、ロボットも乗車できます。今、新幹線の車両情報にアクセスしましたが、まだ貨物室には空きがありました」

永明は首を振った。

「いいや、レオナ。お前は、俺と一緒に座席に座る資格がある。そんな配慮は要らない」

正直、永明は何故、自分が彼女をかばっているのかよく解らなかった。以前なら、護衛ロボットが列車のどこに積まれていようが、ぜんぜん気にならなかったのに――。

「ほらみろ、あんた。ロボット自身が貨物だと言っているんだぜ。両国間リニア新幹線に乗りた

けりゃあ、ロボットを貨物室へ放りこむんだな」

と、駅員は勝ち誇ったように言った。

永明は時間を確認した。乗車するにはギリギリだ。

彼は駅員を無視して、レオナに貨物室に行くよう指示し、自分は予約座席のある車両へ向かった。

気分が悪かったので、永明は、今の出来事の音声記録をメールで支部の渉外《しょうがい》担当に送った。リニアモーターカーが発車して、地底トンネルに入り、十分ほどした時、支部からメールの返事がきた。駅員に関する苦情を申し入れた結果、あの駅員は訓告処分になったということだった。

それを見て溜飲を下げた永明は、座席を倒して眠ることにした。どうせ、釜山に着くまでの八割方は海底トンネルの中だ。景色を楽しむことはできない……。

第10章　南浦洞《ナムポドン》にいた男

1

午後十一時に、永明とレオナは、釜山港の近くにある南浦洞《ナムポドン》という繁華街にいた。

その中心にある広場は昔は映画街だったが、今は、常設の、ホログラム映像CM公開場となっていた。十メートルおきに、原寸大の違ったCMが披露されており、それらを眺めながら繁華街をそぞろ歩くというのが、韓国の若者の楽しみだった。

周囲には、軽食屋や屋台がたくさん出ている。屋台の売り子の大半は、サムスン・ロボット工業が作ったホ・ヨンジ型ロボットだった。かつて、韓国で有名だった美人歌手の名前を付けたもので、女性型の外観をしている。

広場の一番端まで行くと、ヒュンダイとニッサンが共同で開発した新型フェアレディαZのCMが表示されていた。ターボ型水素エンジンを載せた高速スポーツカーである。

永明は、相手から指定された喫茶店に入った。広いテラス席の中程に座り、そのCMを眺めている振りをしながら、周囲に警戒の目を配った。

永明は火星産ハーブ味の赤いルートビアを頼み、レオナは椅子に座らず、彼の斜め後ろで直立していた。韓国へ来てからの通訳は、すべてレオナに任せていた。

五分ほどして、スキンヘッドで、レイバンのサングラスをかけた男がやって来た。

ボディービルダーのように筋肉質な体をしており、顔の造作も日本人離れしている。目も鼻も口もやたら大きく、黒い口髭が目立っていた。

「待たせたな、俺がマック堀口だ」

と、彼は野太い声で言い、サングラスを外しながら、永明の向かい側に座った。灰色の体にピッタリしたTシャツを着ており、太い腕を見せつけていた。

マックが連れてきた用心棒らしき男が二人、テラス席の左右のはずれに座った。身のこなしや目つきからして、彼らも元傭兵だろうと、永明は推測した。どちらの男も、上着の裏側に拳銃を隠しているのは明らかだった。

「連州捜査局捜査官の永明光一です」

と、名乗って、身分証を相手に見せた。

マックは頷き、ニヤリとしながら電子葉巻を取り出した。スイッチを入れ、奥歯で嚙むようにして咥《くわ》えた。

「お前、ずいぶん変わった護衛ロボットを持っているな。こんな型の奴は初めて見たぜ」

マックは、レオナの全身を舐めるように見た。

「新型で、試験運用の最中ですから」

「俺に売ってくれないか。言い値を払うぜ」

と、マックは本気らしき表情で言った。

「お断わりします。というより、ロボット製造局の所有物で、連州捜査局が貸与されているものです。僕には何の権限もありません」

「そうか。となれば、薬丸博士の設計だな、こいつは。銀色の外皮は生体金属らしい。ずいぶん、贅沢な作りじゃないか――それに、この顔、誰かに似ていないか」

と、マックは葉巻を口から離し、目を細めた。

永明はギクリとした。テロ・グループに入ったユリカの顔を、マックは見知っているのだろうか。

永明は、相手の質問を無視して話を進めた。

「時間がありません。交渉に入りましょう。あなたは、薬丸博士を誘拐した連中の正体を知っているそうですね。それについて、何か有益な情報をお持ちだとか。それをぜひ教えてください」

マックはニヤリと笑った。

「ただでは教えられないね、永明捜査官」

「解っています。情報料はいくらですか」

「百万クレジット」

永明は内心驚いた。高かったからではない。安かったからだ。

「それなら、すぐに用意できます」

「いいや。まず、手付けとして百万クレジットだ。それから、もう一つ条件がある。そっちが本命さ」

「何ですか」

永明が尋ね返すと、マックは葉巻をまた口に持っていった。

「実は、俺が、貨物船を使って韓国に輸入したいと思っているものがある。精密機械でな、タイのメーカーに依頼して製造してもらったんだ。それらを船に積んで九州の福岡港まで持ってきたのに、そこで二ヵ月近く、足止めを食らっている。その船の出港許可を取ってほしいのだ」

「品物は何ですか」

「地雷探知除去用ロボットだ。タコ型のな」

永明は、そのロボットをカタログで見たことがあった。通称は確か〈オクトパス〉だった。

高さは二メートル強。一本三メートルに及ぶ、多関節の足を六本持っていて、その上に、大きな丸っこい胴体がのっている。細い腕も二本あり、それはマニピュレーターになっている。地雷の除去や分解など、細かい作業をするためだった。

六本の足の先には、地雷用の探知器も付いている。足も手も脱着型になっているので、万が一、地雷が爆発して損傷しても、交換が可能となっている。

「こいつは、武器輸出禁止品目に入っていませんでしたか」

永明が尋ねると、マックはきっぱり首を振った。

「入っていないから、日本経由で韓国に持ちこもうとしたのさ。それに、これは日本国内で作ったものではないから、そもそも規制に引っかかることがおかしい。

知っていると思うが、前の戦いで北朝鮮軍が越境してきた時、韓国領土内に地雷をたくさん埋設して逃げたんだ。それが危険だから、地雷探知除去ロボットを使って取り除こうと計画しているんだよ」

五年前の第二次朝鮮半島戦争では、北朝鮮軍が中国の支援の元に韓国に攻め入り、ソウル近郊まで押し寄せてきた。三日間、領土の一部を占領された韓国だったが、米軍と日本自衛軍に助けを求め、連合軍の反撃によってそれを押し返した。

北朝鮮軍は、撤退する時に、マルチ・センサー付き定期自主移動型地雷を相当数埋設した。そして、その地雷は、未だに半分以上が撤去されず残っていたから、大変危険であった。

そのことを思い出しながら、永明は尋ねた。

「〈オクトパス〉は、何体、あるんですか」

「百体だ」

返事を聞いて、思わず永明は口笛を吹いた。

一体の地雷探知除去ロボットの値段は、五百万クレジットから一千万クレジットの間だろう。それにこのロボットは完全リモコン操縦型だから、使いようによっては攻撃用の武器にもなる。たぶん、国家安全防衛省の担当官も、その辺を懸念したのだろう。それで、福岡港に、コンテナを載せた船を停泊させたままにしているに違いない。

マックは紙状電子パッドを開き、必要書類を表示した。

受け取った永明はそれに目を通し、念のため、レオナにも読ませて、中身に不備がないか確かめさせた。

レオナは目を瞑り、額のインジケーターが点灯した。ネットに接続し、関係省庁のデーターベースへの問い合わせを行ない、

「――この書類は正当なもので、輸出の申請も、その許諾も得ています。何も怪しい点はありま

せん」

と、二分後にはそう報告した。

もちろん、福岡港にいる担当者も、そんなことは解っているはずだ。ただ、韓国へ送ってしまった場合、その先の保証ができない。北朝鮮や中国にタコ型ロボットが流れたら、軍が手に入れて悪用するだろう。そうなると、明白に、武器輸出禁止条例に違反することになる。

「〈オクトパス〉を、誰に売るのですか」

永明は、元傭兵に視線を戻して尋ねた。

北朝鮮軍や中国軍に売るのなら、それは、通常の値段の五割増しから倍にはなるはずだ。大儲けできる。

「無論、韓国の国境付近で地雷の除去に携わっている、ボランティアの連中さ。それから、韓国軍にも売るかもしれない」

と、マックは白々しい嘘をついた。

それでも、永明には選択肢がなかった。書類に不備はないし、実際に韓国に入ったタコ型ロボットがどう使われようと、それは連州捜査局の知ったことではない。管轄《かんかつ》違いである。

永明は、電子パッドをマックに返した。

「解りました。それでは、連州捜査局の方で、その貨物船が福岡港を出られるように手配します。百万クレジットも、今すぐ、そちらの指定口座に振りこみましょう」

とにかく、今は、薬丸博士を誘拐した連中に関する情報が欲しい。それが最優先だ。

「――ほら、頼むぜ」

マックは、電子パッドに香港にある銀行の口座番号を表示した。永明はそれをレオナに見せ、百万クレジットを振りこむよう命じた。

「電子送金を完了しました」

二、三秒でレオナが報告し、マックは自分の口座の残高を確認した。満足したようで、ニヤリと笑った。

永明は、あらためて尋ねた。

「それで、襲撃者は何者ですか」

「神奈川特別封鎖地区をアジトとする、中国人マフィアだよ」

「もっと具体的に。首謀者の名前は?」

「おいおい、あわてるな。すべての情報は、〈オクトパス〉を積んだ船が、福岡港を出られるようになってからだ」

と、マックはせせら笑うように言った。

永明は頷き、フィルフォンで本部を呼び出した。郷土捜査部長に事情を説明し、マックの持っていた書類も転送した。

「——解った、永明。関係部署に問い合わせて、働きかける。少し時間をくれ」

と、上司は請け合った。

2

三十分後、郷土からビデオ通信が入った。

貨物船の福岡港からの出港が、二日後に許可できるとのことだった。そのための電子書類も送ってきたので、永明はマックの電子パッドにそれを転送した。

「――さあ、これで良いですね。二日後に、税関や港湾の担当官の立ち会いがありますが、それは形式的なものです。僕もそこへ行って、最後の承認キーを渡すようにしますから」

「ああ、ありがとうよ」

と、満足げな顔で言い、電子葉巻をリフレッシュして、また口に咥えた。

「薬丸博士の襲撃者はな、〈龍眼《ロンイエン》〉という中国人マフィアだ。薬丸ロボット研究所を襲った連中のボスは、張秀英《チャンシューイン》だ。年齢は四十歳。こいつが、例のレーザー・ライフルを振りまわしていたわけだ。

それで、表向きは張秀英がグループの代表となっているが、実際は違っているんだ。奴は、日本の暴力団で言えば、若頭のような存在にすぎない」

「本当の頭領は？」

「そいつは女でな、名前は、雪梅《シュエメイ》。五十八歳になる美熟女さ。売春宿の女将からのし上がった女で、だからこそ、非常に頭が切れる。張秀英は、そんな雪梅の愛人でもあるんだ――」

そう言いながら、マックは電子パッドに写真を表示させた。黒い服を着た強面の男が、あのレーザー・ライフルを構えて撃っている場面だった。

場所は、どこかの倉庫街らしい。写真は盗み撮りをしたようで、それほど鮮明ではない。それでも、背格好からして、永明が見たあのボスであることは間違いなかった。

「俺の聞いた話では、現時点ではまだ、張秀英が持っているUUCV型レーザー・ライフルは一丁だ。しかし、近い内に、さらに五十丁を入手できる状況にあるらしい。だから、奴らを仕留めるなら今の内だぞ。そうでないと、日本自衛軍の陸軍を一個師団用意しないと、太刀打ちできなくなるからな」

「〈龍眼〉は、あの武器をどうやって手に入れたのですか」

永明は念のため、尋ねた。

「〈サンコン〉という、アフリカの武器密売人グループを知っているか。そいつらが噛んでいるらしい。イスラエル製の最新兵器だが、西アフリカ連合国へ大型ヘリで輸送中に、そのヘリが武器もろとも行方不明になった。イスラエル当局は、ヘリが故障して海に墜落したと言っている。しかし、本当のところはどうか解らない。武器密輸組織が、その最新兵器欲しさにヘリを襲ったんだろう。そして、強奪したのだと俺は睨んでいるがね」

「〈龍眼〉のアジトを知っていますか」

「神奈川特別封鎖地区の中にある。横浜港の近くだと言っておこうか。博士は、そこのアジトに捕らえられている」

マックはフィルフォンを指で触り、位置情報を永明に送った。

「奴らはそこで、前々から武装ロボット〈無双〉を作っていた。今、それを増産するために、あちこちのロボット工場を襲っては部品を揃えている。薬丸博士も、ロボット法チップに焼きこむプログラムを改変するため、捕らえられたというわけさ」

「他に知っていることは?」

「ない。それだけだが、充分だろう？」

と、マックは嫌味っぽく言った。電子パッドを折り畳み、ポケットに仕舞うと、椅子から腰を上げた。

だが――。

その時、様々なことが一緒くたに起こった。

マックと彼の後ろにいた仲間が、車道側を見やった。そして、その顔に緊張感が走った。

永明の視界の端に、店のすぐ側を、乳母車を押して歩いている若い女の姿が割りこんだ。彼女が乳母車を止め、子供を抱き上げたと思ったら、その子供を脇に捨てて――それは人形だった――両手でスモールマシンガンを持っていた。

マックと用心棒二人も拳銃を取り出したが、先にその女が撃ち始めていた。しかも、テラス席の入口寄りにいた、ソフト帽と黒い背広姿の男二人も女の仲間で、拳銃を抜きながら立ち上がったのである。

永明は、

「みんな、伏せろ！」

と、大きな声を出して、他の客達に注意を喚起し、マックの後ろ側へ身を投げた。

レオナは、その声に反応して振り向いた。そして、両手を広げて、永明とマックをかばい、敵の女が連続的に撃った銃弾のかなりの数を体で受け止めた。

店内のみならず、噴水側の車道にいた人々全員がパニックになった。悲鳴を上げながら、いっせいにその場から逃げ出した。しかし、店内にいた数人は銃弾の犠牲となり、もんどり打ち、血を流し、テーブルや椅子を倒しながら、無残にも床に転がった。

その間に、マックと用心棒が片膝を突き、身を低くして、拳銃で反撃を開始していた。

永明は、床の上で半身をひねった。テーザー・モードのマルチガンを連続して撃ち、背広姿の男の一人に、二発の電撃弾を命中させた。

だが、驚いたことに、男はまったく平気だった。銃弾から高圧電流がほとばしったが、怯まずに拳銃を撃ち返してきたのだ。

「危ない！」

レオナは、身を挺してその銃弾を体に受けた。しかも、少し前屈みになって走りだした。男に飛びつき、殴りかかったのに、男は右手で彼女のパンチをやすやすとかわした。

その際、ソフト帽が脱げて、男の顔があらわになった。そいつもロボットだった。サムスン・ロボット工業製のキム・ヒョンス型である。韓国の一般家庭で使われる従僕用だが、当然、戦闘用に改造してあるのだろう。

マックらは拳銃を撃ちながら、店内に逃げこんだ。女がスモールマシンガンの先端を、左から右に振った。連射される発射音と、薬莢が次々に落ちる音と、窓のガラスがすべて割れていく音が重なった。

身を低くしたままの永明は、道路の方へ走った。そうしながら、腕を横に伸ばしてマルチガンを撃ち続けた。すでに殺傷モードにしてあった。その内の一発が、背広姿の男を倒した。それで、そいつが人間だということが解った。

スモールマシンガンの弾が切れた一瞬を見逃さず、店内から、マックと用心棒が女に銃弾を撃ちこんだ。数発の大口径の銃弾を胸に受けた女は、盛大に血飛沫を上げ、背中から地面に倒れた。

一方、レオナは敵のロボットと戦い続けていた。相手は身長二メートル近い、無骨な男性型ロボットで、腕力ではレオナに勝っていた。一方、レオナの方にはスピードがあり、そういう意味では互角だった。

「グワァアッ！」

敵ロボットは怒声を上げ、胴体の上半身を腰の所で左右に回して、丸太のようにぶっとい腕でレオナを叩きのめそうとした。

その右腕が、レオナの脇腹に当たった。彼女は斜め後ろに吹っ飛んで、二つのテーブルと共に、観葉植物の並んだ場所に背中から衝突した。しかし、彼女はすぐに立ち上がり、敵のロボットの前に走りもどった。

相手の方も、もちろん突進してきた。

「グワァアッ！」

もう一度吼えた敵のロボットは、両手を広げてレオナにつかみかかった。彼女はその腕の下を擦り抜け、相手の背後に回った。そして、跳躍すると、肩の上に飛び乗った。

「あなたの弱点を見つけました！」

と、声を上げたレオナは、自分の振り乱れた髪の毛を数本引き抜いた。すると、髪の毛は一本にまとまり、ピンと伸びて真っ直ぐな千枚通しになった。彼女はそれを、相手の首筋に思いっきり差しこんだのだった。

「ギギャアアァァアアッ！」

敵ロボットが喚き､体を激しく震わせた。その次に､油が切れたみたいに動作がぎこちなくなった。

レオナは敵ロボットの肩を蹴飛ばし、後ろに飛び退いた。着地すると、急いで停車してあった車の陰に隠れていた永明の所へ駆けてきた。

「伏せてください、永明捜査官」

敵ロボットの首筋から、金色の火花が飛びちった。さらに、頭の中で小さな爆発が起きて、目の奥から炎と煙が噴き出した。そいつはそのまま、前のめりに倒れた。

「よくやったぞ、レオナ！」

と、興奮した永明は大声で誉めた。そして、自分が倒した男の方へ駆け寄った。

男はまだ生きていた。右胸の傷から､血がどんどん溢れ出ていた。口からも赤い泡を吹いている。

「おい、貴様！　何で、俺たちを狙ったんだ！」

永明は男の胸の傷を押さえながら、耳に顔を近づけて怒鳴った。

男は白目を剝き、痙攣していた。もう長く生きてはいまい。

「おい、話せ！　お前らの目的は何だ！」

男の口から血反吐《ちへど》が流れでた。男は瀕死の金魚のように、口をあけたり、しめたりした。そして、喘ぎながらこう言った。

「……お、俺たちのものを……やがって……」

男の顔がガクリと横を向き、目から生気が消えた。

永明は、そいつの首筋に指を当てて脈を確認した。体を探ったが、身分証のようなものは持っていなかった。

永明は、ゆっくりと周囲を見ながら立ち上がった。

銃声はやんでいたが、怪我をした人たちが悲鳴や苦痛の声を上げていた。さらに、近づいてきたサイレンの音がその広場に響きわたった。緊急通報を受けた警察官とパトカーと救急車が、ようやく駆けつけてきたのだった。

「レオナ。マックたちは?」

永明は、店の、割れたガラス窓の方を見た。

「もう逃げてしまいました」

と、アイアン・レディは答え、動きを止めた敵ロボットの首筋から千枚通しを抜き取った。それを髪に挿しもどすと、クタッと柔らかくなり、他の髪と簡単に混ざってしまった。

「お前の毛髪は、ずいぶん重宝なんだな。形状記憶合金みたいだ」

と、永明が感心して言ったが、レオナは、自分のたった今の行動内容について説明を始めた。

「戦闘中にこのロボットを観察し、弱点を見つけました。うなじの所にある関節に、樹脂製の部品が使われていました。そこだけ軟弱でしたから、攻撃目標にしたのです。

また、その下には、電子頭脳にエネルギーを伝達しているチューブ型神経節も通っています。それで、この方法で倒すことにしたわけです」

警察官の一人が拳銃を向けながら、永明たちに近づき、怖い顔で何か命じてきた。

「手を上げろ!」

と言っているのは、明白だった。

レオナが、韓国語でそれに答えた。永明はフィルフォンの通訳アプリを起動した後、身分証を見せた。連州捜査局の威光は、この国でもかなり有効である。一応、マルチガンは警察官に手渡した。

永明は、マックらが殺した女の方を見た。目を見開いたまま、苦痛に満ちた顔で死んでいる。この女が使っていたのが、弾数の少ないスモールマシンガン——イングラムMQ２２２——だったから良かった。通常のサブマシンガンだったら、太刀打ちできなかっただろう。

「レオナ。お前の機能に、顔認証プログラムはあるか」

「はい」

「死んだ男と女の身元を調べてくれ」

永明が頼むと、レオナは目を大きくして、彼らの顔を見つめた。額のインジケーターが光り、数秒後に返事があった。

「連州捜査局、警察、〈民衆警察〉、国家安全保障局の公開データーベースに、彼らの顔は登録されていません」

「韓国のデーターベースには、アクセスできるか」

「できますが、承認作業が必要です。永明捜査官の方から関係機関に申請して、許可を得てください」

「だったら、時間がかかるな」

永明が諦めた時に、警察官の上司がやって来た。

それは、太鼓腹のパク・デジュン警部だった。以前、韓国人の連続殺人鬼が日本に逃げこんだことがあり、彼と永明は共同捜査を行なった。それ以来、わりと懇意にしてきたのである。

挨拶を交わした後、永明は事情を細かく説明した。

「――こいつらの顔を見たことがありますか、警部?」

中年の警部は、現場の惨状に眉をひそめながら、

「個別にはないな」と、首を振った。「だが、風体とやり口からして、中国人マフィアの〈晨星《チェンシン》〉で間違いない。最近、釜山でのしてきたから、韓国の暴力団と頻繁に揉め事を起こしているんだ」

「〈龍眼〉ではないのですか」

「違う。この辺で悪事を働いているのは〈晨星〉だ。マック堀口とも、何かトラブルがあったのだろう」

「あの男の素顔は、武器密輸業者ですからね」

「マックは、金次第でどちらにも武器を売るような、そんな薄汚い奴だ。騒ぎの元になりかねん」

と言い、デジュン警部は渋い顔をした。

永明は、あらためて周囲を見回した。

ひどい有り様だった。被害者は、死者四人、負傷者十六人にも及んだ。喫茶店の窓はすべて割れており、テラス席のテーブルや椅子のほとんどが引っ繰り返っている。そして、あちこちに血溜まりや、血飛沫の跡があった。

死傷者がすべて救急車で運び出されたのちに、警察の見分が始まった。薬丸博士の救出のことがあったので、永明は早く日本へ帰りたかったが、パク・デジュン警部はなかなか解放してくれなかった。

「レオナ。あの壊れたロボットのメモリーに接続できるか。何でもいいから情報を引き出してくれ」

「はい、永明捜査官」

レオナは頷き、右手の人差し指を真っ直ぐに伸ばすと、それをユニバーサル・コネクターに変化させた。敵ロボットの耳の下にソケットがあり、彼女は片膝を突いて屈み、そこに指先を差しこんだ。

「――だめでした。自己防衛の設定があり、機能停止と共にメモリーは消去されていました」

と、十数秒後にレオナは報告し、指を元の形に戻して立ち上がった。

「そうか。何も得られたものがないな」

と、永明は悔しそうに言った。マック堀口から聞いたことしか、使えそうな情報はなかった。

3

結局、夜が明けて、現場検証が完全なものになってから、パク・デジュン警部の許可が出た。帰れることになったので、警察官に渡したマルチガンも返却された。

「さあ、東京に戻るぞ、レオナ」

永明は彼女を連れて店を出ると、韓国警察が用意してくれたパトカーに乗りこんだ。

両国間リニア新幹線に乗る前に、永明は釜山駅のコンコースから本部への報告を済ませ、〈龍眼〉のアジト攻撃の準備を頼んでおいた。

第11章　奪回作戦

1

ジェット・ヘリコプター〈オニヤンマ〉の操縦は、帰りもレオナに任せた。永明は、電子本をネット・ストアで購入し、彼女の予備メモリーにダウンロードして、音読させた。

レオナに読ませたのは、ドイツで一九六一年から刊行され続けている、ＳＦリレー大長編小説『宇宙英雄ペリー・ローダン』シリーズの三千百六十巻目だった。日本語版は一月《ひとつき》遅れで出るのだが、永明は全部読んでいた。

レオナに確認すると、ドイツ語もできるというので、本国版の最新刊を買って、試しに翻訳させてみたのである。

「お前、何ヵ国後を話せるんだ？」

永明は、彼女の機能確認のために尋ねた。適宜な質問と判断されたらしく、回答があった。

「初期設定では七十九ヵ国語です。研究所の〈バッカス〉と接続して、私のメモリーに追加するか入れ替えれば、地球上の言語はすべて翻訳可能です」

そう言うだけあって、レオナの翻訳は流暢で、まともな日本語になっていた。だから、本の内容もよく解った。

目を瞑ってレオナの朗読を聞いている内に、永明は複雑な気分になってきた。声は違うのに、レオナの口調が死んだエリカにどこか似ているように思えたからだ。

それが心地良くて、少しうとうとした時だった。フィルフォンが振動して、ビデオ通信の着信を知らせた。永明は即座に覚醒し、手の甲の上にホロ・スクリーンを立ち上げた。

苦虫を噛み潰したような、元傭兵のごつい顔が映った。マック堀口だった。

「おい、永明捜査官。お前のせいで、危ないところだったぞ。いったい何をやらかして、あの連中の怒りを買ったんだ?」

あの連中というのは、喫茶店で襲ってきた中国人マフィアたちのことに決まっている。

永明はムッとして、言い返した。

「馬鹿を言わないでください。あいつらは、あなたの命を狙ったんでしょう?」

「ふん。俺には、中国人マフィアの知り合いなどいないね。それに、奴らの仕事にもかかわったことがない。

あれは間違いなく、連州捜査官のお前さんを狙った騒ぎだ。お前さんに心当たりがなくても、奴らは、自分たちと敵対している連州捜査局と、そこで働く人間を憎悪しているんだからな」

「あなたが、僕にくれた情報を探っている時に、中国人たちの怒りをかったのでは?」

「あれは、匿名で、北朝鮮の軍人から買った情報だ。華僑たちの闇サイトを通じてな。だから、中国人マフィアとは無関係だ」

どうせ、マックが本当のことを言うわけがない。永明は問いつめるのをやめた。

「それで、何の用ですか、マックさん?」

すると、元傭兵はニヤリと笑い、

「思い出したんだよ。お前が連れてきたアンドロイドの顔が、いったい誰に似ているか」

と、思いがけないことを言った。

「えっ?」

「アンドロイドの顔は、薬丸博士の娘にそっくりじゃないか。テロリストの仲間になった、あのユリカという女の顔に瓜二つだ。国際指名手配書の写真に出ていたぞ」

永明はうろたえてしまい、

「確かに、レオナは、薬丸博士が作ったものです。ですが、顔は、あの人の亡くなった奥さんをモデルにしたんですよ。博士自身がそう言っていましたからね」

と、正直に説明してしまった。

「ユリカの母親、ということだな。だったら、どのみちユリカに似ていることは間違いない。お前だって、そう思うだろう?」

永明は答えなかった。答えたくなかった。

マックが目を細め、ニヤリと笑った。

「ところでな、それで、俺は思い出したことがあるんだよ。だから、知り合いの所に何本か電話とメールを入れたんだ。そして、ある重要な情報をつかんだ。それを、お前に売りたいんだ」

「情報?」

「ああ。ユリカの居場所だよ」

「何ですって⁉」

永明は思わず、大声を上げた。

「連州捜査局は、彼女と、彼女が属しているテロリスト・グループを追っているのだろう？」

「そうです」

「だが、潜伏先が解らず、困っているわけだ」

「……ええ」

永明は唇を噛んだ。悔しいが、それは本当だった。

「あの女の居場所を知りたければ、情報料を出せ」

「テロリスト・グループには、懸賞金がかかっていますよ。国際警察《インターポール》に通報したらどうです？」

「それも、もちろんするさ。その他に、ユリカ個人の潜伏先を知らせる礼として、お前から、五百万クレジットがほしいんだ。俺の銀行に振りこんでくれ」

「それは……高いですね」

永明は考えながら、呟いた。

ユリカに関する情報は、喉から手が出るほどほしい。問題は、うちの捜査局が金を出してくれるかだ……。

……場合によっては、薬丸博士に用立ててもらおう。そのためにも、あの老人を助け出さねばならない。

「高くはないさ。懸賞金とその報酬を俺に寄越せば、お前さんたちは、ユリカの潜伏先が解る。

女を捕まえに行けば、テロリスト・グループの隠れ家まで発見可能だ。結果的に、悪人どもを一網打尽にできるんだからな」

確かに、そうなれば、五百万クレジットが一千万クレジットだって安いものだが……。

マックは、せせら笑うような表情を見せた。

「まあ、よく考えろ。明日の夕方、俺は福岡港へ行く。お前も来てくれ。その時に、返事を聞かせてもらおう」

「解りました」

「それともう一つ、これはサービスだと思ってくれ」

永明が通信を切ろうとすると、マックが遮るように言った。

「何ですか」

「噂で聞いた話だから、信用度は五分五分だ。いいな」

「ええ」

「お前たちの所——連州捜査局の本部——に、中国系のスパイが潜りこんでいるらしい。もしくは、ネット関係のファイアーウォールが破られている。そのために、重要事項が盗聴され、外に流れ出ているようだ。だから、昨日も、お前は中国人マフィアに襲撃されたんだ。気を付けた方がいいぞ」

マックは、口の端を皮肉に曲げて言った。

永明は驚いたが、それを表に出さないよう努めた。

では、俺の〈ドーベルマン〉に小型追跡装置を仕掛けたのも、奴らなのか——そう考えながら、

「本当ですか。局員の身元確認は厳重ですし、局のネットワークのセキュリティを破るのはまず無理ですよ」

と、永明は否定してみせた。

「ふん。絶対に安全なセキュリティなど存在しない。そんなことは、お前も解っているよな。その証拠に、俺の所まで届いている、ある情報があるぞ。先月の十三日夜、お前の上官、郷土健作が極秘に、飯田橋にあるイスラム寺院を訪れている。指導者のルーホッラー・ハーメネイと、何やら極秘会談を行なったようだ」

永明が知らない話だった。

「それが事実だとしたら――」

「まあ、とにかく気を付けろ。友達がいに忠告はしたからな――」

それだけ言うと、マックは通信を切った。

永明は、今の話を心の中で反芻《はんすう》した。そして、守護ロボットの方を向いて、

「レオナ。奴の言ったことに嘘があったと思うか」

と、尋ねた。

フィルフォンでの通信は、レオナにも同時に受信させていたので、的確な分析ができるはずだった。

「どの部分ですか」

レオナは、前を見たまま訊き返した。

「全部だ」

「ないようです。マック堀口氏の言葉は抑揚も普通でしたし、表情にも、人を騙す時の神経質な特徴は表われていませんでした」

「ならば、局内にいるというスパイ、もしくは、情報漏洩の話も本当だろうか」

「少なくとも、マック堀口氏は確信していました。それに、あの人が言ったとおり、どんなセキュリティにも穴はあります。たとえば、アクセス権のレベルが高い者からしたら、あらゆる情報が見聞きし放題ですから」

「それは、そうだが……」

と、永明は考えこみながら言った。

たぶん、マック堀口は、金のためなら真実を伝えるだろう。だが、すべてを語るとは限らない。また、その裏に、別の目論見が存在するかもしれない。充分に用心するべきだ——。

2

永明たちが連州捜査局の本部に帰り着いたのは、夕方五時だった。

帰還報告をしてから、永明は郷土捜査部長に、イスラム指導者と極秘に会ったかどうかを尋ねた。

「何故、その話を知っている?」

上司は少し難しい表情になり、訊き返した。

「マック堀口から聞きました——」

と、永明は事情を説明した。

するると、郷土は渋い顔をして、

「それは事実だ」と、認めた。「シーア派の過激派が二人、東京に潜入した可能性があると、アメリカのＣＩＡから連絡が入ったんだ。それで、当地にいるイスラム指導者に相談に行ったというわけさ」

「で？」

「うまく取り引きができた。その内容は、君と言えども話せない。とにかく、テロ行為は回避できて、テロリストも無事に国外に出すことができた」

「ですが、そうしますと、マック堀口の忠告の信用度がぐんと上がりますね。どうしますか」

「局内の調査は俺に任せてくれ。君はとにかく、薬丸博士を救い出すことに全力をつくすんだ。ただし、セキュリティ・レベルは引き上げる必要があるな。突撃作戦の目的地は、現場に着くまで、君と明科君だけで承知していてくれ。他の者には内密にする」

「解りました――」

話が終わった二人は、まっすぐに、ビルの裏手にある第二駐車場へ向かった。そこではすでに、突撃チームの編成ができあがっており、あとは永明を加えて出動するだけとなっていた。

見回すと、武装した捜査官が十二名、特殊火器戦術チームが六名、護衛ロボット〈ゴリラ〉が十二体、制圧用ロボット〈ジャイアント・ゴリラ〉が四体、特殊捜査車両〈ドーベルマン〉が六台、攻撃用装甲車〈タイガー〉と武装トラック〈バイソン〉が二台ずつ、ジャイロ型無人偵察機《ドローン》が四台――と、かなりの重装備かつ攻撃力が用意されていた。

「――おい、永明。今回の突撃を指揮するのは俺だ。お前は、第二チームに参加しろ。そして、俺の命令どおりに動くんだ。いいな」

と、偉そうな言い方をしたのは、テロ対策課長である明科五郎だった。胡麻塩頭の短髪で、眉毛は薄く、鍛えた体つきをしている。見た目だけで言えば、バリバリのヤクザだ。

彼の後ろには、仙台から戻った山居響子の姿もあった。彼女は優秀な分析官で、今や明科の右腕だった。今回の計画を知って急いで戻ってきたか、明科が呼び戻したのだろう。

「了解です」

永明は文句を言わず、明科の指示を受け入れた。

前々から永明は、明科のことをよく思っていなかった。階級も年齢も永明より上にもかかわらず、仕事上の妨害や、妙な圧力をかけてくるからだった。

だから、永明はなるべくこの男を避けていた。

郷土は、局内にスパイがいる懸念を明科に話した。

「――だとすると、もう我々が突撃の態勢を整えたことを、向こうは知っているかもしれませんな」

と、明科は腕組みして、不機嫌そうに言った。

「ああ、だから、充分に注意してくれ」

と、郷土は二人の部下に念を押した。

永明は、マック堀口から受け取った情報を、明科のフィルフォンと車のナビに転送した。

明科はその位置を地図に表示してから、全員を集合させた。

手筈と段取りを再確認すると、

「よし、それでは、薬丸博士を救い出してくれ。出発だ！」

と、郷土が命じ、全員がきびきびと車に乗りこんだ。

3

永明とレオナを含む突撃チームは、調布を通る第四中央環状バイパスを南下して、神奈川特別封鎖地区に向かった。

この特別封鎖地区ができたのは、二〇二七年七月七日に起きた、あの静岡・神奈川大地震——通称、タナバタ地震——の結果だった。

静岡は長く続いた激しい揺れと地割れと津波とで、東日本大震災以上に被害を受け、壊滅状態になった。神奈川もかなりの惨状だったが、日本政府はまず、被害が甚大だった静岡の方を優先して、救助と復旧活動を行なった。

その間、神奈川からは、不平や不満の声が大きく上がっていた。特に、横浜は海岸地域を中心にひどい有り様で、住居や仕事場などの生活基盤を失った者が、損壊の目立つ街頭に溢れかえった。当然のことながら、暴動、襲撃、略奪などの反社会的行為が頻繁に起きるようになり、社会的秩序は完全に崩壊してしまった。

それらを煽ったのは、地元の暴力団であり、大学生の過激派であり、イスラム系の活動家であり、狂信的な新興宗教の信者たちであった。そこに、中国人マフィアや、ロシア人マフィアが目を付けて乱入し、縄張り争いを始めて、さらなる混沌と惨劇を引き起こした。ロシア人マフィアには、その八年前のロシア・ウクライナ戦争で負けて、自国を追われた軍人たちも混ざっていた。

双方のマフィア・グループは、戦争で使っている本格的な武器を日本に大量に持ちこみ、ロボットを戦闘用に改造して、血腥《ちなまぐさ》い抗争を四六時中繰り広げた。そのため、ただでさえ地震で壊滅状態になった街は、どんどん破壊された。疲弊しきっている一般市民にも、多数の犠牲者が出た。

もちろん、役人や警察も、手をこまねいていたわけではない。坂井慎二《さかいしんじ》神奈川知事は、早くから警察の機動部隊を動かし、マフィアたちを撲滅しようと躍起になった。また、日本政府に対して、日本自衛軍の治安部隊を投入するよう要請した。

しかし、日本政府からの回答は、静岡一帯の救助活動やライフラインの復旧作業に、日本自衛軍の全勢力を集中させたいというものだった。また、当時、米軍の要請で、大部隊のほとんどを第六次中東戦争に参加させていたため、物理的に、人員も軍備も資材も回せない状況にあった。それで、少数の隊員を派遣して、表面的に取りつくろったのである。

実を言えば、当時の総理大臣だった徳間宗之助《とくまそうのすけ》が、静岡出身であったので、地元への援助や救助を優先したらしい。しかも、坂井知事が野党出身で、与党批判を声高に叫んできた経緯があり、徳間総理大臣の反感を買っていたのだ――これが、当時の日本政府による対応の真相だった。

与党の方針に従わないと、その地域には、援助も補助金も出さないというのが、第一党の昔からの常套的手段である。それは、東日本大震災の復興の時にも、沖縄の米軍基地問題の時にも、何十年も続く不必要なダムの建設の時にも、平然と使われた手法であった。

どちらにしろ、政府のあまりに鈍い方針に、一般市民は落胆と怒りを覚えた。仕方なく、彼らは自治組織を作った。その中心人物は、横浜中華街を陰で牛耳っている、王天宇《ワンテエンユー》という富豪だった。この太った老人は華僑の親玉であり、貿易商であり、大きな警備会社の経営者でもあった。また、中国人マフィアのある一派とも繋がっていた。

王大人《たいじん》は、自分の警備会社と中国人マフィアの一派を統合させ、会社組織としての独自の警察〈民衆ポリス〉を新設した。しかも、日本自衛軍から分離した戦闘推進派のグループを吸収したことで——実は、以前から王大人が裏で資金援助をしていたらしい——武力面でも、かなり強力な態勢が整った。

〈民衆ポリス〉は、市民に対価を求めながら、警備行為や、暴力行為に対する制圧を始めた。逆に言うと、金さえ払えば、警察より先に、熱心に、市民を守ったのである。だから、〈民衆ポリス〉は市民に歓迎され、人気はうなぎ登りになった。

そこで、坂井知事は王大人に連絡を入れ、会談を行なった。結果的に秘めた合意があって——横浜中華街の、ある程度の自治権の確立と、王大人による支配を認めるというものらしい——〈民衆ポリス〉を、知事直属の機関とすることで話がまとまったのだった。

坂井知事は、元々あった警察と〈民衆ポリス〉とを統合させ、〈民衆警察〉と名を変えて民営化した。そして、神奈川全体に武装させた警察官と武装ロボットを配備し、強力な武力を容赦なく行使して、暴力団や各国のマフィア・グループを湾岸地域に封じこめ始めた。〈民衆警察〉と反社会的団体との激しい戦闘は、一週間にわたって続いた。悪人たちも徹底抗戦したが、一般市民の応援もあり、最後は〈民衆警察〉側の勝利となった。

その成果を背景に、坂井知事は、神奈川全体を関東州から独立させることを決めた。

大地震からちょうど一年後――二〇二八年七月七日――坂井知事は、日本政府からの離脱を宣言したのだった。今後、政府の援助を期待しない一方、この地域の自治には手出しも口出しも無用だとの、断固たる姿勢を示したのである。

無論、日本政府が、一地域の独立などを容認するはずがなかった。最初は警察を動かそうとしたが、神奈川特別封鎖地区内の警察官たちはすでに〈民衆警察〉に吸収されており、命令を聞く者などいなかった――というのも、民営化された〈民衆警察〉の給料は、以前より段違いに良かったからである。

次に、徳間総理と政府は、日本自衛軍を使った問題解決を検討した。だが、自国民に対して武力を用いることの是非が国会で問題視され、議論が紛糾した。徳間総理のライヴァルである自衛省大臣の加藤春夫《かとうはるお》は、軍をそうした形で使うことはできないと明言した。軍の司令官も、国会の承認がなければ部下を動かすことは不可能だと、責任逃れの態度を示した。

こうした事態によって、二ヵ月後――九月末日――には、神奈川特別封鎖地区の独立がなし崩し的に確定したのだった。

その間にも、坂井知事と〈民衆警察〉は、この地域の封鎖を確固たるものにしていった。主な幹線道路にバリケードを築き、それをさらに、鉄筋とコンクリートの防壁へと造り上げ、〈門〉と呼ぶようになった。さらに、神奈川全体を、高い塀や金網や柵や建物で仕切るという大変な事業も始めた。人々はこれを〈壁〉と呼び、現在、全体の四分の三が完成していた。

幹線道路の〈門〉には、機関銃や短距離ミサイルが設置されていた。武装した警察官と〈ゴリラ〉とが、怪しい人間や不審な車が通らないかを常に見張っていた。同時に、ＥＴＣを活用した承認装置で車両と身元を照合し、特殊探査装置による危険物の発見作業も行なわれた。つまり、問題がなければ、車も人も速度を落とさずに〈門〉を通ることができるのだった。

封鎖地区の財源については、坂井知事と王大人の知恵によって生み出された。中心となったのは、公営ギャンブルと歓楽街からもたらされる収益や特別税だった。

地震によって破壊、荒廃した場所ばかりだったので、大がかりに街を造りかえることは、たいして大変ではなかった。まず、桜木町と元町を中心にした場所を、豪華なホテルと華やかなカジノで埋めつくし始めた。次に、中華街を三倍の広さとして世界一の飲食街を作り、その横には、公営風俗街まで設置したのだった。

地震によって家や家族や職をなくした人がたくさんいたので、封鎖地区政府のこうした施策は大いに歓迎された。商業も産業も盛り返し、様々な欲を求める人が大量に流れこんできた。当然、それによって、封鎖地区は急激に潤うようになった。中心区域は日本で最も煌びやかな場所となり、黄金色に輝く不夜城と化した。たとえるならば、一九七〇年代、高度成長期における東京の歌舞伎町を百倍派手にしたような感じだった。

一方、湾岸地域に逃げこんだ反社会的勢力や悪人たちは、ひどく脆弱化して、当初は、鳴りをひそめるしかなかった。崩壊した場所、荒廃した場所、影しかない場所に隠れていた。

だが、彼らのような悪人が亡びることはない。封鎖地区が盛りかえすのに比例して、彼らの裏の仕事も増えていった。麻薬の売買、地下ギャンブル、売春などを中心にして力や金を少しずつ蓄え、仲間や武器を増やしながら、反撃の好機を狙っていた。あるいは、この特別封鎖地区という状況に適応しながら、独自の商売を編み出し、勢力を拡大する工夫を案出した。

そして、悪人たちは、〈門〉を擦りぬけるため、承認装置や探査装置を回避する方法をいろいろと工夫した。〈壁〉はまだ全部完成していなかったから、道路や鉄道以外の所からなら、〈民衆警察〉の目を盗み、こっそりと封鎖地区に出入りすることは容易だった。

悪人たちは、そうして、外部から武器の部品や麻薬の原料を調達した。そして、売り物になるように作り替えてから、またこっそりと外部へ運び出していたのだ——。

第12章　中国人マフィア

1

　連州捜査局の捜査車両は、列を作って、川崎の手前にある〈門〉を難なく通り抜けた。作戦概略書なども、本部から神奈川特別封鎖地区の行政官や〈民衆警察〉に送られ、通行許可が下りている。向こうからすれば、自分たちの手を汚さずに、中国人マフィアを連州捜査局が制圧してくれるのだから、これほど有り難い話はない。

「――いいか、みんな。車の速度を上げるぞ。遅れずに付いてこいよ」

　リーダーの明科は、例によって偉そうに命令した。

　連州捜査局の捜査車両が複数連なって〈門〉を越えたので、かなり目立っていた。このことは、わりと早い内に中国人マフィアに伝わるだろう。逃げられる前に、奴らのアジトを襲撃しなくてはならない。

　残念ながら、封鎖地区内では、ジェット・ヘリ〈オニヤンマ〉も、小型エアー・ヘリ〈カトンボ〉も使えなかった。ここの役所と日本政府との取り決めで、飛行機類はいっさい持ちこめないことになっていたからだ。

唯一例外なのが無線型ドローンであるが、それも、作戦行動が実施される場所の、半径百メートル圏内でしか飛ばすことができない。

「昔みたいに、衛星カメラが使えないのが不便だな」

と、永明は独りごちた。

数年前から日本では、国家安全防衛省の方針で——日本自衛軍を除いて——人工衛星に搭載されたカメラでの地上撮影や、撮影された映像の使用には許可が必要となった。連州捜査局でさえ、その許可を取るのに面倒や時間がかかる。

また、この封鎖地区は、プライバシー保護の目的と日本政府の干渉を嫌い、衛星カメラによる監視をいっさい拒否していた。だから、ネット地図の衛星写真からも除外されており、白く塗りつぶされている状態だった。

「レオナ。念のために尋ねるが、お前、人工衛星のカメラのハッキングはできるか」

と、ふと思いついて永明は尋ねた。

「違法ですが」

「承知の上だ」

「やれと言われればできます。セキュリティ破りの責任を取っていただけるのなら」

と、レオナは真面目に答えてきた。

「痕跡を残さずにできるか」

「それですと、かなり時間がかかります。試しますか」

「いいや、今はいい。手段の一つとして覚えておくよ」

永明は愉快な気持ちになって、答えた。切り札は何枚持っていても良い。

高速道路の下を通りすぎると、先頭を走っていた〈ドーベルマン〉からビデオ通信が入った。

仕切りのディスプレイに、明科の顔が表示された。

「おい、永明。今から作戦の第二段階に入る。お前は最後尾にいて、情報収集と分析に当たれ。何か新しい発見があったら、逐次、俺や突撃チーム全体に報告するんだぞ」

「了解」

永明は手短に答えた。

どうせ明科は、作戦が成功すれば自分の手柄にするし、失敗したら、こっちのせいにする気だろう。

「レオナ、聞いたな。俺たちは最後尾を走るぞ」

連州捜査局を出た時に、永明はロボット運転士の作動を停止し、レオナに車の操縦を任せた。彼女が車の速度を落としたので、他の車が次々に追い抜いていった。

その時、フィルフォンが振動し、個人回線が接続された。

ホロ・スクリーンに現われたのは、山居響子の顔だった。

「永明君。奥州では御苦労様。矢継ぎ早に事件が起きて、こうして渦中に巻きこまれるなんて、本当に大変ね。同情するわ」

「僕は大丈夫です。ありがとう」

「敵の攻撃中に、情報分析に関して何か解らないことが出てきたら、遠慮なく私を呼び出してちょうだい。手伝うから。攻撃パターンの十六通りはちゃんと覚えているんでしょうね？」

「ええ、忘れていませんよ。あなたに叩きこまれましたからね」

永明が苦笑しながら返事すると、二人の会話を切らせるかのように、

「目的地までは、あと十八分くらいです」

と、レオナが肩越しに言った。

「じゃあ、気を付けて、永明君。あなたが韓国で、雪梅《シュエメイ》の配下に襲われながらもつかんできた、貴重な情報だもの。必ず、薬丸博士を救い出しましょう」

「ええ。山居さんも気を付けて――」

永明は頷きながら言い、通信を切断した。

連州捜査局の捜査車両は、サイレンを鳴らさずとも、最優先緊急走行信号を発している。管制システムがそれを受信し、一般の車に流す。武装した車を先に通すわけだ。信号機も赤にならず、目的地まで走り続けられる。

マック堀口からもらった情報によれば、地震で壊滅的な状況に陥った伊勢佐木町に、中国人マフィア〈龍眼〉のアジトがあるはずだった。そのあたりは、港湾地区同様、崩れたビルや潰れた家屋が放置され、ひどく荒廃していた。夜になると治安が悪く、〈民衆警察〉の見回りはあっても、まともな人間なら出歩くことがない。

「――これより、夜間攻撃態勢に入る。モニターとライトを暗視用に切り替え、通信は暗号回線のみとする」

と、明科が全員に通達した。すぐに、個々の車から命令受諾の返信が届いた。

攻撃用装甲車〈タイガー〉は、武器に銃弾やエネルギーを装塡し、銃身や発射口を外に突き出した。人間は銃器の安全装置をはずし、〈ゴリラ〉はロボット用の大型マルチガンと、特殊警棒を手に持った。

ライトを消した車両は、レーダーと暗視モニターを使って走行を続けた。

永明は念のため、薬丸博士に電話をかけてみた。けれども、フィルフォンが立ち上げるホロ・スクリーンには、〈圏外〉との表示が出るだけだった。

「ところで、レオナ。お前もマルチガンを持つか」

と、永明が思い出したように尋ねると、彼女は首を振った。

「必要ありません」

「あの髪の毛以外に、お前は、何か武器を内蔵しているのか」

「いいえ。特にありません」

「だったら、念のためマルチガンを携行しろ。勇気だけじゃ足りない。これは命令だ」

「命令受諾」

ダッシュボードの一部が開き、ホルスターに入ったマルチガンが一丁出てきた。レオナはそれを手に取り、テーザー・モードにしてから腰に取り付けた。

永明は、車中で、突撃ユニフォームに着替えていた。上着にもズボンにもポケットがたくさんあり、捜査官が使ういろいろな小道具が入っている。生地の基本色は迷彩だが、周囲の色や明るさに合わせて、黒から濃紺まで、自動的に十二種類の色に変化する。

敵のアジトに近くなると、明科はチーム全車を停止させた。

「よし、山居。ドローンを一機飛ばして、偵察してくれ」

「了解」

響子は、ジャイロ型無人偵察機《ドローン》の操縦能力にかけては、誰よりも優秀だった。しかも、操縦しながら、ドローンから送られてくる情報の分析まで行なうことができた。

「発射します」

響子が言い、ドローンが装甲車の格納庫から飛びたった。羽根が空を切るかすかな音を立てながら、直径四十センチの無人偵察機が暗い空を昇っていく。

ドローンは螺旋を描きながら上昇し、空撮を行なった。映像は、前席との間にある仕切りに表示される。

永明は目を凝らした。その映像から、一街区先に、中国人マフィアたちのアジトがあることが解った。

「事前に得られた位置情報と、合致するな」

と、明科が満足げに言う。まるで、自分がその情報を入手したかのような言い方だった。

そのあたりには、地震で崩れた建物や壊れた家屋がたくさんあって、道路にも錆びた車や山積みのゴミが放置されていた。完全にスラム街となっており、まともな人間は寄りつく場所ではない。

中国人マフィアたちは、そこらじゅうからコンクリートの瓦礫や鉄筋や廃材を集めて、高さ四メートル四方の防壁を造っていた。壁の下には、廃車がずらりと並べてある。天辺には、建築資材の足場が渡してあった。

敷地の広さは、一辺が三百メートルほど。角の四ヶ所には、レンガやブロックで作った、高さ六メートルの円筒形の塔があった。何故か、見張りたちは、塔の両側に立ってサブマシンガンを外に向け、周囲に気を配っている。サーチライトもある。強い光が、ゆっくりと動きまわりながら、周辺の地面を照らしていた。

防壁の中には、敷地の中心に四階建てのビルが立っていた。半数くらいの窓に、明かりが点いている。他にもバラックのような建物が二つ、そのビルに隣接していた。

防壁の手前は、だだっ広い空き地になっていて、隠れられる物はなにもなかった。大きな地割れが一つ、斜めに走っている。左右と後ろは、舗装にやたらと穴があいた通りとなっている。

「山居。ずいぶん目立つアジトじゃないか」

と、明科が馬鹿にしたように言った。

「虚仮威《こけおど》しでしょう。チンピラのやり口ですわ」

と、響子も半笑いで応じた。

「レオナ。問題は、薬丸博士がどこに捕らえられているかだな」

と、通信外のところで、永明は呟いた。

「まだ、博士からの通信や信号は発見できません」

と、アイアン・レディは返事をした。心なしか、悲しそうに聞こえた。

「偵察チームはぎりぎりまで進んで、ビルの陰から相手の様子を確認しろ」

明科は新しい指示を出した。彼の部下が、車を敵のアジトの数百メートル手前まで進めた。次の角を曲がると、こちらからも向こうからも相手が丸見えになる。

他の車両は静かに停止した。

「よし、ドローンを全部飛ばせ」

明科に言われ、響子は、あと三機のドローンを発射した。上空五百メートルまで上げて、四方向から敵のアジトに近づけていった。そして、ゆっくりと下降させながら、敷地内の様子を撮影し始めた。

〈ドーベルマン〉内の表示は、八分割されている。ドローンによる四方向からの通常撮影の他、赤外線撮影、紫外線撮影、電波撮影、X線撮影による映像が並んでいる。

だが、敵の防御も堅牢だった。電波妨害はもちろん、外壁には熱遮断塗料が塗られ、壁の中には鉛板が張り巡らせてあるらしい。よって、ビルの中のどこに人がいるのか、映像からは判断できなかった。

目視しか頼りにならないので、響子は、ドローンをもっと降下させた。しかし、その途中に、ビルの屋上で幾つか光るものがあった。

小型ミサイルが発射されたのだった！

空気を震わせる大きな爆発音が四つ、続けざまに響いた。小型ミサイルによって、ドローンが撃ち落とされてしまったのである！

「全滅です！」

と、響子が悔しそうに言うと、

「敵に見つかった！　ただちに突入する！　特殊火器戦術チームは側面に回れ！　狙撃チームは隣のビルの上から、防壁の見張りを排除しろ！」

と、明科が怒り顔で命令した。

ある程度、敵に発見されるのは想定内だった。というより、スパイがいれば、とっくにこちらの動勢を仲間に知らせ、警告を発していただろう。

「〈タイガー〉二台で体当たりして、門をぶち破れ！　〈ドーベルマン〉と〈バイソン〉、武装ロボット全員はその後に続き、援護をしろ！　容赦なく撃ちまくれ！」

明科の命令の下、攻撃チームのすべての車が急発進した。砂煙を上げて、崩壊した街角から、防壁の前の広場に走り出た。

監視塔の両脇にいる敵が、上から、機関銃を乱射してきた。ビルの屋上からは、弧を描いて、数発の小型ミサイルも飛んできた。

こちらの〈タイガー〉と〈ドーベルマン〉は、速度を上げながらジグザグに走った。かなりの数の銃弾が車体に当たったが、ミサイルはかろうじて交わすことができた。車両のすぐ横や後ろで小さな爆発が起こり、アスファルトや小石や砂が、地面を揺らしながら舞い上がった。

装甲車はひるむことなく、錆び付いた大きな鉄門に体当たりした。激突音と共に鉄門はひしゃげ、跳ね上げられて後ろに吹っ飛んだ。

〈ドーベルマン〉も、〈タイガー〉に続いて突進した。

こうして、中国人マフィア〈龍眼〉のアジトは、熾烈な戦闘地帯となったのだった。

2

――研究所から連れさられた薬丸博士は、車の中で真っ黒い袋を頭に被せられた。ずいぶん走って、長い時間が経った後に、車はどこかの古びたビルの中に入った。

地下の駐車場で、老人は車外に引っ張り出され、廊下と階段を歩かされ、殺風景な小部屋に連れこまれた。

袋が取られて、薬丸博士は室内を見回した。もともと万能メガネをかけていたから、眩しいということはなかった。

横には、背の高い男と、小太りの男が立っていた。どちらも、目出し帽で顔を隠していた。狭い室内には、小さなテーブルと椅子、それから、シングル・ベッドがあるだけだった。

「イスニ、スワレ！」

小太りの男が、ドスの利いた声で言った。中国語訛りの日本語だった。

「解ったよ」

薬丸博士は、黙って言うとおりにした。サブマシンガンの先端で小突かれては、命令に従うしかない。

「いったい、わしをどうするつもりなんだ？」

と、白髪の老人は不機嫌な声で尋ねた。

だが、男たちは何も答えず、退室してしまった。ドアがしまり、鍵がかけられた。

薬丸博士は、あらためて室内を見回した。周囲の壁は、銀色の金属板で覆われていた。ドアには小さな覗き窓があり、網入りの分厚いガラスがはまっている。天井には、古いＬＥＤの蛍光灯が灯っていた。

老人は立ち上がり、その覗き窓に顔を近づけた。背の高い方の男がドアの外に立ち、見張り役を務めている。

老人は顎鬚を撫でながら、椅子に戻った。手の甲に貼ってあるフィルフォンは無事だった。覗き窓の方をチラリと見てから、それをタップした。しかし、〈圏外〉という表示が出る。どこかにジャミング装置があって、通信を妨害しているようだ。

「まあ、いいさ。時間はたっぷりある。それに、他にも手立てはあるからな」

と、独りごちながら、薬丸博士はメガネの端にあるスイッチに触った。そして、周囲を見回した。

このメガネも、博士の自慢の発明品だった。いくつも機能があったが、その一つがX線による物体の透視だった。しかし、銀色の壁には鉛板が挟まっているらしく、何も見通せなかった。

「ほほう。念がいっておるな――」

薬丸博士はそう呟き、右の靴を脱いだ。踵を回すと、それが取れた。中はえぐれていて、金色の、小さなピーナッツのような装置が入っていた。

薬丸博士は、外の男が動いていないのを確認した。そして、ピーナッツの頭を軽く捻ってから、それを飲みこんだ。靴も元通りにする。

「小型のシクロノメーターさ。通信できる場所に出られたら、わしの作ったロボットと感応して、ここに引き寄せてくれる。そうなったら、中国人たちもあわてるだろうて」

と、老人は呟き、ニンマリとした。

けれども、しばらくこのままだろう。彼はまたメガネの端に触り、レンズの内側に映画を表示させた。時間潰しに、メモリーに蓄えてある昔の映画を見始めた。

題名は『スター・ウォーズ10　皇帝の復活』。『スター・ウォーズ6　ジェダイの帰還』の最後で、皇帝がダース・ベイダーによって、反応炉のシャフトへ投げ落とされる。それで皇帝が死んだことになったが、若い頃から薬丸博士は、そんな馬鹿な話はあるまいと思っていた。フォースが使えるのだから、空中に浮かぶのだって簡単なはずだ。

そして、そう思った人は多かったらしい。この『スター・ウォーズ10　皇帝の復活』で、やっぱり皇帝は生きていた、というように物語が展開するわけだった。

3

『皇帝の復活』を見終わり、次に、ライカー艦長が活躍する『スタートレック・タイタン3』を見ようとしたところ、ドアが開いた。目出し帽を被った若い男が、食事ののったトレイを持ってきたのだ。

「すまないが、ちょっと、トイレに行きたいんだがな」

薬丸博士が要求すると、その男と、外の見張りが二人がかりで、老人を近くのトイレに案内した。

「フォースがあっても、生理的欲求はなくならないな」

と、白髪の老人は手を洗いながら、軽口を叩いた。

食事は、トーストに目玉焼き、コーヒーという簡素なものだった。腹が空いていたので、薬丸博士はそれをペロリと食べた。

三十分ほどして、別の人間が現われた。レーザー・ライフルを持って研究所に暴れこんで来た、あの中国人のボスらしき人物だった。

男はサングラスもかけず、平然と素顔を晒《さら》していた。禿頭で、目つきの鋭い男だ。部下を二人、従えていた。

「——待たせたな、薬丸博士。申し訳ない」

と、男は流暢な日本語で言った。年齢は四十歳くらいだろう。左頬に深い傷がある。

薬丸博士はさりげなくメガネのスイッチに触り、映画を止めた。代わりに、情報端末のペアリング機能をオンにする。

「君がボスか」

「そうだ」

中国人はあっさり認めた。

「いったい、わしに何の用がある。どうして、誘拐などしたんだ?」

質問しながら、老人はできるだけ不機嫌そうな顔を作った。

「もちろん、あんたの、ロボット工学に関する知識と技術を借りたいのだよ。俺たちのために、ロボット法チップの改造を行ない、それから、新しいロボットも作ってくれ。巷《ちまた》にある武装ロボットよりも、もっと強くて、攻撃力のある、優秀なロボットをな」

「〈無双《ウーシュアン》〉よりか」

「ああ」

「何だ、そんなことか。だったら、普通に研究所を訪ねてくれれば良かったんだ。金さえ払ってくれたら、いくらでも、法規に則った、ちゃんとしたロボットを作るぞ」

薬丸博士が安堵したように言うと、男はふんと鼻で笑った。

「俺たちが欲しいのは、非合法ロボットだ。優秀な人工知能型のロボットで、悪いことを平気で行なえる奴さ」

「おいおい、それは難しいぞ。人工知能型ロボットは、物事の善悪を自分で判断できるからな。それに、〈アトム回路〉も内蔵している。普通は、悪人の手先になったりはしないものだぞ」

と、薬丸博士は大袈裟に肩をすくめた。

これらの話をしている間に、老人のメガネは、中国人のボスが持っているフィルフォンにペアリングして、様々な情報を抜き取っていた。

男の名前が張秀英《チャンシューイン》ということから、年齢、属している中国人マフィア・グループの名前、その親玉の名前、部下たちの名前、電話帳に誰を登録しているか、最終的に発信した位置情報による現在地など、様々なことが解った――。

「そうだな、薬丸博士。あんたが発明した〈アトム回路〉のお陰で、自立した人工知能型ロボットに悪事を働かせるのは、とても難しいことになった。俺たちは、それで非常に不便しているわけさ」

男は忌々しそうに言った。

「だったら、リモコン操縦型のロボットで我慢するんだな、張秀英《チャンシューイン》さんよ」

と、薬丸博士はわざと彼の名を言った。

ボスは名前を呼ばれても驚かなかったし、あえて無視したようだった。

「まあ、とにかく、あんたのロボット工学に関する才能と技術には感服するよ。あんたが設計して作ったロボットと、ロボットの部品は芸術的だと誰もが賞賛している。人工知能を有した電子頭脳の賢さ、関節のサーボの細かい動作、エネルギー・タンクの小型化の技術、何をとっても見事だそうだな」

「お褒めに与り、光栄だ」

「そういえば、俺たちがあんたを捕らえる時に、銀色のアンドロイドが抵抗していたな。あいつの動きの自然さには驚いたよ。人間並み――いいや、人間以上に滑らかで、機敏に動いていた。俺は、ああいうロボットが欲しいんだ」

「あれは最新型のアンドロイドで、わしの自慢のアイアン・レディだよ」

「研究所を襲撃した時、館内コンピューターのメモリーから、ロボットの設計図をダウンロードしようとしたが、うまくいかなかった」

「悪いな。あんたらの襲撃に気づいた時に、わしが、重要なデーターをみんな消去したんだ」

薬丸博士が目頭を下げて笑うと、男は目を細めた。

「だが、バックアップがあるだろう。それを、俺たちにくれないか、博士？」

「科学省ロボット製造局のサーバーの中だ。今のわしにはどうしようもないな」

「だったら、あのアンドロイドと同じものを、ここで作ってもらおうか」

と、男は冷たい目と冷たい口調で言った。

薬丸博士は、大きく周囲を見回した。

「ここと言ったって、何も道具がないじゃないか。正直な話、ロボット製造局の工場内か、わしの研究室でないと、ロボットなど組み立てられないね。人工知能を持った高級なロボットの場合は、なおさら精密機器や特殊道具が必要となる」

「いいや、研究室は別にある。工具や機器は揃っているんだ」

「もしも、断わったら？」

「断わったら、あんたの命はなくなる。それだけさ」

と、ボスは冷酷な言い方をした。嘘とは思えない。

「なるほど。だったら、わしは死にたくないから、お前さんたちの手伝いをせねばならないわけか」

と、薬丸博士は男の薄い目を見て言った。

「それが賢明だ」

「手伝ってもいいが、一つ頼みがある。わしは、チェコ人のロボット科学者、ルドヴィク・ドレサル博士に会いたい。それから、彼の発明を見せてくれ。お前さんの所では、あの人を雇ってロボットを作らせたり、改造させたりしているのだろう？」

と、薬丸博士は身を乗り出して要求した。

チェコ人の名前は、ペアリングで吸い取った情報から得たものだった。

男は感心したように、

「ほほう。どうして、ドレサル博士のことを知っているんだ？」

と言い、腕組みした。

「なあに、ロボットを見れば、誰の設計か、誰の改造か、たいがいは解るものだよ。ロボット製造には設計者と製造者の癖が出るものだからな。〈無双〉を観察した結果、ドレサル博士の影が見えたわけだ」

と、薬丸博士は自慢げに答えた。半分は本当のことである。

「そうか。だったら、ドレサル博士に会わせてやろう。二人で協力して、強いロボットを作ってくれたら、俺たちは嬉しいんだがね」

ボスは、後ろにいる部下たちに合図をした。

二人の部下は、両側から薬丸博士の腕を取った。

第13章

チェコ人の博士

1

廊下に出ても、フィルフォンやシクロノメーターの発信は妨害されていた。建物全体がジャミングの対象となっていて、外部との通信接続は無理なようだ。

しかし、建物内で飛び交っている電波は容易に受信できた。実は、薬丸博士がかけているメガネのレンズの裏側は、特殊なディスプレイになっていて、端の方では文字情報がずっと流れていたのだ。

薬丸博士が連れて行かれたのは、同じ地下の、別の部屋だった。要所に、武器を持った見張りの人間か、四本足の武装ロボットが立っている。

「そら、ここがお前の仕事場だ、薬丸博士」

張秀英が、冷徹な声で言った。

壁はコンクリートの打ちっ放しで、けっこう広い部屋だった。ロボット組み立てに必要な様々な道具や精密機械があり、部品や材料も所狭しと置いてある。

奥の方に、万能ロボット組み立て台があって、そこだけ、照明が煌々と当たっていた。横には加工用機械と、大型の部品製造用３Ｄプリンターがあった。

装甲板が分厚い、カニ型の半自動武装ロボットが、組み立て台の上に置かれていて、半分ほどできあがっていた。身長は二メートルほど。銃弾などを詰めこむために前後に膨れた胴体は大きくて、背中にドーム型の探知器をのせている。細い脚が四本、腕が二本あり、腹側に機関銃が二連付いている。その上には、小型ミサイルの発射口も二つ見えていた。

そのロボットの前に人間が二人いる。

溶接とリベットを切り替えられる工作銃を手にしていたのは、白衣を着た、太った老人だった。電子パッドを持って助手を務めているのは、痩せぎすの中国人女だった。

張秀英が、その老人にドイツ語で話しかけた。薬丸博士のメガネが瞬時にそれを翻訳して、文章をレンズの裏に流した。

「ドレサル博士。どうだ、はかどっているか。今日は珍しい人間を連れてきたぜ。薬丸博士だ。知っているだろう。日本のロボット工学の第一人者だ」

太った老人は振り返った。保護メガネを外し、目を細めて、来客の方を見やった。

「おお！　確かに薬丸博士ではないですか。一度、お会いしたいと心から思っておりましたよ。あなたはロボット工学の天才だ！　あなたの作ったロボットは、皆、芸術品だ！　科学の勝利です！」

そう叫ぶようにドイツ語で言うと、デスクに工作銃を置き、握手を求めて手を伸ばした。

「ドレサル博士。あなたこそ、以前は、とても素晴らしいロボットを作っていましたな。中央ヨーロッパ共和国の陸軍が使っている、戦闘用大型ロボット〈鋼鉄人間《シュタール・メンシュ》〉は、実に特異な創作物だった。身長五メートルの鋼鉄の巨人を、複数の小型ジェネレーターを連動させて、自由自在に動かすとは。あの着想と技術に、私は深く感心したものですよ」

と、メガネに自分の言葉を翻訳させ、薬丸博士は言った。だが、あえて相手の手は握らなかった。

「尊敬するあなたにそう言っていただけると、非常に嬉しいですぞ」

と、チェコ人は破顔した。

「だが、その後が問題でしたな、ドレサル博士。ロボットの主要部品、特に動力源に関する機密情報を、あなたはロシアの軍部に大金を払わせ、売ってしまった。あげくの果てに、国際警察《インターポール》から指名手配となった。それで、あなたは失踪した。

この三年間、あなたは行方が知れず、死んだとの噂もあった。ところが、まさか中国人マフィアに雇われていたとはね。それも、日本に潜伏していたなんて。本当に驚きですぞ」

薬丸博士は皮肉な笑みを浮かべ、相手を非難した。

チェコ人は顔色をなくした。

「それには訳があったんですよ」

薬丸博士は手を振り、

「事情など、どうでもよろしい。とにかく、あなたは悪人の手先になり、すっかり落ちぶれてしまった。そして、悪事を働くロボットを作っている。それは、ロボット工学に携わる科学者として恥ずべきことですぞ」

と、厳しい声で糾弾した。

ドレサル博士はムッとした顔になり、何か言い返そうとした。だが、その前に、張秀英が口を挟んだ。

「二人とも、挨拶はすんだようだから、俺たちのために仕事にかかってくれ。まずは、そのカニ型ロボットを完成させてもらおうか。今から十二時間以内、今夜までに完成できるかな？」

「解った。薬丸博士が手伝ってくれるなら、時間通りに仕上げることは可能だろう」

太ったチェコ人は頷き、真顔で答えた。

薬丸博士はため息を吐き、

「どうせ、わしに拒否権はないんだろうな？」

と、張秀英に尋ねた。

「そうだ。ない。それに、仕事中は、俺の部下たちが厳重に見張っているぞ。何か怪しいことをすれば、即座に銃で撃ち殺す。これは脅しではないから、しっかり覚えておけよ！」

と、中国人のボスは怖い顔をして言った。

2

薬丸博士は、ドレサル博士から製造中のロボットの設計図を見せられ、使える道具と部品の説明を受けた。二人は話し合って、おおよその段取りと分担を決めた。

カニ型武装ロボットの名前は、そのものずばり〈鋼鉄ガニ《シュタール・クラッペ》〉と言い、すでに八割方は組み上がっていた。〈鋼鉄人間《シュタール・メンシュ》〉と同じく、複数のジェネレーターを胴部の他、手足の付け根にも仕込んである。つまり、どこか一部が破壊されても、全体の作動には影響が出ないのだ。これは、ドレサル博士ならではの、独創的な技術だった。

「――なあ、君。しかし、これでは体全体を動かす制御のために、運動整理装置と、エネルギー伝達チューブに負荷がかかりすぎるのではないかね。だいいち、各部のジェネレーターの連携に不整合が起きれば、動作に支障を来たす。最初から、速度も出ないだろう」

と、薬丸博士が懸念を表明すると、太ったチェコ人は顔を赤くして、興奮した声で言い返した。

「そのために、通常よりも大きな動力源と、副電子頭脳も用意してあるんですよ。あなたの指摘した点は、私も解っていて、きちんと対処しているんだ」

さらに、それに関する数値データーを、中国人女が電子パッドに表示して、薬丸博士に見せた。

彼女の名は李冰冰《リービンビン》と言い、北京工学大学を出たロボット科学者だった。

「――なるほどね。では、完成したロボットで、その点は評価しようか」

白髪の老人が半笑いで言うと、中国人女は眉間にしわを寄せて、

「薬丸博士。戦闘ロボットに関しての製造なら、あなたより、ドレサル博士の方が知識も経験も豊富です。絶対に、攻撃力に秀でたロボットが完成しますわ」

と、チェコ人に味方した。

彼女がドレサル博士を崇拝しており、何なら愛情を持っていることも確かだった。

薬丸博士は特に反論もせず、その後は、彼らの助手に徹して、ロボットの組み立てを手伝った。そうしながら、メガネの透視機能を使うなどして、各部の設計の秘密を理解していった。だが、設計も部品の構造も古臭くて、エネルギーの使い方も効率的ではなく、あまり参考になるところ

はなかった。

夜八時頃に、カニ型武装ロボットはほぼ完成して、動くようになった。各部の動作確認をドレサル博士と中国人女がしていたので、薬丸博士は中国人の見張りに頼み、食事を持ってこさせた。

それを食べている時に、ボスがやって来て、ロボットの仕上がり具合を調べ始めた。

「こいつは、俺たちの要求どおりなのか、ドレサル博士？」

「ああ、そうだよ、ミスター張。物凄く力の強いロボットの完成だ。攻撃力もかなりのものだぞ。あとは、武器の試験だけだ。どこかで実際に、機関銃やミサイルを撃ってみて、威力を試せばいいさ」

「では、そうしよう。外へ出て、空き地で性能を見ることにしようか」

ボスは深く頷き、部下たちに合図した。

太ったチェコ人は操縦器を使い、ロボットを起動して命令を与えた。助手の中国人女は、電子パッドでセンサーが取得する数値をモニターしていた。

薬丸博士も、中国人に銃で促され、彼らに同行することになった。

——ガアアッ！

〈鋼鉄ガニ〉は、作動音と共に二本の腕を広げた。分厚い装甲板で体が覆われているため、ずいぶん重たいらしく、動作は緩慢であった。ガチャン、ガチャンと派手な音を立てて、四本の足を一歩一歩、前へ出していく。

『何とも古臭いロボットだ。敵を威嚇するには充分だが、戦闘となると、たいして役に立つまい』

薬丸博士は内心で馬鹿にして、ほくそ笑んだ。

大型エレベーターを使って、ロボットと一同が一階に上がろうとした時だった。別の部下が、廊下の奥から走ってきて、ボスに報告した。

「――連絡が来ました。連州捜査局の奴ら、今さっき、第四中央環状線の〈門〉を通ったところです。我々のアジトに向かっているのは間違いありません」

部下は焦った顔をしていたが、ボスはニヤリとした。

「心配するな。その辺は想定どおりだ。こっちにも、優秀な武器とロボットがある。迎え撃って、叩き潰してやるさ――」

中国人たちは北京語で話していたが、薬丸博士のメガネが小さな音も拡大して聞き取り、逐次《ちくじ》、日本語に翻訳した。

『やっと、救助が来るか。まあ、永明君とレオナが何とかしてくれるだろう』

薬丸博士は楽観して、これから起きるであろう修羅場的な事態に、ちょっとした期待感を持った。

3

装甲車と特殊車両が門をぶち破って中国人マフィアのアジトに入ると、ビルの窓や防壁の上から、銃弾や小型ミサイルが雨霰《あめあられ》と降ってきた。

〈タイガー〉は側面から突きでている自動機銃を使って反撃し、〈ドーベルマン〉はグルグルと動きまわり、相手の目と狙いを攪乱《かくらん》した。

その間に、隣のビルの屋上に上がった狙撃手が、テーザー弾をこめたライフルで、防壁にいる中国人を一人ずつ撃ち始めた。

東西の防壁からも派手な爆発音が聞こえ、地響きが起きた。特殊火器戦術チームの連中が、爆弾で防壁を破壊したのだった。

「——やるじゃないか」

嬉しそうな顔で、永明は味方から送られてくる戦闘の映像に見入った。

〈タイガー〉はビルの入口に真っ直ぐ突っこみ、ガラス扉を派手に破壊した。〈ドーベルマン〉四台もその後ろに停車した。他の四台は、まだ敷地内を出鱈目《でたらめ》に走って、窓から攻撃してくる相手に応戦していた。

〈タイガー〉から最初に降りたのは、武装ロボット〈ゴリラ〉だった。続いて、〈バイソン〉からも、制圧用ロボット〈ジャイアント〉が力強く出てきた。

ロボットたちは慣れたもので、一糸乱れぬ行動を取り、車を囲んで防衛体制を取った。それから、ホールの奥から撃ってくる中国人たちに、ロボット用大型マルチガンの銃口を向け、容赦なくテーザー弾を浴びせ返した。

中国人たちが奥に引っこむと、代わりに、武装ロボット〈無双〉が二体、出てきた。四本足が特徴で、怪力を誇るロボットだ。左腕は、物騒なサブマシンガンに換装してある。

二体の〈無双〉は、サブマシンガンを無茶苦茶に撃ちながら前進してきた。照準を定めず、左右に銃口を振りながらだ。

それに対して、〈ゴリラ〉と〈ジャイアント〉はやや前屈みになり、両腕で頭を隠す感じで走りだした。

〈無双〉も体当たりを選び、もう一方の手で〈ゴリラ〉と〈ジャイアント〉に殴りかかった。その間も、サブマシンガンの掃射をやめようとしない。

「隊長！　これでは、中国人を追えません！」

車の陰から出られずにいる捜査官の一人が、明科に大声で訴えた。機関銃の音が耳を劈く。

「もう少し待て！　ロボットの数はこっちが上だ！」

明科は、殺傷モードにしたマルチガンで〈無双〉の左腕を狙い、味方のロボットの援護をした。力は中国人マフィアのロボットの方が上だが、機敏さは、〈ゴリラ〉や〈ジャイアント〉の方が上だった。

殴りかかる右腕をかわした〈ジャイアント〉が〈無双〉の背後に回り、敵を羽交い締めにした。すると、〈ゴリラ〉が両手で、敵ロボットのサブマシンガンの腕をつかみ、それを無理矢理下に向けた。銃弾の雨は床を無意味に撃ち続け、薬莢と共にコンクリートの破片が盛大に飛び散った。

さらに、もう一体の〈ゴリラ〉がその〈無双〉に近づき、特殊警棒の先を相手の腰に押しつけ、激しい電撃を浴びせたのだった。

目映いほどのスパークが炸裂した。〈ゴリラ〉が羽交い締めにしているにもかかわらず、〈無双〉の体はガクンッ、ガクンッ、と大きく跳ねあがった。内部の機械に致命的な損傷を受けたらしく、あちこちの関節から黒い煙が染み出てきた。

〈ゴリラ〉が手を離すと、〈無双〉の巨体は前のめりに倒れ、完全に身動きを停止した。

もう一体の〈無双〉も同じだった。二体の〈ゴリラ〉と〈ジャイアント〉が連携して攻撃を加え、動作不能に追いこむことに成功していた。

「――よし、連州捜査局の方が優勢になった。レオナ、俺たちはここから離脱するぞ」

映像で味方の戦う様子を見ていた永明は、守護ロボットに新しい指示を出した。

「作戦が続行中ですが、良いのですか」

レオナが肩越しに振り返り、確認した。

「かまうことない。ここでは、薬丸博士は見つからないだろう」

と、永明は断定した。

「どうして、そう解るのですか」

レオナが、不思議そうに尋ね返した。

「敵が、例の高性能レーザー・ライフルを使ってこないからさ。これだけやられていて、あの武器で反撃してこないなんてわけがない。変じゃないか。

ということは、研究所でレーザー・ライフルを撃ちまくっていた男も、薬丸博士も、ここにはいない。別の場所にいると考えるべきだ」

「マック堀口の情報が、間違っていたのですか」

「いいや。アジトに関する情報は、このとおり本当だった。彼が嘘をつく理由がないし、嘘をついても利点はない。我々が、例の船の出港許可を取り消したら、彼は大損するからな」

レオナは一瞬、考えたふうで、

「――論理的な推論だと、認められます」

と、言った。それは、彼女なりの褒め言葉なのだろう。

「中国人マフィアは、用心深い連中だ。博士をここに連れこんだ後に移動させたか、最初から、別のアジトに運びいれたに違いない」

「ならば、この作戦は無駄でしたか」

「いいや。どうせ、叩かねばならない悪人どもだ。アジトも使えないようにしておくべきだ。だが、それは、明科らに任せておけばいいのさ。俺たちはその間に、薬丸博士を見つけて、奪い返すぞ」

するとと、レオナは首を小さく傾げた。

「あなたと私の、二人でですか。それは無謀ではありませんか」

「俺の身が心配なのか」

「はい」

「このアジトが連州捜査局に攻撃されたことは、別の場所にいる中国人どもにも伝わっただろう。だから、ここで戦闘が派手に行なわれていたら、向こうの奴らは安心して、油断するはずだ。そこを、俺とお前で奇襲するのだから、それほど危険はない。むしろ、大勢で行った方が、すぐに察知されて勝機を失う」

「それが成功する確率は――」

「計算はやめろ、レオナ」と、永明は強く命じた。「論理的に考えるのもだめだ。こういう時は、直感で動いた方がうまくいくんだ」

「私には、直感という能力はありません」

と、アイアン・レディは律儀に否定した。

「ああ、解っている、レオナ。だから、俺の直感を、俺とお前で共有するのさ。とにかく、お前は俺の命令に従っていればいいんだ」

「念のために確認します。これからの私たちの作戦に関して、明科テロ対策課長に許可は取らないのですね」

「取らない」

「ですが、それは規約違反で――」

「いいんだ。局の中にスパイが潜りこんでいるらしい。だから、誰にも知られないように行動した方が賢明だ。問題になったら俺が責任を取るのだから、お前は心配するな」

「薬丸博士の居場所を、どうやって探しますか」

レオナはさらに質問した。普通のロボットなら、つべこべ言わずに従っているだろう。それだけ、人間に近い頭を持っているということだ。

「防壁の下に倒れている中国人がいる。狙撃手に撃たれて、落ちた奴だ。それを一人捕まえてきて、尋問するか、持ち物の検査をしよう。レオナ、適当な奴をここまで連れてきてくれ」

と、永明は、門のあたりの映像を指さした。

「命令受諾」

即答したアイアン・レディは、ガルウイング・ドアを跳ね上げ、外に出ると、素早く駆けだした。崩れかかったビルに沿って走り、銃弾や爆弾であちこち穴や窪みのできた広場を走りぬけ、装甲車が壊した門の側に達した。そこに、二人の男が倒れていた。

レオナの目が鈍く光った。赤外線モードで、衣服の上から男たちの体温を確認している。それによって、生きているか、死んでいるか、探っていたのだ。

彼女は、左側の、うつぶしている男を抱き上げた。

そして、肩にのせて、走ろうとした時だった。

突然、予想しないようなことが起きたのである！

防壁の四隅に、防壁より高い、円筒形の塔が四つある。その内の門に一番近い塔の外壁が、内部で爆発したように外に向かって飛び散り、いきなりガラガラと崩れだしたのだった！

4

「レオナ！」

永明は、映像を見ているにもかかわらず、思わず叫んだ。

彼女は上を見て、落ちてくる大きな石材やコンクリート・ブロックを確認した。そして、男を肩にのせたまま後ろへ二メートル以上、飛びのいた。間一髪で、一番大きなコンクリートの塊が、彼女の元いた場所に落ちた。

「逃げろ！　レオナ！」

永明はまた叫んだ。フィルフォンと車のマイクでその声は拾われ、彼女に聞こえているはずだった。

しかし、レオナはすぐには逃げず、もう一人の倒れている男も助けようとした。

次々に落ちてくるブロックや石の塊。レオナは男の衣服をつかみ、地面から持ち上げ、ようやく走り始めた。

その時、壊れた塔の中から、何か強大なものが出てきたのである！

「ロボットだ！」

永明は愕然となった。

それは、身長が五メートルもある、無気味な姿をしたロボットだった。それが塔の中に隠されていたので、見張りたちは塔からではなく、外壁の上で警戒に当たっていたのである。

「こっちにも、現われたわ！　しかも、三体よ！」

響子の悲鳴めいた声が、ディスプレイを通じて聞こえてきた。他の三つの塔からも、同じ巨大ロボットが出現したのだった。

ただし、そちらのロボットたちは、塔を破壊すると、敷地の内側へ姿を現わした。つまり、アジトのビルを襲撃している、明科らを襲おうとしているのだ。

「くそっ！　やはり罠だったか！」

と、特殊火器戦術チームの青田敬行《あおたけいこう》捜査官が喚《わめ》いた。大型の武器を使わせたら、この男の右に出る者はいない。そう言われているほどの男でも、この怪物の出現にはおののいたのである。

巨大ロボットは、円筒形の胴体に円筒形の頭を持っていた。腕はフレキシブル形で、自由自在に曲がる。手は大きな鎌形のハサミになっている。両足は太い柱のようで、ズシンッ、ズシンッと、重量級の足音を立てながら前進してきた。一歩一歩、足を踏み出す度に地響きがした。

巨大ロボットの胴体には、胸の下に、鈍角なV字形をした開口があった。そこに、四つずつの機関銃が装備されている。巨大ロボットは歩きながら、無数の弾を撃ってきた。

また、顔の中央には、同心円状の浅い突起物があった。目玉かと思ったら、そうではなく、火炎放射器の発射口であった。

巨大ロボットは、頭を左右にゆっくり振りながら、紅蓮《ぐれん》の炎を放射し始めた。近くにあるものを、灼熱の炎で焼きつくすつもりだった。

幸い、レオナは逃げおおせた。二人の男を、広場の入口にある廃ビルまで運び、壁際に横たわらせた。そして、腰からマルチガンを抜くと、ふたたび外に出て、迫りくる巨大ロボットを見上げたのである。

「やめろ、レオナ！　戻ってこい！」

と、永明は命令した。

しかし、アイアン・レディは周囲を見回して、

「だめです、永明捜査官。あのロボットを倒さないと、こちらに多大な被害が出ます！」

と、きっぱり言ったのだった。爆風や火炎放射で煽られた風が、彼女の所まで届き、彼女の銀色の髪を激しくなびかせた。

「あいつはどんなロボットか、解るか」

永明は必死に頭を冷やし、何とかして彼女や、他の仲間を援助しようと思った。

「ロボット・データベースで検索しました。あれは、チェコ人のルドヴィク・ドレサル博士が設計、製作した、戦闘用大型ロボット〈鋼鉄人間《シュタール・メンシュ》〉です。主に、中央ヨーロッパ共和国の陸軍が、戦争に使っているとのことです」

「そんな奴が、何で、日本にあるんだ！」

「解りません。情報不足。推測不能」

答えながら、もうレオナは走っていた。巨大ロボットの機関銃掃射と火炎放射をかいくぐるため、ジグザグに駆けて、相手に近づいていった。

「だったら、レオナ！　データーベースで、奴の弱点を探れ。あるいは、ヨーロッパ戦線で、相手国がどうやって奴に対抗したかをだ！」

「戦争地帯での具体的なデーターは、私のメモリーの中にありません」

というレオナの返事を聞いて、永明は本部へ緊急通信を入れた。小嶋陽夏を呼び出し、こちらの状況を話した。

「——ハルカ。急いで〈鋼鉄人間〉の倒し方を探してくれ」

「解りました。少し時間をください——」

通信チャンネルを開いたまま、永明は〈ドーベルマン〉を発進させ、巨大ロボットが暴れる広場まで急いだ。

レオナは走りまわりながら、そいつをマルチガンで撃っていた。しかし、戦闘用として作られたロボットの装甲はやたらに分厚く、殺傷モードの銃弾を受けてもまったく平気だった。

巨大ロボットはグニャグニャ動く腕を振りまわし、防壁をぶったたいた。コンクリートの塊や瓦礫があたりに飛びちった。また、鎌形の手で壊れた車をつかみあげ、それを、隣のビルにいる狙撃手めがけて投げつけた。

その凄まじい戦闘能力に、永明は恐怖を覚えた。

第14章 〈鋼鉄人間〉対レオナ

1

防壁の内部では、捜査官たちが、三体の戦闘用大型ロボット〈鋼鉄人間《シュタール・メンシュ》〉に襲われていた。全員が、敵のアジトであるビルの中に逃げこむしかなく、そこから、出られなくなった。

巨大ロボットは、ビルに向けて機関銃を撃ち、連州捜査局の車両に火炎放射を浴びせ、破壊力のあるハサミ状の手を壁にぶつけて破壊し始めた。

紅蓮の炎は、恐ろしいほどの高温だった。耐火構造の〈ドーベルマン〉ですら、数秒も焼かれると車体が溶けだした。一台がその灼熱に耐えられず、ボンネットの内部で、小さな爆発が起きたほどだった。

その映像を見て、永明は自分の守護ロボットが心配になった。広場のあちこちで、炎や煙が上がっている。

「レオナ。火炎放射に気をつけろ!」

幸いにも、巨大ロボットはその大きさ故に、それほど早く動けるわけではなかった。だから、レオナは常に相手の後ろに回り、攻撃を避け、踏みつけられないよう注意していた。

その時、陽夏から通信が入った。

「――永明さん。〈鋼鉄人間〉の弱点が解りました。背が高いので重心が高く、足を攻撃してバランスを崩せば、わりと簡単に倒すことができます。一度地面に倒すと、このロボットは起きあがるのに苦労するようです。ヨーロッパ戦線で、ロシア連合側は、戦車を横からぶつけて、ロボットを倒していました」

「その後はどうする?」

「一番弱い所は、頭の左右の、人間の耳に当たるところです。そこに、操縦電波の受信装置が露出しているはずですが、確認できませんか」

「確認できる」

永明は即答した。映像でも肉眼でも、それは見えた。昔のトランシーバーに似た形の部品が付いている。

「では、ロボットを倒したら、そこを破壊してください。操縦電波を受信できなくなりますし、うまくいけば、そこから頭の内部にある重要部品を破壊できますから」

「解った。ありがとう、ハルカ」

礼を言い、永明は通信相手を攻撃チーム全員に換えた。

「みんな、今の情報を聞いたな。巨大ロボットの足や足下を攻撃するんだ。そして、何とかして奴をひっくり返せ!」

「了解!」

と、特殊火器戦術チームからも返事があった。装甲車に乗っている青田捜査官の声だった。

永明は、仕切りのディスプレイの一部を、バーチャルなタッチパネルに換えた。〈ドーベルマン〉の武器目録を出して、小型地雷の数を調べた。十二個あった。

彼は、その爆弾の起爆許可を入力してから、ロボット運転士に命じた。

「巨大ロボットの前を走って、これをばらまけ。爆発させて、広場を穴だらけにするんだ！」

〈ドーベルマン〉は指示を実行した。急発進し、加速し、広場の東から西まで走り抜け、等間隔に地雷を投下した。

巨大ロボットは、機関銃と火炎放射器を使って、攻撃してきたが、〈ドーベルマン〉の速度には追いつけなかった。掃射される弾が空気を震わせ、炎の熱がそれをさらに大きな揺らぎに変えた。火薬や火炎用の油、焼け焦げた物の悪臭、黒煙があたりに充満している。

「私が囮《おとり》になります！」

レオナが後ろ手にマルチガンを撃ちながら、地雷と地雷の間を抜けて、広場の入口へ走った。

〈鋼鉄人間〉は、その誘導に引っかかった。両手を振り回しながら、地響きを上げて大股に歩き、彼女を捕まえようとした。

「今だ！」

永明は、タッチパネルから起爆スイッチを入れた。

巨大ロボットの前で、激しい十二の爆発が起きた。

それでも、巨大ロボットは足を止めなかった。この程度の爆発なら何ともないからだ。実際、爆発の炎は、ロボットの膝上くらいまでしか届かなかった。

だが、〈鋼鉄人間〉はレオナを追うのに夢中になり、爆弾で空いた深さ一メートルほどの穴に気づかなかった。左足をもろに突っこんだ。土煙や黒煙や炎などで、足下がよく見えなかったに違いない。

グラッ――。

と、巨大ロボットが左側に傾いた。

「ぶつかれ！　足を狙って体当たりだ」

と、永明はロボット運転士に命令した。

東側の防壁の方からUターンして来て、〈ドーベルマン〉は加速し、思いっきり巨大ロボットの左足へ突っこんだ。激突する寸前に、永明はこの前と同じく、シートごと車から飛び出した。

物凄い衝撃音が聞こえ、パラシュートで落下するシートから見ると、車は半分潰れていた。衝撃で、巨大ロボットは左膝を深く折る形になった。それでますますバランスを崩し、ゆっくりと、左脇を下にして倒れていった。

ズドドドーンッ！

大地を揺るがし、巨大ロボットは横倒しになった。

モウモウと上がる土煙の中、すかさずレオナが走りより、軽々と跳躍して、ロボットの円筒形の頭部へ上った。

「〈鋼鉄人間〉を動作不能にします！」

と、彼女は言いながら、ためらうことなく、マルチガンの銃口を耳らしき装置に密着させた。

そして、何度も引き金を引いたのだった。

その装置は砕け散り、取り付け部が露出した。彼女はそこにも銃弾を撃ちこみ、頭部に収まった重要な機械に多大な損傷を与えた。

――グギャギャギャギャアア！

巨大ロボットは傷ついた人間のような機械音を発し、手足をばたつかせ、胴体を震わせた。

「待避しろ、レオナ！」

シートベルトを外した永明は、手の甲を口に持っていき、フィルフォンから命令を伝えた。そうしながら、自分も巨大ロボットに背を向けて走りだした。

巨大ロボットは、ガッチャン、ガッチャンと、派手な騒音を立てながらもがいていた。頭のあちこちから、科学火花や黒煙や火炎が出始めた。体内にある火炎放射要の油に引火したのか、胴体の方まで燃えだした。

永明が、広場の入口にある廃ビル近くまで避難した時、巨大ロボットの胴体と頭部が、同時に大爆発を起こしたのだった！

2

盛り上がるような爆風が、永明を後ろから襲った。〈鋼鉄人間〉の胴体内部には、機関銃の弾や火炎放射用の油の貯蔵庫がある。それらにも引火した結果、凄まじく破壊力のある爆発が起きたのだろう。

永明は背中に強い衝撃を受け、前方へ吹っ飛ばされた。ロボットの破片も飛び散ってきた。

だが、彼の体が廃ビルの壁に激突する寸前に、レオナが全速力で駆けてきて、彼を捕まえてくれた。

彼女は彼をかかえてそのまま走り、倒れている大型トラックの裏に逃げこんだ。鋼鉄の破片がビシビシとトラックの屋根や荷台に当たった。

「ありがとう、レオナ」

と、永明は荒い息をしながら、知らない内に礼を言っていた。

「怪我はありませんか」

「大丈夫だ。何ともない。お前は？」

「私も大丈夫です。損傷は皆無です」

永明は良かったと頷き、フィルフォンをタップした。

「明科さん。外の巨大ロボットは倒しましたよ」

「今の爆発が、それか！」

と、怒鳴るようにして、リーダーは訊き返してきた。声の後ろで、マルチガンを撃つ音が聞こえる。

「そうです、明科さん」

「こっちも、一体は作動不能にした。今、もう一体を攻撃中だ！〈タイガー〉と〈ゴリラ〉と〈ジャイアント〉とで、奴の足を集中的に狙っている！」

「助けに行きましょうか」

「いいや、無用だ。お前は薬丸博士を見つけろ。ここには、あの老人はいないだろう。このアジトは、完全に、俺たちを痛めつけるための罠だった。

俺たちは巨大ロボットを倒しながら、中国人どもの注意を引きつけておく。その間に、お前たちは博士を探して、救ってこい！」

それは、永明の考えていたことでもあった。

「解りました。では、御無事で――」

通信を切ると、永明は脇にいるレオナに命令した。

「どこかで、使える車を見つけてきてくれ。俺は、さっきお前が助けた中国人を尋問する。薬丸博士の捕まっている場所を聞き出しておくから」

「命令受諾」

レオナはきっぱり言い、敵のアジトとは別方向へ走っていった。

広場の方を見ると、巨大ロボットの爆発で、門のある防壁の半分がなくなっていた。アジトのビルの前では、まだ巨大ロボット二体と、突撃チームとの戦いが続いている。一体の巨大ロボットは横倒しになっており、〈ジャイアント〉が、その頭部に特殊警棒で攻撃を加えていた。

永明は、気絶している中国人の胸ぐらをつかんだ。頰を叩き、目を覚まさせた。そして、アジトの騒ぎを見せながら、

「いいか。お前らは仲間に見捨てられたんだ。ここが罠だったことは知っている。そして、お前たちはその餌だったんだよ。それが解ったら、俺たちに強力して、薬丸博士のいる別のアジトを教えろ。場所はどこだ！」

と、すごんだ声で尋ねた。

中国人はふて腐れた顔で、

「し、知らねえな。知っていても、教えるものか」

と、反抗して頭を振った。わりと流暢な日本語だった。

「そうか。だったら、無理矢理訊きだすだけだ」

永明は冷徹な声で言い、マルチガンをテーザー・モードにした。そのまま銃口をそいつの太股に押しつけ、何の躊躇もなく引き金を引いた。

中国人は感電し、絶叫した。

「出力を弱くしてある。気絶されては困るからな。お前が話すまで、何度でも電撃を与えてやるぞ」

言い終わる前に、永明はまた指に力を入れた。

強い電気が体を通り抜け、ショックで中国人は蒼白になった。玉のような脂汗を顔全体に浮かべ、喚きたてた。

「くそっ、何をしやがるんだ！　そ、それでも、お前、警察官か！　こんなことをして、無事にすむと思うなよ！」

永明は、侮蔑的な笑みを浮かべた。

「何を馬鹿言っているんだ。俺は、連州捜査局の捜査官だぞ。それに、ここはアメリカじゃない。犯罪者に権利なんてないんだよ」

言いきると、彼はまたマルチガンを使った。

「――わ、解った。解ったよ。い、言うよ！」

中国人は苦痛に顔を歪め、とうとう降参した。そして、正直に、だが悔しげな顔をして、別のアジトの場所を告白した。

「ありがとうよ」

永明は嘲るように言い、出力を上げてから、マルチガンで電撃を食らわせた。中国人が気絶したのを確認し、ビルの外に出ると、ちょうど、レオナが古びた水素自動車に乗って戻ってきた。

「よく車を見つけたな」

誉めながら、永明は水素自動車の助手席に乗りこみ、レオナに詳しい目的地を教えた。助手席の窓ガラスが割られていて、カーナビは盗み取られていた。

「ワープ8で、発進だ」

「ワープ速度とは?」

「いいんだ。全速力で行けって意味だよ、レオナ」

後ろから、まだ激しい戦闘音が聞こえてきた。車が走りだしたので、永明はフィルフォンで突撃チームに連絡を取った。三体目の巨大ロボットも、何とか横倒しにすることに成功したとの報告があった。

3

中国人マフィア〈龍眼〉のもう一つのアジトは、横須賀にあった。元のアメリカ軍基地のすぐ側だ。

その辺には、アメリカン・ハウスや軍用倉庫が建ち並んでいたが、今は誰も利用していない。あの〈タナバタ大地震〉の後、アメリカ軍がこの基地を放棄したからである。

地震と津波によって、基地も含め、この地域はひどい被害を受けた。その惨状は、横浜の港湾地区と同じであった。そして、捨てられた倉庫の幾つかを中国人マフィアが占領し、アジトにしているわけだった。

問題の場所に近づいたところで、永明は車を停め、フィルフォンで本部を呼び出した。そして、陽夏にこのアジトに関することを調べてもらった。

「――永明さん」

と、何分もしない内に、彼女から返事があった。

「何が解った？」

「〈民衆警察〉から情報をもらいました。あちらも、少し前から、〈龍眼〉の活動を見張っていたそうです。そして、横浜と横須賀の二つのアジトに、近い内にがさ入れをする予定でした。

中国人マフィアたちは、横須賀のアジトで麻薬の製造を行ない、密輸した拳銃などの部品を組み立てています。また、人身売買や臓器売買の中継地にもなっているそうです」

「では、こっちが本物のアジトで確定だ。薬丸博士も、ここで見つかるだろう」

と、永明は確信が得られて喜んだ。

「それでですね。〈民衆警察〉は、永明さんから合図をもらえたら、今夜にでも、横須賀のアジトに踏みこむそうです」

「俺が薬丸博士を救い出した後にだな、ハルカ？」

「そうです」

「救助が成功したら、ただちに〈民衆警察〉と本部に連絡するよ。ありがとう――」

彼はビデオ通信を切り、レオナに、人気のない場所で車を止めろと命じた。

アイアン・レディは、倉庫街の手前にあるアメリカン・ハウスで、適当な場所を探した。どの家も空き家で、街灯もないから闇が濃い。街路には地割れが目立ち、庭の手入れをする者がいないので、草木が伸び放題になっていた。

レオナは、水素自動車を、瓦礫で半分埋まっている空き地の横で止めた。車から降りて、永明はあたりを窺《うかが》った。レオナが耳を澄ます格好をしたので、

「何か聞こえるか」

と、小声で尋ねた。ポーカロ博士の説明からすれば、最低でも、彼女の聴力は人間の三倍はある。

「武装ロボット〈無双〉が歩いている音がします。六体はいそうです。それから、人の話し声も聞こえます。中国語のようですが、内容までは聞き取れません」

「そうか。じゃあ、用心しながら行こう――」

永明はレオナに言い、マルチガンを握りなおした。

陽夏からもらった地図によれば、倉庫は全部で三十棟あった。大きさはいろいろだが、その真ん中の二つの倉庫が、〈龍眼〉のアジトらしい。

倉庫と倉庫の間は狭く、シャッターはすべて建物の南側にあった。東西に抜ける幾本かの道路は、トラックの通行も可能な広さだった。

闇と物陰に乗じて、二人は東側から倉庫街に近づいていった。そして、半分崩れているブロック塀の裏から、向こうを偵察した。

レオナは、目を暗視モードに変更した。永明は、ポケットから、小型の望遠鏡を取り出した。

倉庫の手前にある道路には、武装した中国人と、武装ロボットの〈無双〉がいた。どちらもゆっくり歩きながら、警備をしていた。四本足で、左腕が機関銃で、ドーム形の頭をした、分厚い胸を持ったロボットが、ノシノシと歩いている姿はかなり威圧的だった。

「他の武装ロボットは？」

「二体はアジトのまわりにいて、残りの二体は、倉庫街の反対側にいるようです」

レオナが〈無双〉の足音を聞きわけて、答えた。

念のため、永明はフィルフォンに触れた。やはり、薬丸博士とは通信が繋がらない。彼は考えながら言った。

「アジトに忍びこむ前は、戦闘を避けたい。だから、倉庫の屋根に上って、次の倉庫へ飛びうつっていこうか」

「解りました」

二人は、中国人と〈無双〉の巡回パターンを観察し、隙を突いて走りだした。まずは、道路の端で横倒しになっている、壊れたバスの陰に隠れた。

一体の〈無双〉が、何か不審に思ったらしく、途中で振り返り、こちらに戻ってきた。永明は息をひそめ、マルチガンを握る手に力をこめた。レオナは膝をついて、いつでも飛び出せる格好をした。

〈無双〉は、重い足音を立てつつ、南から近づいてきた。ドーム型の頭にある三日月形のバイザーの中で、赤い光点が左右に動いている。

緊張感が高まった。

幸い、〈無双〉はそのまま行きすぎた。充分に離れるのを待って、永明は合図をした。

「今だ」

彼が先に駆けだし、レオナがピッタリ付いてくる。

二人は、一番目と二番目の倉庫の間に入った。体を横にしないと通れない狭さだ。埃臭い匂いと、何かが腐った匂いがして、永明は顔をしかめた。

倉庫街には所々に街灯があったが、路地の中は真っ暗だった。永明は耳をすましながら、頭上を見た。

「レオナ。この壁を登れるか。そこの雨樋を利用して屋根へ上がり、屋根伝いに移動しよう」

「私は登れますが、永明捜査官は――」

「大丈夫だ」

「私におぶさりますか」

レオナが、真面目な顔で尋ねる。

「いいから、早く上がれ。俺も後に続く」

永明は、ポケットから手袋を取り出してはめた。この手袋は摩擦係数を自在に変化させられ、使用すれば、ガラス面にでも貼りつくことができる。彼はさらに、靴の踵に触って、爪先に小さな鉤爪を飛び出させた。

レオナは足先をレンガの出っ張りにかけて、雨樋を摑み、壁を簡単に登った。ボルダリングの名手のようだ。

「くそっ。ロボットに負けるものか」

永明はレオナと同じ所を、同じようにして登った。先に屋根に上がったレオナは腹這いになり、手を伸ばして永明の腕をつかみ、軽々と引き上げた。

永明は礼の代わりに小さく頷き、レオナも小さく頷き返した。

二人は屋根の頂を乗り越え、反対側へ移った。そして、同じ要領で、アジトの見える倉庫まで移動した。屈んで身を小さくし、周囲の様子を探った。

倉庫街の中央にある大きな建物の前には、何台かの車が停まっていた。それは、薬丸ロボット研究所が襲撃された時に、犯人たちが乗っていたものだった。黒いSUVや、中型コンテナ・トラックなどである。

しかも、その場所は厳重に守られていた。数人の中国人がサブマシンガンを持って警備していたし、二体の〈無双〉が、それぞれの倉庫の前に立っていて、さらに、別の二体がゆっくりと歩きながら警戒していた。

「馬鹿な奴らだ。ここがアジトだと、自ら宣伝しているようなものじゃないか。薬丸博士はこの中だな」

と、永明は独り言のように囁《ささや》いた。

「どうしますか」

レオナも小声で尋ねた。

永明は少し考えて、無理をしないことにした。〈無双〉はリモコン操縦の半自動型ロボットだから、それを利用しようと決めた。

永明はフィルフォンをタップした。ホロ・スクリーンを立ち上げ、電波検出用アプリを使い、ロボットの操縦電波の出所を探った。

アプリの表示によれば、左側のアジトの向かいにある倉庫が怪しい。黒い壁の建物だ。

「レオナ。複数の操縦電波が、あの二階建ての倉庫から出ている。あそこに操縦器があって、操縦者もいるようだ」

永明は内ポケットから、ある物を六個取り出した。それは、千クレジット硬貨に似せてある、リモコン式の小型爆弾だった。

「この小型爆弾を、あそこのＳＵＶ二台とコンテナ・トラック二台、あと、ロボットの操縦器に取りつけてきてくれ。薬丸博士を連れ出した後に、逃げながら爆破するからな」

「命令受諾」

レオナは小型爆弾を受け取り、中腰になった。屋根の上を、アジトの倉庫とは反対方向へ移動し、端から路地へ飛び下りた。軽やかな動作で、着地の音もほとんどしなかった。金属性のロボットにしたら、普通はあり得ない、身軽さだった。

十五分ほどかかって、レオナはすべての小型爆弾を仕掛けて戻ってきた。ロボットの操縦器は、室内に複数の人間がいることが解ったので、部屋の外に仕掛けておいた。壁の裏側に操縦器が設置してあるから、爆破は可能だろう。

「――待て！　レオナ！」

彼女が路地に戻り、また屋根に上がろうとした時、永明はあわてて止めた。というのも、アジトである二つの倉庫の内、左側のシャッターがあいて、中から人とロボットが出てきたからだ。人間は、中国人の男が二人、女が一人、白人の年寄りが一人、それから、薬丸博士だった。ロボットの方は、見たことがない形をしていた。高さは二メートルほどあり、かなり重々しい感じだった。鋼鉄製のタラバガニといった風体で、甲羅形の胴体から出ている腕は機関銃になっている。前の方にはミサイルの発射口も二つあった。

かなり物騒なロボットであることは、一目瞭然だった。

第15章 カニ型ロボットとの戦い

1

倉庫のシャッターが開き、一歩外へ出た途端、薬丸博士のメガネのレンズ裏に、様々な情報が表示された。通信妨害の範囲は、建物の中だけであった。

情報の中に、特に注意を引くものがあった。一つは、永明からの通信による呼び出し。もう一つは、可愛いアイアン・レディの一人、レオナ5号の個体信号だった。どちらも、近距離から発せられている。

その個体信号は、薬丸博士が飲みこんだピーナッツ形の装置――シクロノメーター――が反応しているもので、レオナの方も、こちらの信号を受信しているはずだ。

実を言えば、シクロノメーターは単なる通信機ではなかった。これも、薬丸博士の偉大な発明品で――まだ実験段階だったが――感情感応器とも言うべき装置なのだ。

普通、人間とロボットの間には愛情は存在しない。あるとしても、人間側の愛着だけだ。しかし、この装置を両者が持っていると、人間の精神とロボットの電子頭脳に、愛情めいた感情を生じさせる。ロボット法では、『ロボットを作った人間が、ロボットの父か母である』と規定されているが、その密接な気持ちを擬似的に発生させるわけだ。

それだけではなく、シクロノメーターを調整すれば、男女の愛情も作り出すことができる。レオナとの間では、父娘のレベルに設定を固定してあったが、その深い擬似的な感情が、ロボットの行動に影響を与え、相手の所へ引き寄せるという作用を喚起させる。

いかついカニ型ロボットを伴い、中国人のボスと一緒に歩きながら、薬丸博士は心中でにやついていた。

『やれやれ。やっと、永明君とレオナがわしを助けに来たか。思ったより遅かったが、まあ、ドレサル博士と、彼が作ったオンボロ・ロボットに出会えたから、よしとするか』

外は夜だったので、〈鋼鉄ガニ《シュタール・クラッベ》〉の胴体から、ピョンと、丸いライトが二つ飛び出た。それが、カニの目玉のように見えて、薬丸博士は苦笑した。チェコ人科学者はユーモアのセンスもなければ、ロボット・デザインのセンスも最悪だ。

「——おっと」

と、張秀英《チャンシューイン》が何か気づいたらしく、薬丸博士のサングラスを乱暴に奪った。地面に叩き付け、踏んづけて粉々にしてしまった。

「念のためだ、悪く思うなよ、薬丸博士」

だが、薬丸博士は平気だった。永明とレオナが近くにいるのだから、もう心配はない。

「いつか弁償してくれよ、ミスター張。三十万クレジットだ」

と、白髪の老人は軽口を叩いた。

一行は、武器を持った中国人の部下たちと、武装ロボット〈無双〉が警備する倉庫街を抜けて、その向こうにある空き地に移動した。元は、フットサルのコートか何かだったらしい。周囲には、コンクリートや金属の瓦礫が山積みになっている。〈鋼鉄ガニ〉の歩く、ガッチャン、ガッチャン、という重たい足音がうるさかった。

『わしの作った油圧サーボや非接触型球状関節を使えば、もっと静かで滑らかに動くのにな』

と、薬丸博士はまた馬鹿にして笑いそうになった。

空き地の真ん中まで来ると、中国人のボス、張秀英が命じた。

「じゃあ、機関銃とミサイル・ランチャーの性能を見せてくれ、ドレサル博士」

「解った」

頷いたチェコ人の博士は、操縦器を使ってロボットに命令を下した。

〈鋼鉄ガニ〉は、垂らしていた両腕を持ち上げ、機関銃の銃口を正面にあるコンクリートの壁に向けた。その壁の高さは三メートル、厚さは二十センチはあった。

あたりに、機関銃掃射の音が響き渡った。複数の雷がいっせいに鳴ったような凄い音で、数秒間に百発以上の弾丸が撃ちこまれた。音がやみ、硝煙が薄らぐと、壁の中央には見事に大きな穴が空いていた。

「ミスター張。どうだね」

ドレサル博士は太鼓腹を撫でながら、自慢げに言った。

「ミサイルの方もやってみろ」

張秀英が冷たい声で言い、右手にある、造りかけのまま放棄された三階建てのビルを指さした。

鉄筋があちこち剝き出しで、コンクリートの壁もボロボロだった。

〈鋼鉄ガニ〉の胴体の前方にある二つの発射口が開き、ミサイルが轟音と共に発射された。命中すると、凄まじい爆発音が起きて、火炎と黒煙と土砂とが、ビル全体を包みこんだ。

爆風は、薬丸博士らの所まで届いた。全員が背中をそちらに向け、顔をそむけた。石などの細かい破片が飛んできて、カニ型ロボットにぶち当たった。しばらく、モウモウとした土煙が立ちこめていたが、それが薄れてきた時、ビルの土台以外は、粉砕と倒壊により消滅していた。

「たいしたものだ、ドレサル博士」と、中国人のボスは賞賛した。「で、ミサイルは何発、撃てるんだ？」

「左右、六発ずつだよ。ただ、在庫がない。また横流し品を調達してきてくれ」

張秀英は頷き、

「例のレーザー・ライフルも、このロボットに搭載できるんだな？」

と、確認した。

「できる。あと二本、腕を取り付けて、そこにレーザー・ライフルを取り付ける。簡単なことだ」

「近々、レーザー・ライフルも大量に手に入るから、〈鋼鉄ガニ〉を、できるだけたくさん作ってくれ」

「ああ、解った。薬丸博士に手伝ってもらえば、作業も早く進むだろう」

そう請け合い、ドレサル博士は期待したように、横目で日本人科学者を見やった。

しかし、薬丸博士は、二人の顔を見比べながら、

「残念ながら、わしは君たちの役には立たないと思うね」

と、惚《とぼ》けた顔で言った。

「何故、です？」

と、不機嫌な声で、チェコ人の博士が訊き返した。

「何故かと言えば」と、薬丸博士は笑いそうになるのをこらえながら、答えた。「――わしは、もう少ししたら、君たちと別れることになるからだ。それに君たちも、連州捜査局の捜査官に捕まるか、殺されて、もう悪事をできなくなるだろうな」

2

永明とレオナは、倉庫の屋根から屋根へと移動して、薬丸博士たちの後を追った。レオナはその間にも、中国人たちの体型を、メモリーの中にある、研究所を襲った連中の映像と比較していた。

「――間違いありません。薬丸博士の横にいる中国人は、レーザー・ライフルを持っていた黒ずくめの男です。照合の結果は、九十三パーセント合致しました」

と、彼女は小声で報告した。

「顔認識もやってくれ、レオナ」

永明が命じると、レオナはネット経由で、本部の犯罪データーベースと照合した。

結果はすぐに出た。中国人のボスが、〈龍眼〉の若頭の張秀英《チャン・シューイン》。白人の太った男が、ロボット工学博士のルドヴィク・ドレサル。痩せた中国人女もロボット工学博士で、李冰冰《リービンビン》という名前だった。

「ドレサル博士は、あの戦闘用大型ロボット〈鋼鉄人間《シュタール・メンシュ》〉の製造者です」

レオナの説明で、何故、あんなロボットが日本にあったのかが解った。中国人マフィアが、ヨーロッパで当局から追われているドレサル博士を助け、日本に密入国させ、こっちで、あの巨大ロボットを作らせたのだ。大金を払うか、保護することを条件にしてだろう。

「あのカニ型ロボットも、ドレサル博士が作ったものだな。きっと物騒な奴だぞ」

と、永明は言い、用心することにした。

「胴体の装甲には、かなり厚い合金が使われているようです。機関銃にミサイルまで装備していますから、簡単には倒せないと思います」

と、レオナは慎重な物言いで注意した。

中国人たちは、薬丸博士を連れて倉庫街を出ると、すぐ近くにある空き地へ向かった。幸いなことに、武装した部下は二人しかおらず、〈無双〉を連れてくることもなかった。油断したのか、レーザー・ライフルも持っていない。

「連州捜査局の捜査員全員が、もう一つのアジトの襲撃に参加していて、手一杯だと思っているんだろうな」

永明は満足げに独りごちて、中国人たちの様子を観察した。彼らは、空き地の真ん中で、カニ型ロボットの性能試験を始めようとしていた。

空き地の周囲には、瓦礫や壊れたトラックなどがたくさんあったので、それらに隠れながら近づくのは容易だった。永明とレオナは、それぞれ別方向から空き地の側面に回り、敵の両側に位置した。

中国人たちは、カニ型ロボットの武器である機関銃とミサイルの威力を試し始めた。しばらくの間、轟音や爆発音があたりに響き続けた。すぐ近くにあった廃ビルはミサイルで爆破され、跡形もなくなってしまった。

「――レオナ。薬丸博士は、俺たちが来ていることに気づいているか」

その騒ぎの間に、フィルフォンを使って、永明は彼女に尋ねた。

「はい、永明捜査官。さっき、倉庫のシャッターがあいて博士が出てきた時から、シクロノメーターが感応しています。ですから、私たちのことは承知しているでしょう」

守護ロボットは、その装置がどういうものか、簡単に説明した。

「そうか。ならば、今から、お前にさっき仕掛けてもらった小型爆弾を爆破させるぞ。そうしたら、中国人たちをマルチガンで撃って、薬丸博士を救出する。お前は何としても、あのカニ型ロボットの腹の下にもぐりこみ、残っている小型爆弾を貼りつけろ。それで、あいつも破壊してやれ」

永明は、レオナに段取りを説明した。

そして、中国人のボスがドレサル博士と話しているのを見て、小型爆弾の起爆スイッチを入れた。

背後にある倉庫街の真ん中あたりに赤い光が生じ、倉庫の屋根の黒い輪郭が際立った。それと同時に激しい轟音が五つ生じて、次々に空気を震わせた。

驚愕の表情で、中国人たちは振り返った。チェコ人の博士は目を丸くして飛び上がった。薬丸博士は、バッタリと地面に体を伏せた。レオナが言ったとおり、永明たちの助けを待っていて、何か異変が起きたら、自分の身を守ろうと決めていたに違いない。

「今だ、レオナ！」

永明と彼の守護ロボットは、マルチガンを撃ちまくり、四人の中国人とドレサル博士をテーザー弾で倒した。強い電撃は、一発で彼らを気絶させるに充分だった。

問題は、〈鋼鉄ガニ〉だった。こいつは半自動操縦型ロボットで、すでに、『敵を見つけたら、殺せ！』と命じられていたようだ。その場で体を三百六十度回転させながら、二本の腕の先にある機関銃を闇雲に撃ってきたのである。

鳴り響く銃弾の発射音と共に、一発の弾が永明の左腕をかすめた。激痛が走った。顔をしかめた彼は、瓦礫の山の後ろに引っこんだ。

カニ型ロボットは永明の存在に気づき、回転するのをやめて、断続的に射撃を行ないながら、真っ直ぐ近づいてきた。幸い、ミサイルを撃ってこなかった。さっき、廃ビルを破壊した二発しか搭載していなかったらしい。

それを見て、レオナは〈鋼鉄ガニ〉の背後に回った。素早く近寄って大きな胴体の真下に滑りこみ、小型爆弾を平らな腹に取り付けた。

「――起爆してください！」

彼女は敵ロボットの足下から抜け出し、全速で走りながら、永明に通信を送った。

彼は、ためらわずスイッチを入れた。

地面が揺れるほどの凄まじい爆発が起きた。紅蓮の炎の中で、カニ型ロボットの胴体も土砂と一緒に噴き上げられた。

強烈な爆風が襲ってきたが、コンクリート片を集めた瓦礫の山が、永明の防波堤となった。ロボットの壊れた部品や、飛んで来た土砂などは、永明の所へ届かず、すべて瓦礫にぶち当たるか、突き刺さった。

永明が瓦礫の横から顔を出すと、噴煙と粉塵が、引っ繰り返った〈鋼鉄ガニ〉を覆っていた。その鋼鉄の腹には洗面器くらいの穴があいていて、火花が噴き出していた。手足をバタバタさせ、起き上がろうともがいている。

レオナは両手で薬丸博士をかかえ、すでに空き地の向こうの端まで待避していた。

「永明捜査官。危険です。そのロボットはまだ機能しています！」

と、彼女から通信が入った。

倉庫街の方からも騒ぎが聞こえている。〈無双〉は小型爆弾で破壊したか、操縦器を使えなくしてあるはずだから心配はない。だが、こちらの爆発を見て、武装した中国人が駆けつけてくる可能性は高い。早く、ここから逃げるべきだ。

「こいつは、俺がやっつける！」

永明は一瞬にして決断した。マルチガンのエネルギー・カプセルを過負荷状態にしながら、〈鋼鉄ガニ〉まで走り寄った。そして、腹の穴めがけて、マルチガンを投げこんだのである。

永明は後ろを見ずに、レオナたちがいる方へ全力で逃げた。傷ついた腕を押さえながら、空き地の外まで走り、地震の時にできた大きな亀裂に飛びこんだ。

その途端、後ろでふたたび爆発が起きた。爆発音は二回聞こえた。マルチガンが爆発して、それが〈鋼鉄ガニ〉の体内にある機械や銃弾をいっせいに破壊した。二度目の爆発はそれで、戦闘用ロボットは木っ端微塵になった。

爆風が収まると、永明は地面の亀裂から這い出た。火薬や焼けた油の匂いが鼻を刺激した。

心配したレオナが、彼に手を貸しながら、

「大丈夫ですか」

と、尋ねた。

「怪我をしたのか、永明君?」

と、薬丸博士も、彼の顔を覗きこんだ。

急いで立ち上がった永明は、

「平気ですよ。かすり傷です。それより、さっさと逃げましょう。中国人たちが追いかけてきますから」

と、火災が起きている倉庫街へ目を向けた。

すると、白髪の老人はにんまりと笑って、

「ふふん。ならば、いいものがある。上を見たまえ」

と、得意気に言ったのだった。

永明もレオナも、反射的にそれに従った。

永明は目を瞠《みは》った。

夜空を背景に、何か大きなものが浮かんでいたからだ。その上、扇風機が空気を掻き回すような、シュルシュルという音が聞こえていた。

その物体の形は、かなり独特だった。真ん中に直径五メートルの球形をした胴体があり、周囲に、四つの大きな円形ジャイロが付いていた。

「これも、わしの新発明品だぞ。静音型ジャイロ式ロボット・ヘリコプターさ。六人乗りの〈シャボン玉〉だ。さっき、倉庫から外に連れ出された時に、わしの万能サングラスから信号を送り、研究所の格納庫にあるこいつを呼び寄せておいたんだ。

これ自体がロボットなので、後は勝手に考えて、わしを助けにきたんだよ。位置は、わしが飲みこんだシクロノメーターと感応して特定したわけだ」

薬丸博士がそう話している間にも、〈シャボン玉〉はガルウイングのドアをあけて、ゆっくりと下がってきた。

3

着陸した〈シャボン玉〉に、永明たちは急いで乗りこんだ。ドアを含めて、コックピットの上三分の二は透明な樹脂ガラス製だったから、周囲の様子が丸見えである。

前席に座った薬丸博士は、ロボット・ヘリを発進させようとした。だが、永明はあわてて、

「――あっ、ちょっと待ってください」と、頼んだ。「レオナ。すまないが、あそこに倒れている、中国人科学者を連れてきてくれ」

アイアン・レディは〈シャボン玉〉を飛び下り、気絶している中国人女をかついで戻った。

「よし、飛べ！　とりあえず、垂直上昇だ！」

と、薬丸博士はわくわくした顔で〈シャボン玉〉に命令した。

フワッと、静音型ジャイロ式ロボット・ヘリコプターが飛び上がった。空き地の方から中国人の怒声が聞こえ、サブマシンガンを撃つ音が聞こえてきた。何発か銃弾が機体に当たり、甲高い音を奏でた。

「ふん。このくらいの攻撃なら、どうってことはない。〈シャボン玉〉は落ちたりしないさ」

と、薬丸博士は自慢げに言った。

永明がポケットから止血帯を取り出し、左腕に巻いていると、

「お父様。救出まで時間がかかり、申し訳ありませんでした」

と、レオナが神妙な声で謝罪した。相変わらず表情はかたいが、恐縮している感じが出ていた。

「ははは。気にするな、レオナ。わしはこうして無事だったのだからな」

と、老人は機嫌の良い態度で、手を振った。

〈シャボン玉〉は、中国人たちの攻撃が届かない高さまで上昇した。それから、四つのジャイロを四十五度に傾け、水平飛行を始めた。

永明はビデオ通信で、本部と〈民衆警察〉に、薬丸博士を救出したことを報告した。〈龍眼〉の後始末は、〈民衆警察〉がやってくれることになった。

通信を切った永明は、後部座席にいるレオナに命じた。

「レオナ。その中国人女を起こしてくれ」

「彼女は、李博士だ。ドレサル博士の助手を務めていて、あのカニ型ロボットを作っておった」

と、薬丸博士は説明した。

「僕らは別のアジトで、戦闘用大型ロボット〈鋼鉄人間〉に襲われましたよ。けっこうぶっそう

な奴でした」

「おお、そうか。それもドレサル博士の作ったロボットだ。だが、馬鹿でかいばかりで、戦場以外では、たいして役に立つものじゃないさ」

と、老人は馬鹿にしたように言った。

レオナが、李冰冰の頰を軽く叩き、目をあけさせた。

「な、何なの……」

中国人科学者は体が痺れていて、頭もうまく働かないようだった。

永明はフィルフォンを翻訳モードにして、彼女に話しかけた。

「俺は連州捜査局の捜査官だ。あんたは、俺たちに捕まったんだ。あんたが〈龍眼〉の仲間だってことも解っている。このまま逮捕し、起訴してもいいが、俺たちに必要な情報をくれたら、あんたの罪を軽くしてやるぞ」

「じょ、冗談じゃないわ。私は、何も、喋らないわよ……」

と、痩せた女は顔をしかめ、小声で言った。

「あんた、中国国家安全省から国際指名手配をされているじゃないか。知ってるぞ。何なら、そっちに引き渡してもいいんだ」

永明は厳しい顔をし、脅すように言った。

「ふざけ……ないで」

「お前のボスの張秀英は、あの高性能なレーザー・ライフルをどこで手に入れたんだ。それを教えろ！」

李博士はぶすっとした顔で、黙っていた。

「そうか。話す気はないんだな。だったらいい。あんたは用済みだ――レオナ。その女の足を持って、このヘリの外に宙づりにしろ。そして、どうしても言うことをきかないなら、手を離してしまえ」

永明が命令すると、レオナは透明なドアをあけ、李博士の左足首をガシッとつかんだ。

「失礼します、李博士。命令ですので、仕方ありません」

「ば、馬鹿な！　やめて！　ロボットが、そんなことをするわけがないわ！」

痩せた女は狼狽し、喚き、レオナから逃れようと暴れたが、ロボットの力にかなうわけがなかった。

〈シャボン玉〉は、水平飛行からホバリングに移行した。開いた入口から、冷たい風が吹きこんできた。

薬丸博士は振り向いて、

「李博士。確かに普通のロボットなら、あんたを、このヘリから突き落とすような真似はしないし、できない。ロボット法やロボット三原則に縛られ、人間を傷つけてはならないとプログラムされているからな。

だが、このアイアン・レディは、普通のロボットじゃない。わしの最新の発明である、非常に高性能な〈アトム回路〉が電子頭脳に組みこんである。何が違うかと言えば、正義判定サブルーチンが入っているんだ。簡単に言うと、良い人間と悪い人間がいて、良い人間を助ける必要がある場合、悪い人間の命は犠牲にしてもかまわないと、ロボットが自分で判断できるんだ」

「う、嘘よ！」

と、痩せた女は悲鳴を上げた。

「じゃあ、実際に、自分で体験してみるんだな。ワハハハハハ」

と、薬丸博士は面白そうに笑い、手を振って、アイアン・レディに『やれ！』と合図した。

レオナは、入口から身を乗り出し、李博士の足を左手一本で持ち、彼女を逆さまの宙づりにした。周囲は真っ暗だが、風が強く、中国人女の恐怖を充分に煽《あお》った。

「ギャアーッ！　やめてェ！　死ぬゥ！」

李博士は顔面蒼白で、必死に叫んだ。彼女の白衣がバタバタと音を立ててはためき、レオナの銀色の髪もひどく乱れた。

「確かに、この高さから落ちたら命はないだろうな」

と、永明は冷たい声で言った。

「助けてェ！　お願いィィ！」

「だったら言え。あのレーザー・ライフルが、何故、お前らの所にあるんだ？」

「言うわ！　言うわ！　ボスが取り引きをして、手に入れたのよ！」

「誰からだ？」

「横浜の暴力団よ！　〈黒魔団〉の連中よ！」

「〈黒魔団〉？　嘘を言うな。ただのチンピラじゃないか！」

永明は、怒り声で決めつけた。この周辺の暴力団や外国系マフィアについては、事前に調べてあった。〈黒魔団〉は、麻薬などを扱っている、チンケな新興ヤクザだ。

「本当よ！　本当なの！　向こうから、イスラエル製のＵＵＣＶレーザー・ライフルを手に入れたので、買ってくれと言ってきたの。それで、大金を払ったし、さらに、縄張りの一部を向こうに譲ったのよ！」

逆さまで頭に血が集まり、李博士の蒼白だった顔が赤くなってきた。

「レーザー・ライフルは、何丁あるんだ？」

永明は、それでも質問を続けた。

「と、とりあえず、あの一丁だけ。あとは、近日中に、五十丁が入るということだったわ。うちのボスは、それを待っていたの！」

銃の種類も数も、マック堀口がくれた情報と一致する話だ。

薬丸博士が、言いつけるように口を挟んだ。

「こいつらは、あの〈鋼鉄ガニ〉にも、レーザー・ライフルを搭載する気だったぞ」

永明はさらに、半狂乱状態の女に尋ねた。

「〈黒魔団〉程度の連中が、何故、そんな武器を入手できたんだ？」

「知らない！　知らないわァ！　本当よォ！　もう、だめ！　助けてェェ！」

もう限界のようだった。永明が手を上げると、レオナは女科学者をコックピット内に戻して、椅子に座らせた。

ドアは、ロボット・ヘリ自体が閉めた。

李博士は息も絶え絶えの状態で、ぐったりとして、何も喋れなくなった。

薬丸博士は、真っ白な顎鬚をしごきながら、

「永明君」と、声をかけた。「たぶん、この女は真実を語っていると思うぞ。あの倉庫に連れこまれた時、わしは万能メガネを使って、張秀英のフィルフォンなどから情報を盗んだんだ。それによると、奴は最近、〈黒魔団〉の島貫正夫《しまぬきまさお》という者と何度か連絡を取り合っていた」

それを聞いた永明は、フィルフォンで本部の陽夏を呼び出し、事情を説明した。

「――〈黒魔団〉と、その幹部の、島貫正夫という男に関する情報が知りたいんだ」

「解りました。そのまま、待っていてください」

ビデオ通話が保留状態になった途端、薬丸博士が永明に尋ねた。

「おい、どうする?」

「どうするって、何がですか」

永明は首を傾げた。

「無論、〈黒魔団〉の所に行って、君とレオナとわしとで、やっつけるんだよな?」

と、薬丸博士はうきうき顔で言った。高名なロボット工学博士は、なりは老人でも、心はまるっきりの子供だった。

「危険ですよ。あなたは連れていけません」

と、永明は真面目な顔で答えた。

「馬鹿を言うな。だいいち、この〈シャボン玉〉はわしの言うことしかきかんぞ。レオナだって、君の命令より、わしの命令を優先するんだ――そうだな、レオナ?」

「はい。お父様のおっしゃるとおりです」

と、レオナがはっきり言ったので、永明は自分の負けを認めた。

「解りましたよ、薬丸博士。一緒に行きましょう。でも、〈シャボン玉〉の中にいて、危険が生じたらすぐに逃げてくださいよ。いいですね」

「ああ、解ったよ」

と、老人は自分の要求が通ったので、満足げに頷いた。

陽夏からの通信が復帰した。〈黒魔団〉に関する詳細と、彼らのアジトがあると思しき場所など、必要な情報が得られた。また横浜へと戻らなくてはならない。

「俺たちはそこに行く。応援を寄越してくれないか」

永明は、陽夏に頼んだ。

「明科さんたちの方も片付いたようなので、誰か出せないか、訊いてみます」

「ああ、よろしく」

通話を切ると、薬丸博士はさっそく、その位置情報をヘリに教えた。

「――さあ、発進しろ、〈シャボン玉〉！」

老人は、溌剌とした声で命令した。

四つのジャイロがまた傾いて水平飛行に入り、ロボット・ヘリは急速度で飛び始めた。

第16章　〈黒魔団〉のアジト

1

永明は突撃ユニフォームのポケットから、紙手錠を二枚、取り出した。八つ折りになった紙を開くと手錠の形になるもので、それを中国人科学者の手と足にはめた。薄いが充分な強度があり、人間の力で破いたり引きちぎったりすることはできない。

「李博士。少し眠っていてもらいますよ」

突撃ユニフォームのポケットの一つには、小さなアンプルが五つ入っており、その内の一つが睡眠薬だ。永明がそれを女科学者に飲ませると、すぐに瞼が落ちた。

静音型ジャイロ式ロボット・ヘリコプター〈シャボン玉〉の乗り心地は快適だった。連州捜査局のジェット・ヘリ〈オニヤンマ〉や、小型エアー・ヘリ〈カトンボ〉は、飛行音がけっこううるさいが、これはキャノピーが風を切る音しか聞こえない。速度もかなり出ている。

「どうだね、永明君。〈シャボン玉〉の使い勝手は。これは試作品だが、ほぼ完成している。最終調整が終わったら、真っ先に連州捜査局に使ってもらおうと思っている」

と、薬丸博士は自慢げに言った。

「確かに、音が静かでいいですね。どうしてジャイロの音がこんなに小さいんです？」

「一つのジャイロには、空を飛ぶための羽根の他に、騒音を打ち消すための羽根も入っているからさ。それから、デジタル式の動的騒音消去装置も付いているんだ」

「敵のアジトなどに、こっそり近づくのに最適ですね」

永明は、止血帯を巻いた左腕をさすりながら言った。鎮痛剤が効いてきて、痛みはほぼ治まった。肘の関節も指も、問題なく動く。

ふと気づくと、横須賀を飛び立った後から、レオナが俯《うつむ》いていた。目がぼんやりと薄黄色に光り、点滅を繰り返している。

永明は気になって、尋ねた。

「レオナ。どうしたんだ？」

「はい。電子頭脳の陽電子の流れが悪いため、自己診断をかけているところです」

レオナは顔を伏せたまま、静かな口調で答えた。

薬丸博士が、話に割りこんだ。

「わしの可愛いアイアン・レディはな、永明君。今、感情の浄化をはかっておるんだよ。全体的な機能不全に陥らないために、電子頭脳の中で、不純物選別及び排除プログラムが働いているわけだ。コンピューターで言えば、メモリー・コンパクションとか、デフラグメンテーションを実施するのに近いかな」

「もう少し具体的に言ってください、薬丸博士」

「レオナはさっき、李冰冰を宙づりにしただろう。無論、本当に手を離して殺す気はなかったが、それでも、李冰冰は恐怖に駆られていた。普通のロボットなら、それだけでも、人間の命が危険に晒《さら》されたと判断して混乱に陥る。そして、永明君の命令には従わなかっただろう。

しかし、レオナは君の意図を推察し、そこの葛藤を乗り越え、命令を遂行した。だがそれでも、自己嫌悪を感じて、落ちこんでしまった。だから、電子頭脳と感情回路に自己診断をかけ、無用な雑念を余分なデーターとして片付けているのだな」

永明はびっくりした。

「レオナに、そんな繊細な感情があるんですか」

「あるぞ」と、老人は深く頷いた。「この5号の顔は、6号ほどには複雑な表情を作れない。しかし、心の方は人間並みだ。人間の感情のありとあらゆるパターンを、感情回路に組みこんであるからな」

「レオナは、喜怒哀楽をあまり表に出しませんね」

そう言い、永明はレオナの美しく整った顔を見た。

「ああ、それはそうだ。学習しなければならない。レオナは今、人間の赤ん坊と同じ状態にある。これから体験を重ね、どういう事態にどういう感情表現をするか、情報を収集する。それによって、この娘も感情を自然に出せるようになる。

要するに、レオナは君のことを守りながら、いろいろな生活や仕事をこなし、少しずつ学ぶのさ。そうして、完全なロボットに近づいていくわけなんだよ」

薬丸博士は、顎鬚をしごきながら言った。

「では、現時点では未完成なのですか」

「電子頭脳の働きが作る擬似的な心の部分、という点ではそうだ」

「何故、心も完成させてから、僕にくれなかったんですか。プログラミングしだいですよね。僕は、事件の捜査をしながら、悩めるロボットの世話まではできませんよ」

「それではつまらないからだよ、永明君」

老人は、うっすらと笑みを浮かべた。

「つまらない？」

「人間は、生まれてからの、境遇、学習、経験、自意識などが絡み合って、成長していく。それによって、性格や知識や人格が形成される。将来、どんな大人になるかは、赤ん坊の時には解らない。優しい人になるかもしれないし、きつい性格になるかもしれない。一つ何かの要因が違えば、善人にもなるし、悪人にもなるのが人間だ。

わしは、ロボットの、そういう成長の過程を研究しようと思った。レオナが君と一緒に様々な生活や体験をすることで、どんなロボットになるかを見たかったんだ。

さらに言えば、高性能のロボットと暮らした時の人間の反応――つまり、君の反応や変化も見てみたかった。その両方のデーターも、今後作るロボットの性能向上に役立てることができるからな」

永明は、薬丸博士の自分勝手な言い分を聞いて、カッとなった。

「じゃあ、僕もモルモットということですか！」

「それは否定できないな。君はかなり、ロボット嫌いのところがある。だが、わしは、レオナと長くいる間に、君もロボットが好きになるだろうと予想している。

それに、君はまだ、わしの生身の娘、エリカの死がもたらしたショックを乗り越えていない。だから、あの娘に顔が似たロボットを与えたのだ。それが身近にいることで、君は嫌でも現実を目の当たりにする。そして最終的には、諦めがつくのではないかと考えたのだ」

「余計なお世話だ！」

永明は頭に来て、本気で怒鳴った。

だが、薬丸博士はまったく悪びれず、説明を続けた。

「というわけでな。レオナは電子頭脳やメモリーに自己診断をかけて、自分の活動や思考に阻害が出るような記憶を消去したり、優先順位を下げたりできるのさ。

それは、人間が、嫌なことや悲しいことを時間をかけて忘れるのと一緒なんだ。ただ、ロボットの場合にはその作業は短時間ですむし、綺麗さっぱり消し去ることもできるのだよ」

「では、さっきの行動はなかったことになるのですか」

「いいや。メモリーの短期記憶領域から長期記憶領域に移すだけだ。別に心配することはない」

レオナの目の光が消えた。顔を上げた彼女は、毅然《きぜん》とした表情に戻っていた。

「自己診断、メモリーの整理、終了。異常はありません」

ずいぶん、都合のいい仕組みだとは思ったが、薬丸博士に何を言っても無駄だ。永明は黙って頷き、キャノピーに顔を寄せて下の景色を見た。

横浜には十分ほどで着いた。夜明けが近いが、まだ暗い夜が大地の上に広がっていて、そこら中にある照明の光が煌めく宝石のように美しかった。

その中で一ヵ所、禍々《まがまが》しい赤色に染まっている場所があった。明らかに火事だった。近づいていくと、スラム街の中で、波板の塀で囲まれた自動車工場が燃え盛っていた。また、その隣にある木造のアパートの一部屋と、裏にある古い一軒家の二階部分も燃えていた。

「――目的地に到着。目的地に到着」

自動操舵装置がそう告げて、〈シャボン玉〉はその上空を旋回し始めた。

「下の映像を拡大して見せてくれ」

永明が言うと、キャノピーの一部がディスプレイと化して、目的のものが表示された。敷地や道路に何人かの人間が倒れていて、動いていない。経験からして、一目で彼らが死んでいることは解った。

「適当な場所を見つけて、着地しろ」

と、薬丸博士が命じると、〈シャボン玉〉は、少し東に寄った所にある幅広の道路に下りた。

「薬丸博士、上空で待機していてください」

永明は頼み、レオナと共にコックピットから出た。

〈シャボン玉〉はドアを閉じて、ただちに上昇した。

現場に近づくと、火事特有の焼け焦げた匂いと、火薬の匂いとが混ざって鼻を突いた。ガス臭い匂いもする。遠くから、消防車と思われるサイレンも聞こえてくる。

道路の真ん中に、若い男が俯せに倒れていた。後頭部が赤黒い液体で濡れている。アパートの外階段の下にも、太った黒人が倒れていた。こちらは白いTシャツを着ていて、背中が真っ赤な血で染まっていた。

「レオナ、気を付けろ」

低い声で言い、永明はマルチガンの安全装置を外した。そして、物陰に身を潜めながら、アパートに近づいた。

手前に、錆びたフレームだけの古いトラックが転がっていた。その向こうに、若い男が仰向けに倒れている。東洋人で、胸と腹が真っ赤だった。

どの男も、銃弾にやられたことは間違いなかった。ここが〈黒魔団〉のアジトなら、敵対するグループに襲撃されたのだろう。それも、つい何分か前のことのようだ。

永明が手を振って合図すると、レオナは身を低くしながらその男の所まで走った。そして、首筋に手を当てて脈を確認してから、永明の方を見て頭を振った。

「死んでいます」

フィルフォンから、レオナの声が聞こえてくる。

レオナは、階段下の男の所へ移動した。やはり、もう事切れていた。

永明は用心しながら、トラックの横まで走った。

その時だった。アパートの二階奥のドアがあき、痩せた男が腕を突き出し、大口径の拳銃を連射してきたのである！

2

永明は反射的に、トラックの荷台の後ろに身を隠した。一発の弾が髪の毛をかすめた。あと二発は、トラックのフレームに当たり、深く食いこんだ。

「貴様ら！　殺してやる！」

男は半狂乱でいい、レオナにも銃弾を見舞った。

「レオナ！　そいつを捕まえろ！」

永明が怒鳴ると、レオナは階段を素早く駆け上がった。そして、マルチガンを連射しながら、二階の外廊下を走った。

男はあわててドアをしめ、室内に逃げこんだ。鍵をかけたらしく、レオナはノブをもぎ取った後、ドアの両脇に両手の先を突っこみ、力任せに引き剝がした。

その様子を見ながら、永明はアパートの横手に走った。

どうせ、あの男は裏の窓から外へ逃げるだろう。

永明が建物と建物の間を通り抜けている時にも、二階から銃声が聞こえてきた。自動小銃を連射する音まで加わった。どうやら、敵は二人いるらしい。

永明がアパートの裏手に回った時、ガチャンと音がして窓ガラスが割れ、窓枠も折れて、それらと一緒に、さっきの男が飛び下りてきた。

二階のその部屋では、まだ銃撃音が響いていた。

永明は、テーザー弾を男の背中に撃ちこんだ。男は倒れて前転する格好になったが、起き上がってまた走りだした。電撃にも対応した防弾チョッキを着こんでいるらしい。

男はすぐ側にあるコンクリート塀に向かい、後ろに手を伸ばして銃を撃ってきた。弾をかわすため、永明は横に体を投げ出した。その隙に男は塀を乗り越え、向こう側に飛び下りた。

永明も、ただちに後を追った。背後のアパートでは銃声がやみ、男の悲鳴が聞こえ、レオナから、

「こっちの人物は、電撃弾で眠らせました」

と、報告が入った。

「俺の方はまだだ。男は一軒家の方へ逃げた」

「状況把握。すぐに応援に向かいます」

レオナの声に被せるように、別の声が割りこんだ。

「わしだ。薬丸だ。わしも何か、手伝おうか」

塀を乗り越えた永明は、思わず怒鳴った。

「邪魔です！　余計なことをせずに、〈シャボン玉〉で待っていてください！」

「サーチライトで照らすぐらいなら、いいだろう？」

と、老人がすねたような声で言い、パッと永明のいる前方が明るくなった。上でホバリングしている〈シャボン玉〉が強い光を差し、あたりを照らしたのだ。

案の定、痩せぎすの男は、すぐ先にある古びた家を目指していた。サーチライトの光の中に、男の姿がくっきりと浮かび上がっている。

男は走りながら上を向き、光源を目指して引き金を引いた。永明はその背中を標的として、銃を撃った。今度は、もっと威力のある殺傷モードにした。

弾は二発とも命中して、男は前方に吹っ飛んだ。防弾チョッキを着ているなら、死にはしないだろう。

しかし、男はまだ参らなかった。フラフラと立ち上がると、また永明に向けて銃を連射した。永明は頭を低くして、右手にあったゴミ集積所の陰に駆けこんだ。その間に、痩せぎすの男は一軒家の玄関に辿り着いた。ドアをあけて中に入ろうとする男をめがけ、永明は弾を放った。銃弾はドアに穴をあけた。男は何か喚きながら、入口の脇に置いてある三つのドラム缶の後ろに身を隠した。

永明は、大声で呼びかけた。

「俺たちは連州捜査局の捜査員だ。だが、たった今、ここへ来た。お前らを襲撃したのは、俺たちじゃない。銃を置いて、降参しろ。身柄は保護してやる！」

「嘘を言うんじゃねえ！」

「本当だ！　お前たちは誰に襲われたんだ⁉」

「くそっ！　騙されるものか！　お前が、連州捜査局捜査官だっていう証拠はあるか！」

「あるさ！　これを見ろ！」

と、永明は左手を振り、フィルフォンで宙に身分証明書のホログラムを作り、拡大表示した。

「俺は、捜査官の永明だ！　投降しろ！　悪いことは言わない！」

「ふざけるな！　お前も、あいつらの仲間なんだろうが！」

痩せぎすの男はそれでも信じず、怒鳴り返した。

「あいつらって、誰だ！　誰に攻撃されたんだ！　言ってみろ！」

永明は我慢強く説得した。その時、レオナが横手にある茂みに沿って走ってきて、彼の背中に寄り添った。

「レオナ。あの家の裏から中に入って、他に生きている奴がいないか見てきてくれ」

小さく頷いたレオナは、頭を低くしたまま駆けだした。

興奮している男は、憎々しげに叫んだ。

「襲ってきたのは、中国人だ！　中国人マフィアどもだ！　俺のボスも、俺の部下も、みんなやられちまった！」

「〈龍眼〉か！」

「違う！　〈龍眼〉の連中と俺たちとは、手を結んでいる！」

「じゃあ、誰だ！」

「知らない奴らだ！　〈龍眼〉とは別の中国人マフィアだった！」

永明は、韓国で、彼とマック堀口を襲った連中のことを思い出した。

「だったら、〈晨星《チエンシン》〉か！」

「解らねえよ！　サブマシンガンを持った中国人が数人、いきなり襲ってきて、この有り様だ。反撃する間もなく、俺の仲間はやられちまったんだ！」

「そいつらは、何が目的で、お前らを襲ったんだ！」

「知るか、そんなこと！」

男は怒鳴り、また永明めがけて銃を撃ってきた。

永明も応戦したが、彼の銃弾は、ドラム缶と斜め後ろのドアに当たっただけだった。

男は拳銃を撃ち続けながら立ち上がり、ドアに手をかけようとした。

と、その時だった。二階の窓が内側から吹き飛ぶように破壊され、割れたガラス片などと共に、レオナが飛び出してきた。彼女はそのまま男の上に落下し、相手を地面に倒して、手から拳銃をもぎ取った。

男は背中を打ったのか、息が詰まったようだった。

「よくやったぞ、レオナ！」

駆け寄った永明は、彼女を誉めた。男を俯せにして、両手を後ろへ回し、膝で体重をかけて押さえこんだ。

男は、潰れたカエルのような声を出した。

「さあ、観念しろ。ここで何があったか、詳しく話せ。それから、誰がお前たちを襲ったのかもな」

「し、知らねえ――」

「永明捜査官。家の中にも三人、家の裏側に一人、死んでいます。銃弾を受けており、即死だったようです」

と、レオナが報告した。

永明はそれを聞きながら、男の腕をひねった。

「もう一度、訊く。ここで何があったんだ？」

「ほ、本当に、お前は、連州捜査局の者なのか」

瘦せぎすの男は喘ぎながら、顔を横に向け、永明を見ようとした。

「ああ」

「中国人のマフィアどもに襲われたんだよ。他のことは、何も知らねえよ！」

「じゃあ、別のことを訊こう。お前は〈龍眼〉の張秀英に、高性能のレーザー・ライフルを売りつけただろう。あれは、どこから手に入れたんだ？」

「な、何の話だ――」

男は落ちつきなく、目を逸らした。

永明は膝に力を加えた。男は苦しげに呻いた。

「レオナ。こいつの顔認識は？」

「もう結果が出ています。〈黒魔団〉の若頭で、島貫正夫、三十五歳。前科四犯。強請《ゆすり》、麻薬所持及び吸引、暴行。直近では強盗で捕まり、四年間、刑務所に入っていました」

「仲間が全員死んだとなると、ここでやっていた悪事の責任は全部、この男が取るわけだな」

「はい。刑期を合算したら、一生、刑務所から出てこられない年数になります」

「畜生！　な、何だ、この生意気なアンドロイドは！」

島貫はじたばたしたが、永明がさらに強く腕と背中を押さえたので、ゲホゲホと咳きこんだ。

「残り、五十丁だか四十九丁だかの、ＵＵＣＶ型レーザー・ライフルはどこにあるんだ？」

永明は、冷徹な声で質問した。サイレンの音が、かなり間近で聞こえるようになった。

「〈民衆警察〉が来たら、お前はもうお仕舞いだぞ。あいつらは、地元の暴力団や外国系のマフィアに容赦はしないからな。どういう扱いを受けるか、お前の方がよく知っているはずだ。だが、俺に有益な情報をくれたら、もしかして、お前はここから逃げられるかもしれないぞ」

「な、何を言ってやがるんだ？」

島貫は悔しそうな顔で、声を絞り出した。

「助かる機会をやろうかって言ってるんだ。さあ、どうする？」

「わ、解った。本当に、逃がしてくれるんだな？」

「いいから、吐け。残りのレーザー・ライフルはどこにある。それから、お前らを襲撃した奴らの正体と、目的は？」

尋ねながら、永明は脇にどいた。

レオナが島貫を軽々と片手で持ち上げ、立たせた。

「このロボットは、人間が嘘を言っているかどうかを見抜けるんだ。騙せると思うなよ」

永明が冷たく言い、レオナの目が赤く光った。

「この男性の、心拍数、発汗作用、皮膚の温度、声の周波数、息遣いの変化など生理現象全般を、今から点検します」

それを聞いて、島貫はうろたえた。

「――あ、あの中国人どもが何者か、それは本当に知らないんだ。だ、だが、奴ら、変な勘違いをしていやがった。俺たちが、レーザー・ライフルを、奴らから盗んだと言うんだ。それで、銃を返せと言い、ここにないと答えたら、俺の仲間の命を奪いやがったんだ」

「だが、本当は、お前たちが銃を盗んだんだろう？」

永明は鎌をかけた。

島貫は首を振った。

「ば、馬鹿、言うな。あれは、ロボット宅配人が持ってきたんだ。ビデオ手紙と一緒にな。あと、手数料として、三十万クレジットが、俺のボスの銀行口座に振りこまれていた。

訳が解らず、ビデオ手紙を再生したら、加工された声で、指示があった。その銃を、中国人マフィアの〈龍眼〉に適当な値段で売れとな。しかも、五十丁の追加もある。それらがすべて売れたら、十パーセントの報酬をくれると言うんだぜ。どうだ、いい商売だろう。だから、俺たちは、ビデオ手紙の指示に従ったんだよ」

「自分たちで、あの銃を使おうとは思わなかったのか」

「使ってどうするってんだ。警察や連州捜査局に追われて、やばいことになるだけじゃないか。現に今夜、お前たちは、〈龍眼〉のアジトを攻撃したんだろう?」

「そんな嘘臭い話を、疑わなかったのか。相手が誰かも解らないのに」

永明は呆れて尋ねた。

「い、いや。差出人の素性は、だいたい解っている」

「誰だ?」

「〈ロボット撲滅同盟〉のメンバー、だと思う。男の顔は、モザイクで加工されていた。だが、後ろの壁に、あいつらの紋章が飾ってあったんだ」

「それで納得して、指示に従ったのか」

「ああ。とにかく金になるんだから、いいじゃねえか」

永明は、こいつらは真性の馬鹿だと思った。

だが、何故、〈ロボット撲滅同盟〉が〈黒魔団〉を操り、中国人マフィアの〈龍眼〉にあの武器を渡したのだろう。レーザー・ライフルを手に入れた〈龍眼〉が、ロボット工場や薬丸博士を襲うことが解っていたかのようだ。遠回しに、自分たちは黒幕となって、ロボットを作っている者たちに危害を加えようと企んだのだろうか。

永明は、もっとも重要なことを尋ねた。

「それで、残りのレーザー・ライフルはいつ、お前らの所に届くことになっているんだ？」

「解らない。まだ、何も言ってこない。ビデオ手紙の指示では、近々という話だった」

「ビデオ手紙は取ってあるか」

「いいや、勝手に消去されちまったよ」

と、男は肩をすくめた。

永明がレオナの顔を見ると、彼女は小さく頷き返した。目の光も消えた。

「永明捜査官。この人物が真実を語っている確率は、九十二パーセントです」

「さあ、も、もういいだろう。俺を逃がしてくれ。知っていることは、全部話したんだからな！」

と、島貫は下卑た顔で、媚びるように言った。

永明はニヤリと笑い、島貫の腰にマルチガンの銃口を押し当てた。青白い電撃が迸《ほとばし》り、男は絶叫し、体をブルブルと震わせた後、白目を剝いて気絶してしまった。

「悪いな。ロボットは嘘をつけないが、俺は人間なんで、嘘なんかへっちゃらなのさ――」

第17章　福岡港での事件

1

仲間の応援と〈民衆警察〉も来たので、〈黒魔団〉関係の後始末は任せて、永明たちは〈シャボン玉〉で横浜を飛び立った。

薬丸博士は、まっすぐに自分の研究所に帰りたがった。

「中国人マフィアどもに、ひどく破壊されたからな。一刻も早く、建物と内部の機械を修理したいんだ」

しかし、永明はきっぱりと首を振った。

「いいえ。その前に、博士は病院で検査を受けなくてはなりません」

連州捜査局の規約では、誘拐されたり幽閉されたりした被害者は、肉体や精神に問題がないか診察され、必要ならば治療が施されることになっていたからである。

「永明君、残念だな。〈シャボン玉〉は、君の命令など聞かんぞ。行き先はわしの研究所だ」

と、薬丸博士は頑固に言い張った。

そこで、永明は実力行使に出ることにした。

「おい、レオナ。〈シャボン玉〉の操縦権を乗っ取ってくれ」

「命令受諾。実行します」

レオナは頷くと、自分の操縦電波を使って〈シャボン玉〉に無線接続し、セキュリティを破って操縦プログラムへの命令を書き換えた。目的地を、東京にある日本自衛大学病院に再設定する。

「やめろ、レオナ！　何をしている！　お前も、〈シャボン玉〉も、わしの作ったロボットじゃないか！　何で、言うことをきかないんだ！　わしは大丈夫だ！　怪我もしていない！　だから、病院へ何か行く必要なんかないんだぞ！」

あわてた薬丸博士はレオナにつかみかかり、大声で怒鳴った。

「お父様。私にとって何より重要なことは、お父様の安全です。それがすべてに優先されます。ですから、ロボットとしても、私個人としても、永明捜査官の命令の方が妥当性が高いと判断しました」

と、アイアン・レディは淡々と返事をした。

「くそ！　そんなことはどうでもいい！　お前は、わしの命令どおりに動けばいいんだ！」

「ですが、こういうふうに私をお作りになったのは、お父様です。私は、自分の思考と行動を司るプログラムに逆らうことはできません。ロボット法に照らしてみても、私は、お父様の健康を確認する必要があります」

レオナはあっさりそう言うと、さらに喚く老人の言葉をすべて無視した。

その様子を見て永明は笑いそうになったが、何とか堪えた。

日本自衛大学病院は、十二の大学が集まっている八王子の大学都市内にある。以前は警察大学病院、防衛医大、連州捜査局病院などと分かれていたが、数年前に統合されて、日本の各州に一つずつ、こうした総合病院が設置されている。

また、この病院は救急医療所《ER》にも指定されており、未明の入院でも不都合はなかった。

「病院は嫌だ！　どこも悪くない！　研究所へ戻せ！」

と、薬丸博士は医大の玄関でも手足をばたつかせ、子供のように大騒ぎをした。業を煮やした永明は、厳格な声で守護ロボットに命じた。

「レオナ。薬丸博士を抱き上げ、病室まで連れていってくれ」

「命令受諾――失礼します、お父様」

レオナは薬丸博士の体を両手ですくい上げて、スタスタとロビーに向かって歩き始めた。

「馬鹿、やめろ！　レオナ！　わしの命令を聞け！　下ろすんだ！」

お姫様抱っこをされた老人を見て、永明はいい気味だと思った。受付にいて、検査室を教えてくれた看護師たちも失笑している。

「いいぞ、レオナ。絶対に博士を逃がすな。検査を入念にしないと、博士の心身に異常があっても解らないからな」

「冗談じゃない！　わしは健康だ！　レオナ、下ろせ！　わしの命令を何故、きかないんだ！」

永明は看護師に頼み、ストレッチャーを持ってきてもらった。レオナに暴れる老人を押さえさせ、寝かせて拘束したのだった。

ここまですると、さすがの薬丸博士も諦めた。丸一日の入院検査と、セラピーを受けることを、渋々約束したのである。

そして、永明とレオナが立ち去ろうとした時、

「わしの研究所は、そうとうひどいことになっているんだろうな？」

と、薬丸博士は残念そうな顔をして尋ねた。

「ええ。ずいぶん破壊されましたよ。守衛の高松さん他、死傷者も出ましたしね」

と、永明は暗い声で答えた。

思い返すと、実に痛ましい出来事で、中国人マフィアどもへの怒りが戻ってきた。

「だったら、退院したら、わしは山梨の本栖湖畔にある秘密の別荘に行くことにする。向こうにも、ロボットを作る機械や道具は揃っているからな。

永明君。君も時間ができたら、レオナと共にそこに来てくれないか。見せたいものがあるんだ」

「見せたいもの？　何です？」

永明は訊き返した。

「いろいろあるが、一つはレオナの設計図と取り扱い説明書だ。どうだ、欲しいだろう？」

「ええ、もちろんです」

「だったら、必ず来てくれ。別荘の位置情報はレオナのメモリーの中にあるからな」

「解りました。なるべく早く伺います」

そう永明は約束し、レオナを連れて病院を去った。

2

永明とレオナは、〈シャボン玉〉で連州捜査局本部へ帰還した。

眠りこけている李冰冰博士を他の捜査官に引き渡し、上司の郷土に簡単な報告を行なった。

「――で、これから、九州へ行くんだな、永明？」

「はい。マック堀口との取り引きがありますからね。急いで行かないと。〈オニヤンマ〉を使っていいですね？」

「ああ、もちろんだ。さっさと行ってこい」

「〈ロボット撲滅同盟〉のユリカの件はどうします。マックは、彼女の潜伏先を知っているそうですし、そこから、奴らのアジトを発見できるはずだとも言ってましたが」

郷土は電子パッドを取り出し、永明に見せた。

「五百万クレジットは用意してある。マック堀口に渡していい。ただし、情報に信憑性があるかどうか、その点をよく精査してからだ」

「はい、解りました」

永明は頷き、上司の電子パッドに掌をのせ、静脈署名を行なった。

部屋を出た永明は管制部に行き、ジェット・ヘリコプターの航行ルートを提出し、使用許可を得た。そして、レオナと共に、屋上にあるヘリポートに上がった。

〈オニヤンマ〉の操縦は、もちろんレオナに任せた。主翼を伸ばし、ジェット・ヘリが水平飛行を始めると、司令部の小嶋陽夏からビデオ通信が入り、報告があった。

「〈龍眼〉の二つのアジトは、明科さんたちの突撃チームと〈民衆警察〉とが協力して、完全に叩き潰したわ」

「突撃チームの人的被害は？」

「死者一名、重軽傷者五名よ」

「そうか。罠が張ってあり、戦闘用巨大ロボットに襲われたにしては、損失は最小限に食い止められたわけか――」

と、永明は強がって言ったが、犠牲者を悼む気持ちを隠すことはできなかった。

中国人マフィアの大半は、死ぬか捕らえられた。しかし、ボスの張秀英の姿は、その中にはなかった。永明たちが最後に彼を見た場所に、彼の焼け焦げた左腕が落ちていた。〈鋼鉄ガニ〉の爆発によって粉微塵になったか、大怪我をしたけれど、騒ぎに乗じて逃げたかのどちらかだった。

ルドヴィク・ドレサル博士の身柄は確保できた。国際警察《インターポール》からも指名手配されている人物なので、どこで裁きにかけることになるか、これから揉めそうであった。

横須賀のアジトからは、大量の武器と〈無双〉十二体が見つかり、その中には、あのＵＵＣＶ型レーザー・ライフルも含まれていた。

これで、永明の仕事は一つ片付いたわけだった。

本部に入りこんだスパイについては、まだ発見されていなかった。ほとんどの車両を調べたところ、永明の〈ドーベルマン〉に仕掛けられていたのと同じ小型追跡装置が、あと二台からも見つかっていた。

「スパイに関しては、引き続き調査中よ。本当に嫌よね。仲間の中に、敵が潜りこんでいるかもだなんて。疑うのも悲しいわ――」

と、陽夏は残念そうに言った。

「そうだな。だが、仕方がない。これ以上、変な工作をされないよう、そいつを早く発見してほしい。頑張ってくれ」

そう頼んで、永明は通信を切った。寝不足のため、睡魔が襲ってきたので、飛行をレオナに任せて目を瞑《つぶ》る。

どのくらい経ったか解らないが、爆発音が間近で聞こえ、機体が爆風で大きく揺らぎ、上下左右に振り回された。

「危険です。非常態勢に入ります！」

「どうした、レオナ⁉」

レオナの声により永明は一瞬で目覚め、報告を求めた。透明なキャノピーに顔を寄せて外を見て、計器で現場を確認すると、駿河湾の上空を飛んでいるところだった。

「海上から、いきなり、短距離ミサイルによる攻撃を受けました。二発飛んできて、〈オニヤンマ〉を撃墜しようとしましたが、何とか回避しました」

「敵は何者だ？」

「解りません。船影も見なかったので、潜水艦から撃ってきたのではないかと思います」

「レーダーで探れ！」

「やっていますが、ステルス技術を使っているようで、反応がありません」

「くそ！」

永明は舌打ちし、本部と日本自衛軍海上部隊に、緊急信号による通報を行なった。

「永明捜査官。また、ミサイルが来ます。六発飛んできますが、今度のものは誘導方式型です。すべて、〈オニヤンマ〉を狙っています」

レオナの額のインジケーターが点滅していた。彼女は〈オニヤンマ〉を操縦しながら、事務的に報告を入れてくる。これが人間なら、絶対にパニックになるところだ。しかし、ロボットなので冷静に対処できる。それは利点だ。

ミサイルは肉眼でも見えた。紺碧の海原から、白い煙の痕跡を描きながら、ぐんぐん上昇してくる。

レオナは、〈オニヤンマ〉の速度を上げ、旋回させ、宙返りさせ、錐揉《きりも》み飛行させた。だが、どうしても、ミサイルを振り切ることはできなかった。

ミサイルは、ジェット・ヘリの尻を目標にして、同じようなアクロバティックな飛び方で付いてくる。

永明は眉間にしわを寄せ、レオナに尋ねた。

「誘導方式は何だ？　電波ホーミングか、光波ホーミングか」

「解りません。探知できません」

「だったら、〈オニヤンマ〉の機関銃を乱射しろ。それから、搭載しているミサイルすべてを、仰角ゼロで撃つんだ。そうすれは、どれか一発くらい当たるだろう。熱感知で追っているのなら、ミサイルはその爆発へ導かれる可能性がある」

「命令受諾。実行します」

レオナが答えたのと同時に、〈オニヤンマ〉の主翼にある四連の機関銃が、銃弾を掃射し始めた。さらに、胴体下部に吊ってあるランチャーが、搭載ミサイルを様々な方向へ発射し始めた。

〈オニヤンマ〉の斜め後方で、二つの爆発が起きた。

そのため、機体が大きく揺れた。永明は、思わず体を硬直させた。

しかし、残りのミサイルが追いかけてくる。

「だめです。振りきれません」

と、レオナが肩越しに振り返って告げた。

「急降下だ。海面すれすれまで機を飛ばして、そこで急上昇しろ」

それは、たいへん危険な賭けだった。熟練した技術がなければ、〈オニヤンマ〉は海面に激突して大破するだろう。それだけの腕前を、薬丸博士がレオナにプログラムしていることを祈るしかない。

幸い、この方法でミサイルをまた二発、葬ることができた。爆発によって、水しぶきが巨大な柱のように噴き上がった。しかし、後の二発がしつこかった。どうやっても、振り切ることができないのだ。

レオナは〈オニヤンマ〉を反転させ、ジェット噴射をいきなり切って失速状態にした。こちらのミサイルはすべて撃ちつくしていた。そして、残りの機関銃の弾で、まっすぐ飛んでくる敵の一発のミサイルをやっつけた。

その爆風と黒煙と火炎が視界をゼロにし、その中から残りのミサイルが姿を現わした。もうよける間もよける方法もなかった。永明は目を瞑って、覚悟した。

ミサイルは、正面から〈オニヤンマ〉に激突した。

凄まじい爆発が起きて、ジェット・ヘリは粉々になった――。

3

「――どうだ、レオナ。俺の言ったとおりだっただろう？」

永明は青い顔をして、囁くように言った。

「ええ、本当でした」

レオナは、レーダーを確認しながら頷いた。

「敵は絶対、〈オニヤンマ〉に乗っている俺たちを攻撃してくると思ったんだ。だから、俺たちは〈シャボン玉〉に乗り、〈オニヤンマ〉を、お前の手で遠隔操縦させたというわけなんだよ」

永明はスパイの存在を前提に、トリックを仕掛けた。本部のヘリポートを飛び立つと、〈オニヤンマ〉を先に行かせ、自分たちが乗る〈シャボン玉〉をステルス・モードにして、距離を保ちながら飛ばして来たのである。

「こういう時、人間は〈九死に一生を得た〉と言うのですか」

「まあ、そんな感じだ。しかし、まさか、こんな方法で襲ってくるとはな――」

永明は、恐ろしさに身震いした。潜水艦を使っているとすると、単なる暴力団や極地的マフィアの仕業とは思えない。敵はもっと大きな組織だ。

後ろを見ると、まだ爆発による黒い雲の塊が残っていた。〈オニヤンマ〉の破片は、海上めがけて落ちていった。

「あのミサイルは、どこ製のものか解るか」

「武器データーベースで照合しました。最初の艦対空ミサイルも、後の誘導ミサイルも、オーストラリア製です」

レオナは肩越しに振り返り、即答した。

だが、それは意外な答だった。永明は、中国製とかロシア製とか北朝鮮製とか、日本に近い国のものを予想していたからだ。となると、襲ってきたのは、オーストラリア海軍か、過激的な活動で知られる自然保護団体〈ブルーゾーン〉という可能性がある。

「何にしろ、この国の防衛網がボロボロであることを証明したようなものだな」

と、永明が残念そうに言うと、レオナが尋ねた。

「今のは、質問ですか。感想ですか」

「独り言だ。気にするな。それよりも、これで、俺たちの飛行ルートが外に漏れていることが確実になった。つまり、スパイが本部内にいるんだ。その情報を知っているのは、限られた人間だからな」

永明はそう言うと、ただちに本部の郷土をフィルフォンで呼び出した。ホロ・スクリーンに上司の顔が表示されたので、駿河湾の上空で起きたことを説明した。

さすがの捜査部長も、驚きを隠せなかった。

「――それで、お前たちは無事なんだな、永明？」

「ええ、何ともありません。〈オニヤンマ〉を一機、失いましたが」

「ヘリの代えならいくらでもある。お前の命の方が大事だ」

「ありがとうございます」

永明は頭を下げた。

郷土は腕組みし、気難しい顔で言った。

「とにかく、このまま福岡へ向かえ。その正体不明の潜水艦の方は、日本自衛軍海上部隊と共に、こっちで探しておくから」

「お願いします。それから、本部のスパイを炙《あぶ》り出してください」

「ああ。それは、俺が責任を持って対処しておく。すでに、裏切り者の尻尾はつかんでいるんだ――」

郷土は怒りを堪えた顔で言い、通信を切った。

永明は息を整え、それから、レオナに指示を与えた。

「余計な時間を使ってしまった。全速力で、福岡港へ飛んでくれ」

4

〈シャボン玉〉は性能の良い飛行体で、速度もずいぶん出た。けれども、ジェット・ヘリの〈オニヤンマ〉の最高速度にはかなわなかった。

結局、福岡港に到着するのが一時間ほど遅くなった。

すでに、マック堀口は指定された埠頭で待っていた。その横には、三人の役人が立っていた。国家安全防衛省の担当官、税関の担当官、港湾管理官であった。

肝心の貨物船は、三百メートルほど沖合に停泊していた。中型の貨物船で、長い甲板の上に、錆びの目立つ鉄製のコンテナを積んでいる。

「おい、永明捜査官。ずいぶん遅かったじゃないか」

永明の顔を見ると、マックが不機嫌な口調で文句を言った。今日もまた、全身の筋肉を誇示するようなぴったりした服を着ていて、レイバンのサングラスをかけている。

「すみません、マックさん。ですが、昨夜から今朝にかけて、連州捜査局が〈龍眼〉と戦っていたことは、もう御存じでしょう?」

「まあな」

「そういう訳で、非常に忙しかったんです。それと、例の情報に関する謝礼金を用意していて、少し手間取りました。申し訳ありません」

永明が素直に謝罪すると、元傭兵は機嫌を直し、

「だったら、仕方ないな。とにかく、貨物船の出港許可は下りるんだろうな?」

と、念を押してきた。そして、沖合に浮かぶ貨物船の方を見た。

「大丈夫ですよ。あとは、こちらのお三方の持っている各電子許可証に、僕の持ってきた承認キーを入力するだけですから」

「じゃあ、さっさとやってくれ」

「いいえ。その前に、地雷探知除去用ロボットを見せてください」

「何故だ。とっくに税関には見せてあるぜ」

マックが言い、顔をしかめた。小柄な税関の担当官はそのとおりですと頷いた。

「まあ、そう言わずに。僕だって、上司に報告する義務がありますからね」

と、永明は嘘をつき、肩をすくめてみせた。

「解ったよ」

渋々頷き、マックは永明らを貨物船へ案内することを承諾した。

永明は、レオナにも付いてこいと命じた。埠頭には、マックが使っている大型のモーターボートがあり、全員で乗りこんだ。

貨物船に近づくと、かなり古い船であることが解った。あちこち錆びているし、塗装もはげかかっていた。船籍はマレーシアで、船員もマレーシア人と、インド製のロボット船員で構成されていた。

コンテナは全部で六十個あり、後方にある船橋《ブリッジ》の近くから、十個、二十個、三十個のグループに分かれている。その二十個のグループのコンテナに、マックのロボットが百体収容されていた。

「さあ、見ろよ。これが〈オクトパス〉だ」

マックはコンテナのドアをあけ、中を披露した。

そこには、機能優先の変わった形をしたロボットが並んでいた。高さは二メートルほど。その三分の二は胴体が占めるが、気球のような丸っこい形状をしていて、上の方が広く、下がすぼまっている。胴体の下部からは、多関節の細い足が六本出ていた。マニピュレーターの腕は前後に二本ある。胴部の両脇には、音波探知器や金属探知器も付いている。

「〈オクトパス〉を、動かして見せてください」

と、永明は興味津々という顔をして、頼んだ。

「何故だ？」

「こういう型のロボットを見るのは、初めてなんです。どういう具合に働くのか、知りたいんです」

「解った」

マックはちょっと苛ついたように言い、左手首のブレスレットを触った。すると、左の掌に上に、操縦パネルとなっているホロ・スクリーンが立ち上がった。

タコ型ロボットには、地雷や時限爆弾、その他の危険物を発見するために、様々な探知器が腕や足に取り付けられていた。そのデーターが、操縦パネルに細かく表示されている。

ガクンッと、揺れて、〈オクトパス〉が起動した。胴体前面にある複数のインジケーターが灯り、視覚探知器らしき目の部分も赤い光を発した。手足が蜘蛛の足のように、バラバラに動くのが少し無気味だった。

足六本が体を支えると、架台から〈オクトパス〉の胴体が外れた。ギーギーと軋むような音を立てながら、足をバラバラに動かし、コンテナから出てきた。

〈オクトパス〉は左右に移動してみせた後、積み上げられたコンテナの側面を簡単に上った。隣のコンテナに飛び移り、また側面を伝って下り、元のコンテナの前まで来て、動きを止めた。

「――どうだ、永明君。こういう特殊な足を持っているから、どんな荒れ地や険しい場所でも進んでいけるんだ。怪我をした人を救助し、地雷を発見して、それを排除する機能もある。だから、平和のために大いに役立つ、とても優秀なロボットというわけさ」

と、マックは大いに誇らしげに言った。

「武器は搭載しているんですか」

「いいや。何故だ。そんなものは必要ないだろう」

本当だろうかと永明は思ったが、とりあえず追及するのはやめておいた。搭載するとしても、中国や北朝鮮に売られた後に行なわれるのだろう。

「さあ、もういいだろう。早く、承認キーをくれ」

と、マックがまた催促した。

どうして、こんなに焦っているのだろう。これまでずいぶん待たされたのだから、あと数時間かかってもたいした違いはないはずなのに……。

永明は軽い疑いを持ったが、役人たちに電子パッドを出させ、その上に自分の掌を置いていった。さらに、承認キーの図柄もスキャンさせた。

役人たちは、書類が承認されたのを確認すると、さっさと下船した。

ボートが去るのを見ながら、永明は言った。

「マックさん。まず、あなたに礼を述べます。我が連州捜査局に、スパイがいることを警告してくれましたね。あれはそのとおりでした」

「捕まえたか」

「まだですが、もう少しで正体を暴けそうです――」

そう言って、永明はここへ来るまでにあった出来事を、かいつまんで説明した。

「――まあ、お前さんの役に立てば、俺としても本望だよ」

と、マックは電子タバコを取り出しながら言った。

「それから、ユリカの件ですが、彼女の居場所を本当に知っているんですよね」

「そうだ」

「では、先に証拠を見せてください。言われたとおりの金は用意してきましたから」

永明は、自分の電子パッドを見せた。五百万クレジットが振りこみ寸前になっている。あとは、彼の承認パスワードを入れるだけだ。

「解った。じゃあ、教えよう。薬丸ユリカは今、〈ロボット撲滅同盟〉のオーストラリア支部で活動している。実を言えば、あの国を基盤にしている過激的な自然保護団体〈ブルーゾーン〉も、その実体は〈ロボット撲滅同盟〉とほぼ重なっている。どちらも、同じ金持ちの支援者や起業家から金を貰って、活動をしているんだ」

「で、居場所は？」

「日本に来ているという噂がある。かなり信憑性は高いぞ。そういう訳だから、充分に用心するんだな」

唇の端に皮肉な笑みを浮かべて言い、マックは電子葉巻を口に咥えようとした。

だが、それは彼の指の中から滑り落ちた。

凄まじい爆発音と爆風が、貨物船の右舷で起きたからだった！

第18章

新たな敵の出現

1

激しい爆発音と、それに伴う地震のような揺れに驚き、永明は反射的に振り返った。右舷中ほどで火炎と黒煙が盛り上がり、コンテナの一つが爆発の勢いで四メートル以上、跳ね上がった。

それと共に、強烈な衝撃波が永明やマック堀口を襲った。二人は腕を上げて体をひねり、顔を伏せたが、風圧には耐えられなかった。永明の体は後ろに吹き飛ばされた。

「危ない！」

レオナは叫び、跳躍すると、永明の服をガシッとつかんだ。その咄嗟《とっさ》の行動により、彼は助かった。でなければ、舷牆《ブルワーク》を越えて、海に落ちていただろう。

マック堀口の方は、身を屈めたままの格好で舷牆まで飛ばされ、脇腹からぶつかった。しかし、彼の肉体はかなり頑丈で、呻き声を上げはしたが、素早く立ち上がり、拳銃を構えて撃ち始めた。

というのも、爆発音に続いて、エアガンを撃つような音が連続して聞こえ、短い合金の矢が何本も飛んできたからである。その先端は鋭い鏃《やじり》になっており、かたい甲板などにもグサリと刺さった。

　襲ってきたのは、全身が濃い青色で、背中にジェットパックを背負った男たち――ブルーマン――だった。ウエットスーツで頭から足首まで包み、泳ぐためのフィンも付けている。顔は水中ゴーグルで解らない。

　ブルーマンは十人以上いただろう。ジェットパックの噴射を使い、海の中から勢いよく飛び出し、合金の矢を撃ちながら甲板に降り立ったのである。

　彼らの武器は、連射式水中銃だった。永明は、以前、武器目録でそれを見たことがあった。銃口には、直径二十センチに及ぶ回転式の発射口がある。十二発の合金の矢が装塡され、続けてそれを発射することができる。引き金の後ろには、同じ数だけ換えの矢が入った弾倉も付いている。

　永明は、ハッとして振り返った。

　十人以上のブルーマンたちが、今度は左舷の海の中から、ジェットパックを使って飛び上がってきたのだ。そして、甲板以上の高さまで達すると、そこで滞空しながら、船員や永明たちを攻撃しだしたのである。

「永明。ここでは不利だ。船橋まで行くぞ！」

　マックが吠えて、拳銃を連射しながら走りだした。

　永明もマルチガンを撃ちながら、彼の後を追った。

　敵の狙いが、第一にはコンテナであることは間違いなかった。今度は右舷後方で、コンテナが爆破されたからだ。二つのコンテナが吹き飛び、一つが、積み上がった他のコンテナに激突した。

爆風と銃声と悲鳴と怒声が、すべて一緒くたになっていた。

「私は、防衛行動を取ります！」

レオナはそう言いながら、一番近くにいたブルーマンの方へ走った。舷墻の上を足がかりに跳躍して、三メートル以上高い所にいる男につかみかかった。

男は水中銃を横に振り、それで殴ろうとした。

レオナはジェットパックを左手でつかみ、右手でパンチを繰り出した。彼女の拳が、ジェットパックの真ん中をぶち破った。そして、彼女は男を突き飛ばし、甲板の上に後方宙返りをしながら、軽々と着地したのだった。

ジェットパックを壊されたブルーマンは、悲鳴を上げながら、海に墜落した。

その間に、マックと永明は、船橋の陰に駆けこんだ。あちこちで銃撃戦となっていた。ブルーマンたちは甲板に下り立ち、背負っていたジェットパックを捨てると、連射式水中銃で攻撃してきた。

それに対して、マレーシアの船員たちと、マックの部下である元傭兵たち二人の反撃も始まった。船員たちは拳銃やライフルを、元傭兵たちは自動小銃を使って反撃した。

「何者ですか、あいつらは!?」

壁の角に身を隠しつつ、マルチガンを撃ち、永明はマックに尋ねた。

「たぶん〈ブルーゾーン〉の奴らだ！　近くに、潜水艦がいるに違いないぞ！」

と、毒々しい声で怒鳴りながら、マックは大口径の拳銃を立て続けに撃った。

駿河湾で自分たちを襲った潜水艦が、こんなに速く福岡港へ来られるわけがない。とすると、潜水艦が最低二隻はあることになる。相手の軍事力は相当なものだ。

「何で、〈ブルーゾーン〉が襲ってくるんです⁉」

「知るか、そんなこと！　お前を狙っているんだろう！」

マックの撃った弾や、永明の撃った弾が何発か命中したが、敵は倒れることがなかった。ウエットスーツは特殊な防弾チョッキを兼ねているようだ。

レオナは別のブルーマンに挑みかかり、水中銃を奪い取った。そして、両手で相手を頭上に持ち上げると、思いっきり力を出して、海へ投げ込んだのだった。

永明はフィルフォンをタップして、本部を呼び出した。

「ハルカ。正体不明の男たちに襲われている。応援を頼む！　あと、警察や日本自衛軍にも通報してくれ！」

「了解しました。支部から突撃チームを派遣します。十五分で着きますから、それまで頑張ってください！」

小嶋陽夏は即座に状況を把握し、支援を約束した。

「畜生、見てろよ！」

悪態をついたマックは、ブレスレット型操縦器を触り、コンテナに入っているタコ型ロボットを起動した。

「どうするんです⁉」

永明は、喚くように質問した。

「このままでは、俺たちの負けだ。〈オクトパス〉で、奴らを全滅に追いこんでやる！」

一番前にあった二つのコンテナのドアが、内側から力を加えられ、変形しながら開いた。〈オクトパス〉が、無理矢理こじあけたのだ。

「〈オクトパス〉、やれ！　ブルーマンたちを抹殺しろ！」

と、怒り顔のマックが、大声で命令した。

ゾロゾロと出てきた合計十体の〈オクトパス〉は、すぐに攻撃対象を見つけ、たくさんの手足をバラバラに動かしながら襲いかかった。

ブルーマンたちは水中銃で鋼鉄の矢を放ったが、〈オクトパス〉には痛くも痒くもなかった。このタコ型ロボットの胴体部は、分厚い合金で覆われていて、地雷の爆発にも耐えられるように作られていたからだ。

〈オクトパス〉は、一人の敵の頭を自分の足で殴りつけた。頭が割れたのか、甲板の上に男の絶叫が響いた。

それを見て、ブルーマンたちはジリジリと、甲板の端まで後退した。けれども、それも、向こうの作戦の内だった。いきなり全員で、手榴弾を投げてきたからだ。

「やばい！」

マックが怒鳴り、身を投げるようにして床に伏せた。永明は、駆け寄ってきたレオナに突き飛ばされた。

立て続けに激しい爆発が起きて、すべての〈オクトパス〉が赤黒い炎と衝撃に包まれた。

爆風が船橋の外壁も揺るがしたが、その陰に入ったマックと永明とレオナは何とか無事だった。ただ、ひどい耳鳴りがした。

甲板にも、大きな穴がいくつもあいていた。

しかし、〈オクトパス〉には、火薬の威力もたいして効かなかった。手足の一部をもがれたものもあったが、胴体は無事だった。ゴロリと回転すると、姿勢を戻して立ち上がり始めた。

ブルーマンたちは、水中銃での狙いを、〈オクトパス〉の手足に変えた。胴体の装甲は撃ち抜けなくても、わりと細い手足を集中的に狙えば、破壊して折ることができる――そういう戦術だった。

しかも、彼らは別の弾倉も用意していた。新しく撃ってきた矢は、それ自体が小さな手榴弾であった。〈オクトパス〉の手足に接触した後、すぐさま閃光を放って爆発したのである。

実際、それで次々と〈オクトパス〉がやられ始めた。六本ある内の四本の足を奪われると、タコ型ロボットは動きが取れなくなった。

「マックさん！　残りの〈オクトパス〉も、全部、動かしてください！」

焦った永明は、大声で頼んだ。

「だめだ。他の奴は、まだ操縦器に登録していない。それに、エネルギー・カプセルも取り付けてないんだ！」

元傭兵は、悔しそうに言い返した。

三体目の〈オクトパス〉が、敵に倒され、丸い胴体をブルブルと震わせるだけになった時に、

「永明捜査官、私は退却を勧めます」

と、レオナが冷静な声で提案した。

「船から下りろ、と言うのか、レオナ⁉」

永明は、驚いたように尋ねた。

「はい。それが最善の選択です。そうしなければ、応援が来る前に全滅するでしょう」

アイアン・レディは断言した。そして、片膝を突き、両手でマルチガンを持ち、慎重に狙いを定め、一番近い敵に向かって三発の弾を発砲した。狙ったのは、ブルーマンのゴーグル部分で、そこが奴らの一番の弱点だった。

テーザー弾であっても、同じ位置に三発の弾が当たることで、ゴーグルが砕けた。男は吹っ飛ぶ勢いで、後ろに倒れた。

「馬鹿な！　退却などするものか！　俺の辞書には、そんな弱っちい言葉はないんだよ！」

と、マックは喚くように言い、残りの弾を闇雲に撃った。弾がつきると銃口を上に向け、同時に、弾倉《マガジン》を握りから落として素早く次の弾倉をセットした。

マックはまた、意地になって撃ち始める。

幸い、ブルーマンたちの矢もなくなり始めた。

騒ぎに気づいた港湾の警備員と警備ロボットも、ボートに乗って駆けつけてきた。警備ロボットは〈ゴリラ〉の旧型だが、その分、ごつくて大きな体をしている。

ブルーマンたちは、〈オクトパス〉と、船に乗りこんできた〈ゴリラ〉に圧倒され、舷墻《ブルワーク》近くまで後退した。そして、矢を撃ちつくした者から、海へ飛びこんだ。

「どうだ！　これでも退却が必要か！」

マックは馬鹿にしたように言い、船橋の陰から出て、逃げかけていたブルーマンの背中に銃弾を撃ちこんだ。

ところが、優勢になったのはそこまでだった。よろめいた男が舷牆《ブルワーク》にぶつかった時、レオナが鋭い声で、新たな危険を喚起したのである。

「永明捜査官。海中から変な音が聞こえます。複数です！」

そして、その警告とほぼ同時に、新たな敵が出現したのだった！

それは、水中にも潜れる型の両用水上バイクであった。十二人のブルーマンが水上バイクに乗って、海中から勢いよく飛び出してきたではないか！

激しい水飛沫と、大量の水の噴射を伴い、水上バイクは舷牆《ブルワーク》を越え、甲板に突っこんできた。しかも、水上バイクの先端から、何かが発射されたのである。

それは、金属製の網だった。パッと広がった網が、〈オクトパス〉や〈ゴリラ〉を包んでしまった。それから、永明を守ろうとして前に走り出たレオナも、その網の下に捕らわれてしまったのだった！

2

単なる鉄の網なら、〈オクトパス〉もレオナも、容易に引きちぎることができただろう。しかし、この網は特別な合金でできているらしく、簡単には破ることも切断することもできなかった。

しかも、敵は、強い電流をその網に流し始めたのだった。青白い光が網全体を走り抜け、目の眩むような火花が飛び散った。もの凄い高圧電流による攻撃だった。

——ガアアアァァァァ！

ロボットの作動音が悲鳴に聞こえた。旧型〈ゴリラ〉は、その電撃にひとたまりもなかった。手足どころか全身をばたつかせながら、結局、網の中で倒れてしまった。体内で機械がショートする小さな爆発音がして、体のあちこちから黒い煙が流れ出た。

〈オクトパス〉も、その強い電撃には長いこと耐えられなかった。タコ型ロボットは手足を縮め、体全体を丸めた。それが防御の姿勢だったが、それでも守りきれなかった。結局、旧型〈ゴリラ〉と同じで、断続的に高圧電流を流されたため、内部の機械が損傷し始めた。

「手足を動かしている、二つの小型ジェネレーターと、エネルギー・モジュールが耐えきれん！」

青い顔でマックは言い、水上バイクに跨がっている男に向かって銃を撃った。しかし、その弾は、水上バイクの風防に跳ね返された。特殊プラスチック製の防弾仕様になっていた。

ボムッ！　ボムッ！

と、〈オクトパス〉の体内で何かが爆発する音がした。それが、タコ型ロボットの最期であった。

「レオナ！」

永明のアンドロイドが、網の中で苦しげにもがいていた。それを見て彼は愕然《がくぜん》となり、しかし、何とか助けようとした。放電による火花が盛大に飛び散る金網に、生身で触れるわけにはいかなかった。彼は、網の一部に向かって、集中的に銃弾を撃ちこんだ。

けれども、網は、ほとんど傷つかなかった。

「……永明、捜査官……逃げて、ください……」

レオナは最後の力を振り絞り、網を両手で引きちぎろうと頑張った。だが、無駄だった。そのまま、前のめりに倒れて、動けなくなってしまったのだ。それでも、金網全体に、青白い光が何度も流れていた。

「レオナ！」

永明は悲痛な声を上げた。そして、頭に来た彼は、レオナを捕らえているブルーマンめがけて、マルチガンを続けて撃った。引き金を引きながら、そいつに近づいていったが、風防の向こうにいる相手はまったく平気だった。

そのブルーマンが、ハンドルの根本にあるスイッチを押した。ホロ・スクリーンが水上バイクの前に表示され、思いがけない人物の顔が大きく映し出された。

「ふふふ。光一さん、久しぶりね。でも、まさか、こんな所で会うとは思わなかったわ」

と、その人物はニヤニヤと笑いながら言った。

何と、永明の最愛の女性だったエリカの姉、ユリカだった。

ユリカもブルーマンたちと同じ格好をしていたが、ゴーグルは付けておらず、口元を隠すマスクも下げていた。

「――ユリカ！」

永明は怒りに満ちた目で、その名を口にした。近くにいるはずの潜水艦の中から、映像を投影しているに違いなかった。

ユリカは、自分に似た顔を持つレオナの方へ視線を向けた。

「ねえ、どう、光一さん。私たちは〈ロボット撲滅同盟〉のメンバーよ。ロボットの弱点や、倒し方には精通しているわ。その、薬丸博士が作ったアンドロイドだって、簡単に破壊することができるのよ」

ユリカは自分の父親のことを他人行儀に呼び、せせら笑った。

「いったい、何が狙いだ⁉」

「もちろん、ロボットを破壊し、ロボットを作る者や、ロボット使う者に罰を与えることが目的よ。この船に乗っている〈オクトパス〉は、すべて破壊させてもらうわ」

それを聞いて、怒鳴ったのはマックだった。

「そんなこと、俺が許さん！」

銃弾を映像めがけて撃ちこんだが、もちろん、無駄なことであった。

ユリカは、冷ややかな視線を元傭兵に向けた。

「馬鹿なことはやめなさい、マックさん。元はと言えば、あなたが悪いのだから」

「何だと！」

「ふん。人命救助が聞いて呆れるわ。〈オクトパス〉を、北朝鮮や中国の軍部に高値で売ろうとしているわね。知っているわよ。そのために、私たちの名前を騙《かた》ったこともね。しかも、あなたは、私の潜伏先を永明捜査官に教えたでしょう。それだけでも、あなたの野望を潰す理由ができたというものよ」

マックの悔しげな顔を見れば、ユリカの言っていることが正しいと解った。しかし、永明は彼女らに味方する気はいっさいなかった。

「連州捜査局の応援が来るぞ、ユリカ！　逃げられると思うなよ！」

「そんなもの、怖くも何ともないわ。だいいち、もう遅いのよ。この貨物船の船底には、複数の爆弾を仕掛けたから。私がスイッチを押せば、この貨物船も積み荷も木っ端微塵よ」

ユリカは右手を上げた。リモコンが握られている。

「やめろ！」

「そうね。私たちの狙いはロボット。人間は二の次よ。今から五分間の猶予を上げるわ。その間に、下船しなさい。他の人間も連れてね、光一さん」

そう言うと、ユリカは真顔になり、躊躇なくスイッチを押した。

「何故、〈グリーンゾーン〉は、俺たちのジェット・ヘリを駿河湾で爆破しようした？　俺を殺すよう、もう一台の潜水艦に攻撃命令を出したのは、お前だな、ユリカ！」

永明が怒りに任せて言うと、

「馬鹿馬鹿しい。あなたなんか狙ったって、仕方がないわ。私たちの攻撃目標は、その銀色のロボットの方よ。そいつを抹殺しようと思ったのだけど、失敗したわけ。でも、必ず破壊してやるわ。粉々にね」

永明は驚いて、網の下で苦しむレオナの方を見た。何故、このロボットを狙う？　それだけ、重要なロボットだということなのか――。

ユリカは、永明の顔を真っ直ぐに見つめた。

「光一さん。いいことを教えてあげるわ。あなたは薬丸博士に騙されているのよ――」

と、言い残して、彼女の映像は消えてしまった。

目の前のブルーマンは、水上バイクを走らせ、急角度でUターンすると、エアを噴射して舷牆《ブルワーク》を飛び越えた。

他のブルーマンたちも、同じように退却を始めた。皆、海へ飛びこんで、貨物船から離れ始めた。

しかも、ユリカが言った五分間というのは嘘だった。

海の中で重低音の爆発音がして、船が大きく揺れた。それは前方、中ほど、後方と三回あって、その度、船の両脇から大量の海水が噴き上げたのだった。

船は中央で折れ始め、さらに、右舷側に傾いだ。積み上げられた重たいコンテナが、ドンッと崩れた。

「こうなったら命の方だ大事だ！　あばよ、永明！」

と、やけくそな顔で言い、マックは近くに倒れている〈オクトパス〉へ駆けていった。

そいつは合金の網に捕まっておらず、マックが目の前まで来ると、頭の上の丸いハッチをパックリとあけた。彼はそこへ飛びこみ、ハッチはしまった。〈オクトパス〉は、甲板の上をゴロゴロと転がり、残っていた二本の足を使って舷牆を乗り越え、海へ落ちていった。

一方、永明は船に備えつけの斧をつかみ、レオナを絡めている網の端にそれを何度も叩き付けた。しかし、電撃がないとはいえ、合金の網は簡単には破れなかった。しかも、船が大きく揺れるため、立っているのも容易ではなかった。

「――永明捜査官。ちょっと下がってください」

と、網の中でレオナが言い、膝をついて立ち上がりながら、自分の頭にあるヘアバンドを外した。するとそれは、ニュルニュルと変形して、彼女の手の中で切っ先鋭いナイフになったのだった。

そのヘアバンドの材質も、彼女の全身を形作っている生体金属《ライブメタル》であった。

レオナは、そのナイフを何度か左右に振った。

永明は驚いた。スッパリと、合金の網が切れたからである！

彼女が網から出て来た時、ジェット・ヘリやエアー・ヘリの音が聞こえた。永明が空を見上げると、二台の〈オニヤンマ〉と、四台の〈カトンボ〉がこちらに向かって飛んできていた。

永明はフィルフォンをタップし、

「敵は〈ブルーゾーン〉の連中です。皆、海へ潜って逃げました。潜水艦がこの近くにいるはずです。仲間を収容したのち、外海へ逃げ出すでしょう。その潜水艦を探して追ってください！」

と、支部の仲間に頼んだ。

「了解。貨物船が沈没しそうだが、そっちは大丈夫か」

と、先頭の〈オニヤンマ〉に乗っている捜査官が確認した。大丸裕太《だいまるゆうた》といって、副支部長を務める男だった。

「大丈夫です。心配は要りません！」

と言って、永明は通信を切ったが、貨物船はもう沈没寸前だった。完全に真ん中で折れてしまい、機関部を含め、あちこちで爆発音がしている。

レオナが片手で舷檣《ブルワーク》の縁をがっしりつかみ、別の手で永明の腕を握っていたからいいが、そうでなければ、彼は斜めになった甲板を滑り落ちていただろう。

「永明捜査官。どうしますか。海に飛びこみますか」

「いいや、すでに〈シャボン玉〉を呼んである。ほら、見ろ。来たぞ！」

と、永明は西の空を指さした。ロボット・ヘリは、全速力でこちらに近づいてきた。

第19章 事件の真相

1

永明とレオナは、急いで船橋《ブリッジ》に入った。階段を駆け上がり、操舵室を抜け、ひどく傾いた屋上のデッキに何とかして出た。

〈シャボン玉〉は着陸脚を伸ばして、ホバリングしていた。永明は脚の一本に飛びつき、全身でしがみついた。レオナは片手で軽々とぶら下がる。

「いいぞ、船から離れろ！」

永明が命じるまでもなく、〈シャボン玉〉は急上昇した。

間一髪だった。船の下部でまた大きな爆発が起きて、船体が前と後ろの二つに分かれ、V字形になって、分離してしまったからである。すべてのコンテナや荷物、船員の死体、壊れたロボットが、傾斜の中心に向かって落ちていく。船を取り巻いて、海面には大きな渦巻きができており、強い風も吹き荒れていた。

〈シャボン玉〉は埠頭に向かった。その間、レオナは沖合の方をじっと見ていた。

「どうしたんだ？」

永明が尋ねると、青白い目をしたレオナが顔を上げた。

「視力を偏光モードにして、水中を観察しました。マック堀口氏を飲みこんだ〈オクトパス〉は、海底を、まっすぐ北へ進んだようです。泡の痕跡が見えましたから」

「あのロボットの中で、どのくらい呼吸が続くんだ？」

「小さな酸素ボンベを内蔵しているはずで、三十分くらいです」

「じゃあ、たいして遠くへは行けない。向こうにある、埋め立て地を目指したんだろう」

港の北側に、細長い半島のような場所があり、その先端部には、ゴルフ場と広い海浜公園があった。

〈シャボン玉〉が静かに埠頭の上に着陸したので、永明とレオナは、急いでコックピットの中に入った。

「よし、海浜公園へ向かえ！」

永明が命じると、〈シャボン玉〉はフワッと浮き上がった。そして、急速度で、四キロメートルほど先にあるその場所へ向かった。

下を見ると、貨物船はほとんど海中に沈んでしまい、船首がかろうじて、炎の混じる波間に見えているだけだった。その周囲には、ロボット型の消防船が数隻来ていて、消火活動や救難活動に当たっていた。

「あそこに、マック堀口がいます！」

と、レオナが珍しく強い口調で言い、人工的に作られた浜辺を指さした。彼女の視力は人間より数段優れていて、まだ二キロも先にある〈オクトパス〉を、早くも発見したのだった。〈シャボン玉〉をその横に着地させ、永明とレオナは砂浜に飛び下りた。〈オクトパス〉は頭のハッチを開いており、人間の足跡がそこから、すぐ近くの林の方へ向かっていた。

永明とレオナは急いで、その足跡を追った。

すると、林の中から銃声がして、レオナがその銃弾を肩に受けた。

永明は岩の陰に隠れ、衝撃で倒れ、転がったアイアン・レディに声をかけた。

「レオナ、大丈夫か！」

「平気です。ですが、油断しました」

と、彼女は言い、立ち上がりながら林の方を見つめた。

また銃声がしたが、レオナは右手を振り、その弾を叩き落とした。

永明はマルチガンを抜き、声を張り上げた。

「マックさん！　出てきなさい！　逃げても無駄です！」

「俺を追うな！　追えば、お前でも殺すぞ、永明！」

マックの声には、明確な殺気があった。

「逃げるということは、自分の犯した罪を認めていることになりますね！」

と、永明は嘲笑うように言った。わざと挑発したのだ。

「何だと⁉」

「もう解っていますよ。さっきのユリカの言葉で、あなたの企みのすべてに合点がいきました。だから、僕は、あなたを捕まえなければなりません！」

「何の罪でだ⁉」

「もちろん、UUCV型レーザー・ライフルと、地雷探知除去用ロボット〈オクトパス〉の件ですよ！」

相手から返事はなかった。

「あなたは、中国人マフィア〈晨星《チエンシン》〉から、イスラエル製のUUCV型レーザー・ライフルを盗み取った。それは、元々は、アフリカの武器密売人グループ〈サンコン〉がサンプルとして、商談相手に見せていたものだった。

そして、肝心なことは、そのレーザー・ライフル五十丁が、西アフリカ連合国へ大型ヘリで輸送中に、行方不明になったことです。ヘリが故障か何かで、武器もろとも海へ墜落したという話でした」

永明は言葉を切り、相手が何か言うのを待った。しかし、返事はなかった。レオナは林の方をじっと見ている。マックはまだそこにいるのだ。

「あなたは、さっきユリカが言ったように、〈ブルーゾーン〉の名を騙り、ビデオ手紙と金で〈黒魔団〉を操ることにしました。彼らを騙して、中国人マフィア〈龍眼〉にUUCV型レーザー・ライフルを売りつけ、さらに五十丁の追加があるかのごとく思わせたわけです。

ですが、本当は、五十丁のレーザー・ライフルは海に沈んだままだ。まだ発見されていません。それをあなたは、引き上げられて、売り物として存在するかのように偽ったのですね」

「何故、そんなことを、この俺がしなくちゃならないんだ？　え？」

と、マックが冷めた声で尋ねた。

「もちろん、〈龍眼〉が、サンプルのレーザー・ライフルを使い、大騒ぎをしてくれることを期待したのです。そして、彼らは、あなたの期待どおりの暴れ方をしてくれました。

そのサンプル品は、もともと中国人マフィアの〈晨星《チエンシン》〉の手にあった。なのに、あなたが盗んだのですね。韓国の南浦洞《ナムポドン》で奴らが襲ってきたのは、それが理由でした」

「だから、それで俺に何の得がある？」

「貨物船に積んだ、〈オクトパス〉ですよ」

「何⁉」

「あなたは、多数の〈オクトパス〉を北朝鮮や中国の軍部に売って、儲けようと思っていた。ところが、この日本の福岡港で、貨物船が足止めを食ってしまった。しかも、その足止めがいつ解けるか解らない。当然のことながら、その状態が長引けば、貨物船の賃料その他、必要経費がどんどん出ていき、損失が日々大きくなります。

だから、焦ったあなたは、あのレーザー・ライフルを手に入れ、それを使った事件を起こさせようと〈黒魔団〉や、〈龍眼〉に働きかけた。さらに、あの銃に関する重要な情報があると、連州捜査局の僕にも声をかけてきたわけです。

その目的が何かと言えば、情報料の代償として、〈オクトパス〉を積んである貨物船を出航させること。それがすべてであり、あなたの真実の望みでした。

つまり、あらゆる企みが、早く貨物船を動かして、無事に〈オクトパス〉を北朝鮮や中国へ持っていき、高い金額で売ることにあったのです。そのための一連の事件であり、計画でした――どうですか、マックさん。僕の推理は？」

「ふん。ばれたなら、仕方ないな。認めてやるよ。だが、気づくのがずいぶん遅かったな！」

と、マックが憎々しげな声で言った。そして、彼は林の奥へ逃げこんだ。

「レオナ、あいつを捕まえろ！」

永明は鋭く言い、レオナは全速力で走りだした。

もちろん、永明もすぐにその後を追った。そして、彼が林の中に入った時だった。奥の方で土砂が崩れるような音がして、地面が激しく揺れたのだった。さらに、樹木が薙ぎ払われ、大木が倒れる音や地響きがしたのである。

「永明捜査官、危険です。林から出てください！」

レオナが鋭い声で警告した。

だが、永明は足がすくみ、身動きができなかった。

目の前に、根本から折れた太い木が倒れてきたからだ。ドシンッと大きな音がして、土埃が舞い上がり、地面が上下した。

そして、林の奥から、身長が十メートル以上ある、大きくて異様なものが姿を現わしたのだった！

2

それは、初めて見る、巨大なロボットだった。

胴体は、上部先端が尖った砲弾型をしている。胴体だけの高さだけなら、五メートルほどだろう。しかし、四本ある、細い足が五メートル以上あった。二本の腕も細いものだが、それも五メートルほどの長さだった。

その左腕の先に、レオナが捕まっていた。長い指が、彼女の胴体を握りしめていたのである。

「ワハハハハ！　どうだ、永明！　こんなこともあろうかと思い、ここの地面の下に、大型ロボットを隠しておいたのだ。こいつは〈モンスター《МОНСТР》〉と言ってな、戦場で使うロボットだ。中央ヨーロッパ共和国の陸軍が、〈鋼鉄人間《シュタール・メンシュ》〉という戦闘用大型ロボットを使い始めたので、ウクライナ連合がそれに対抗するために作ったロボットさ！」

永明は愕然としながら、その大型ロボットを見上げた。胴体の前面、上半分が濃い色のキャノピーになっている。その中の操縦席にマック堀口が座り、レバーなどを握っている。このロボットは手動型か、半自動操縦型なのだろう。

「降参した方がいいぞ、永明！」

マックの声は、外部スピーカーと、フィルフォンの相互通信によって二重に聞こえていた。

「今すぐ、レオナを離せ！」

と、永明は言い返し、マルチガンの弾を、キャノピーめがけて連続的に撃ちこんだ。

しかし、弾はすべて撥ね返されてしまった。

「ははは。馬鹿か、お前は。そんなものでは、傷一つ付かないぞ。こいつは戦場用のロボットだからな」

マックがせせら笑うと、〈モンスター〉は肘をゆっくり曲げて、レオナの胴体を握った手を上げたのだった。

「永明捜査官！　逃げてください！」

レオナは声を上げながら、自分の腕に力を込め、巨大ロボットの束縛から逃れようとした。だが、相手の力の方が何倍も上で、もがくのが精一杯だった。

「レオナを離せと言ったんだ、マック！」

永明が怒って言うと、元傭兵は面白がり、

「このアンドロイドがそんなに大事か、永明。ただの機械女じゃないか。どうして、そんなに御執心なんだ。深い訳でもあるのか。こいつは、〈ブルーゾーン〉のユリカにそっくりな顔をしている。その辺に、いろいろと事情がありそうだな」

と、当てこすってきた。

永明は、相手の言葉を無視した。そして、フィルフォンを二度タップしながら言い返した。

「絶対に、あんたは逃げられないぞ、マック。僕も連州捜査局も、どこまでもあんたを追いかけて、必ず捕まえ、刑務所に入れてやるからな！」

「ははあ、それはどうかな。俺はこれまでも、あちこちの警察や諜報部から狙われてきた。だが、こうして外の世界にいるし、生き長らえている。お前ごときにやられる男じゃないぞ！」

マックがそう言ったのと同時に、〈モンスター〉が長い左手をザアァッと横に動かした。二本の木が折れて、それが永明の方へ飛んできた。

永明は横に身を投げ、それをよけようとした。一本の木は頭上を越えていったが、もう一本の枝が彼の背中にぶち当たった。彼は息が詰まり、一瞬、気が遠くなった。

それを見て、レオナの目がカッと見開いた。

「私は、怒りました」

と、彼女は低い声で言った。そして、自分をつかんでいるロボットの指の一本を両手でガシッと握った。

レオナは、全身の力を両手に注いだ。

ロボットの長い指が少しずつ、レオナの体からはがれ始めた。彼女はさらに力を込めた。ロボットの指の根本が、関節とは逆方向へ曲がり始めた。

「ふざけるな、このアンドロイドめが！」

焦ったマックは怒鳴り、操縦レバーを動かした。

〈モンスター〉が、レオナを握っている腕を上下に振った。そうしながら、彼女を握りつぶそうとした。

だが、とうとうレオナは、自分を捕らえていた指の一本をボキリと折ってしまった。彼女はその指を、マックが中にいるキャノピーめがけて投げつけた。

ガンッと当たってそれは落ちていったが、キャノピーにひびが入った。

その間に永明は息をつき、何とか立ち上がった。胸の横が刺すように痛んだが、マルチガンを構えなおして、キャノピーめがけて弾を撃った。ひびが拡大した。

永明は後ろを振り返り、走りだした。フィルフォンで呼び寄せた〈シャボン玉〉が、ドアをあけて地面すれすれに飛んできたので、その中に飛びこんだ。

「お前も、アンドロイドも、ぶっ殺してやる！」

と、マックが怒声を上げた。

〈モンスター〉は、長い足を振り下ろして、〈シャボン玉〉を踏みつぶそうとした。

ロボット・ヘリは、間一髪、その下を擦り抜けた。ドンッと足が地面を踏みしめると、土埃が上がって、あたりが地震のように揺れた。

〈シャボン玉〉はロボットの背後に回り、急上昇した。

〈モンスター〉は胴体全体を回転させ、両手も振り回した。永明の乗るロボット・ヘリを叩き落とそうと、躍起だった。

「あいつの注意を、もっとこっちに引きつけろ！」

永明は〈シャボン玉〉に命じた。ロボット・ヘリは、四つのジャイロを様々な角度に動かしながら、〈モンスター〉のまわりを目まぐるしく旋回した。

「ちょろちょろしやがって！」

マックが真っ赤になって怒鳴った。

元傭兵の意識が〈シャボン玉〉に向かっている間に、レオナは頭からヘアバンドを取って、ナイフに変形させた。そして、その切っ先鋭いナイフを使って、敵の指をもう一本切り落としたのだった。

「いいぞ、レオナ！」

急上昇と急降下と急旋回を繰り返す〈シャボン玉〉の中から、永明は思わず歓喜の声を上げた。

「このロボットを成敗します！」

自由になったレオナはそう言うと、〈モンスター〉の腕の上を走り、肩の付け根に飛びついた。

そして、関節部分にナイフを何度も突き刺した。

「このアンドロイドめ！　粉々にしてやる！」

マックが喚き、〈モンスター〉は体を震わせた。同時に左手で、レオナをつかみにかかった。しかし、彼女の方が先に、〈モンスター〉の右腕を肩の所から切り落としていた。長い腕が地面に落下して、ズシンッと重たい音を立てた。穴の空いた肩の接合部からは、火花と、エネルギー潤滑液と、油圧駆動システム用の鉱物油が噴き出した。

「容赦しません！」

レオナは、巨大ロボットの肩の接合部に向かって、マルチガンの弾を連続して撃ち込んだ。露出した機械や流れ出る油にとって、それは致命的な攻撃だった。

すぐさま〈モンスター〉の内部で小爆発が起きて、火炎と黒煙が肩の穴から噴き出した。

〈シャボン玉〉は、永明が命令するまでもなく、百メートルほど急上昇して、いったん、巨大ロボットから離れた。

――グガアァァァアアア！

片腕になった〈モンスター〉は、狂った作動音を発しながら、激しく暴れた。もう片方の手と、太い胴体と、長い四本の足を闇雲に動かし、レオナを叩き落とすかふるい落とそうとした。

レオナは相手の左手をかいくぐり、反対側の肩に回って、〈モンスター〉から飛び下りた。空中で丸くなり、何回転かしてから地面に綺麗に着地した。そのまま全速力で走り、巨大ロボットから離れた。

「レオナを回収しろ！」

永明は〈シャボン玉〉に命じた。ロボット・ヘリは錐揉み飛行をしながら、急降下して、地面すれすれで水平飛行に移った。

真横に並び、ドアをあけた〈シャボン玉〉に、レオナは軽々と飛び乗った。

「よくやったぞ、レオナ！」

永明は彼女の腕をつかみ、興奮して言った。

しかし、危機はまだ去っていなかった。

モンスターのキャノピーの上部に、横に並ぶ青い光源が見えた。それが強烈な閃光を放ち、何重もの、青白いドーナツ状の空気の揺らめきがこちらに押し寄せてきた。

「しまった！　電磁パルス《EMP》兵器だ！」

永明は蒼白になって叫んだ。

空気の揺らぎが通り過ぎると、〈シャボン玉〉の全機能が停止してしまった。弱々しいシューンという電子音がしたのが最後で、インジケーターもすべて消灯した。〈シャボン玉〉は地面の上でバウンドし、何度か転がり、幸いにも海に突っこんで止まった。

コックピットの中では、レオナが永明を片手で抱きしめ、もう片方で椅子の支柱をつかんでいた。そのため、永明は怪我をせずにすんだ。

「大丈夫ですか」

レオナが心配げに尋ね、永明は荒い息をつきながら、頷いた。

「ああ、平気だ。それより、お前は何ともないのか」

「はい。生体金属の外皮が電磁パルスを遮断したようです」

それを聞いて安心した永明は、

「〈モンスター〉はどうした?」

と、濡れたキャノピー越しに外を窺った。

不思議なことに、敵は突っ立っているだけだ。

レオナが腕ずくでドアをあけたので、二人はコックピットから出た。〈シャボン玉〉は、前部を下にして傾いでいて、半分が水中にあったので、彼らは後方のジャイロによじ登った。

すると、レオナが、

「あれを見てください」

と、砂浜の方を指さした。

永明もそれを見て、ひどく驚いた。

〈モンスター〉が、思いがけないことをしだしたからだ。四つの足を斜めに伸ばして踏ん張ったかと思うと、砲弾型の胴体の真下から、強烈なジェットを噴射し始めたではないか!

「永明、今回は俺の負けだ。だが、いつかこの借りは返すからな!」

と、マックは捨て台詞を吐いた。

ジェット噴射は一気に強くなり、白煙と土埃が〈モンスター〉の下半身と、その周囲をモウモウと覆った。

〈モンスター〉は回転を始めた。それだけではなく、前と後ろで四連ずつの機関砲がせり出し、四方八方に弾を連射しだした。さらに、胴体の前面に発射口が二つ開き、小型ミサイルまで撃ち始めたのだった。

「逃げろ、レオナ!」

永明が叫び、二人は海に飛びこんだ。

機関砲の弾は樹木を細かく粉砕し、地面に無数の穴をあけ、海辺で水飛沫を上げた。小型ミサイルは砂浜に着弾して、次々と爆発し、砂を盛大に巻き上げた。

〈シャボン玉〉は、襲ってきた強風のせいで、台風の中で翻弄される木の葉のように揺れた。左前のジャイロが海底に突き刺さっていたが、大きな波がそのくびきを解いたため、〈シャボン玉〉は流されだした。

離れた所で浮き上がった永明は、大きな波を被って危うく、海水を飲みそうになった。レオナがすぐに助けに来て、彼を〈シャボン玉〉の上に引き上げた。

その間に、〈モンスター〉は高速で回転しながら、急激な速度で上昇し始めた。砲弾型をしたこの巨大ロボットの正体は、その形どおりの飛行体だったのだ。

グモモモオォォオオォォモモモオオオォォ！

凄まじい轟音と、途轍もない量の煙を撒き散らしながら、〈モンスター〉は飛び去っていった。

「――どうだ、レオナ。〈シャボン玉〉を再起動したら、あいつを追えるか」

永明は青空を見上げ、悔しげな顔で尋ねた。

「無理です。あの速さには付いていけません。あれはロケット並みの速度が出ていますから」

彼女の言うとおりだった。すでに〈モンスター〉は、視界から消えていた。大空に、白くて太い飛行機雲だけを残して――。

二人はコックピットの中に入った。床が水浸しだった。

永明は制御カートリッジを抜き取り、自分の認識番号を入れ直してから、操縦盤に差しこんだ。

リセット・ボタンを押しながら、奥州で爆弾魔を捕まえようとした時にも、これと同じことをしたなと思い出していた。

幸い、〈シャボン玉〉はほとんど壊れていなかった。地面に激突した時に、着陸脚の収納部が潰れただけだった。

「再起動、完了」

〈シャボン玉〉の自己診断作業《セルフ・チェック》が終わり、ジャイロが回転を始めたところで、レオナが報告した。

「よし。安定飛行に入ったら、レーダーで〈モンスター〉を追ってくれ」

と、永明は命じた。

その間に、彼は支部に連絡して、事態を報告した。支部の担当官が、ただちに日本自衛軍に通報すると返事した。

〈シャボン玉〉が海面を離れ、三十メートルほど上空でホバリング状態に入ると、レオナが言った。

「見てください、永明捜査官。飛行中の〈モンスター〉が見つかりましたが、もうじき、レーダーの探査範囲からはずれてしまいます」

永明は、ディスプレイを確認した。レーダー・スコープの中に、〈モンスター〉の居場所を示す点滅があった。相当な速さで、そいつは北方へと遠退いていく。

「だめか――」

永明はマック堀口を取りにがした悔しさから、唇を嚙んだ。

少しして、支部から、日本自衛軍の空軍機が発進したことを知らせてきた。

だが、結局、空軍の新型無人戦闘機F―33でも、〈モンスター〉を捕らえることはできなかった。マック堀口が操る巨大ロボットは、北朝鮮の国境の向こうへ飛んでいってしまったからである――。

第20章　裏切り者の正体

1

翌日の朝から、福岡港では、大がかりな作業が始まった。沈没した貨物船の引き上げや、流れ出た油の除去など、後始末をしなければならないことがたくさんあった。

作業を担当したのは、港湾管理会社と連州捜査局九州支部、地元警察、日本自衛軍の海上部隊で、連携してことに当たることになったのだ。

海上部隊が参加したのは、マック堀口が輸出しようとしていた、地雷探知除去用ロボット〈オクトパス〉の回収があったからだ。そのほとんどはコンテナに入ったまま海に沈んだため、たぶん無事だろうと踏んだのである。そして、実際にそうだった。

海上部隊は引き上げた〈オクトパス〉を没収して、自分たちのものにした。その代わりに、引き上げ作業と港の浄化にかかる費用を、すべて負担すると約束した。

永明とレオナは、実況見分や事情聴取などがあって、福岡に足止めされた。寝泊まりやレオナの簡単なメンテナンスは、連州捜査局の九州支部を活用した。その間に、本部への報告もすませておいた。

二日めの朝に、小嶋陽夏から連絡が入った。

永明は〈シャボン玉〉の側でフィルフォンをタップし、ビデオ通信を受けた。コックピットの中では、レオナが操縦機器の調整をしていた。電磁パルスの影響で、記憶装置を中心に多少の不調が出ていたからだ。

「――永明さん」

小さなホロ・スクリーンに、陽夏の深刻そうな顔が映った。

「何だ?」

「スパイが誰か解りました」

「本当か。誰だったんだ?」

「特殊火器戦術チームの青田敬行です。彼が裏切り者だったんです」

「何だって!?」

永明は驚き、目を見開いた。青田とは同期で、時々、飲みに行く仲でもあったからだ。

「本人が自白したのか」

「いいえ。青田は何も言わず、死んでしまいました。山居さんと忠島英男《ただしまひでお》捜査官が、青田のマンションに行き、逮捕しようとしたところ、銃撃戦になってしまったんです。

ドアが薄く開いていて、山居さんたちが中に入ったら、奥から青田がいきなり通常弾を撃ってきました。罠だったんですね。それで、忠島捜査官が命を落とし、山居さんも怪我を負いました」

「ひどい怪我なのか」

「幸い軽傷でした。弾が脇腹を貫通したからです」

「そうか」

永明は二人の不幸に胸が痛んだ。自分の腕の傷もうずく。

陽夏は説明を続けた。

「それから、逃げられないと悟ったらしく、青田は寝室へ逃げこみ、自分で自分のこめかみを撃ちました。即死だったそうです。

分析班と鑑識班とで室内を調べていますが、青田の本当の身元を示すものや、何らかの情報が入ったものは、まだ何も見つかっていません。金目のものもです。そうしたものは、すでに処分されたようです」

「じゃあ、何故、青田がスパイだと解ったんだ？」

「山居捜査官が発見したんです。局内のパソコンや電子パッドのいくつかに、盗聴用のウィルス・プログラムが仕込まれていました。その出所が、青田の端末だったのです。

わざわざ世界中のＩＰを迂回してから、局内のネットワークに再接続していました。そのログを山居捜査官が見つけて、彼の所まで辿りついたわけです。プログラムの中に、中国諜報部がよく使うコードの癖がありました。それで、青田がスパイであろうと山居捜査官は推測し、彼の元へ行ったのです」

「青田に、そんな技術や知識があったのか」

永明はまだ信じられず、動揺しながら尋ねた。

「たぶん、コンピューターに精通した中国人マフィアか、中国諜報部の指示どおりにしたんだと思います。それと、〈ドーベルマン〉に仕掛けられた小型追跡装置ですが、彼のデスクの引き出しからも見つかりました。やはり、彼がこっそり取り付けたんですね」

「あいつの妻は？　航空会社の事務員で、半年前に結婚したばかりだったが？」

と、永明は思い出しながら言った。仕事で結婚式には出られなかったが、一度、紹介されたことがある。インド人と日本人の両親を持つ、目の大きな美人だった。

「残念ながら、奥さんも殺されていました。彼女は風呂場で倒れていて、額を撃ち抜かれていたんです。つまり、青田が彼女と結婚したのも、自分の素性を隠すための偽装の一つだったんでしょう」

陽夏は、悲痛な顔で言った。

「山居さんたちと、青田が銃撃戦になった時、護衛ロボットたちはどこにいたんだ？」

「青田の逃亡を阻止するため、一体は、マンションの地下駐車場に配置。もう一体は、マンションの玄関に配置しておいたそうです」

永明は、いつも〈ゴリラ〉を邪魔に感じていたが、こういう惨劇が起きると、局の規則も正しいと思えてくる。

彼は首をひねった。

「しかし、何故、青田は局を裏切ったんだろう。それから、狙いは何だったんだ？」

「詳細はまだ解りません。それに、青田の真の正体も不明です。ただ、彼自身が、中国諜報部の人間だった可能性もありますわ」

「だとすると、突然、裏切ったのではなく、最初から敵だったのか。だが、捜査官になる時には、身元調査が徹底的に行なわれるじゃないか」

永明は自分の場合を考えて、指摘した。細かすぎるくらいに、局からの調査が入ったものだ。

「ですから、青田が入局した時には、何の問題もなかったのです。今、彼の素性、家族関係、知人関係、日頃の行動、銀行口座の動き、電話や通信の内容など、ありとあらゆることを洗い直しています」

と、陽夏が強調するように言った。

「郷土捜査部長は、何と言っている？」

「当初の青田と、この一年間の彼は、別人だったのではないかと疑っていますわ。ＤＮＡ改変を伴う変貌成形手術によって、中国人スパイが青田に化けていたのだろうと。要するに、本物の彼はとうに殺されていて、偽者が局内に入りこんでいたのですね」

「本物の青田が、殺されていた？」

それを聞いて、永明は背筋が寒くなった。

「彼、一昨年の終わりに休暇を取って、インドやバングラデシュに遊びにいきましたよね。そこで、奥さんとも知り合ったわけです。実はその時に、中国人スパイに殺されて、すり替わられていたのではないでしょうか」

「彼女は、気づかなかったのか」

「奥さんもグルだったのかもしれません。彼女のことを調べたら、香港の銀行に隠し口座が見つかりました。結婚式の後、そこに、一千万クレジットが振りこまれていました。しかも、振りこみ元は架空口座でした」

「で、役目が終わったか、局がスパイ捜しを始めたので、あわてて彼女まで殺したわけか」

その非情性に、永明の胸の奥がヒリヒリした。

「ええ。口封じというわけですね」

陽夏も、青い顔をして頷いた。

永明は腕組みし、思い出しながら確認した。

「確か、変貌成形手術の場合、自分と、化けたい相手の全身の皮膚を剝ぎ取り、特殊液に浸した相手の皮膚を貼り付けるんだったよな」

「そうです。目の色や骨格などは、ＤＮＡ改変形成によって相手に似せるわけですから、非常に難しい施術になります。人一人の命を奪い、自分にも大変危険な手術を施すので、まさに命懸けの変身ですね。

もちろん、そんな手術は違法です。ベトナムや香港、キューバあたりのモグリの医師が、高い金を取ってやっています。中国諜報部でも、そういう医師を雇っているようです。スパイか、訳ありの犯罪人が依頼人である場合がほとんどですから」

「局内に潜りこむにしても、手が込んでいるな」

と、永明が喘ぐように言うと、陽夏は首を振った。

「逆ですよ。そのくらいのことをしないと、局内には絶対に潜入できません」

「解った。報告をどうもありがとう」

「また何か判明したら、お知らせします」

陽夏はぎこちなく微笑み、ビデオ通信を切った。

疑いがあったにしろ、本当に局内にスパイが入りこんでいたとは。しかも、それは自分と同期の男で、これまでずっと信頼しきっていた人物だったのに――。

となると、これからは、局の人間と言えども、誰も信じることはできない。局の保安を維持し、自分の身を守るには、常に局員全員を疑って見る必要がある。

永明はショックを受けて、考えこんだ。

2

その様子を見たレオナが、心配そうに尋ねた。

「大丈夫ですか、永明捜査官？」

「うん？　ああ、大丈夫だ」

目をしばたたいた永明は、低い声で返事した。

「精神的な介護が必要でしょうか」

「いいや、要らない」と答え、彼は首を振った。「ただ、こんなことが起きたら、局内の警備体制を根本から見直すべきだ。それに、仲間に対する信頼も崩れた。とてもやっかいな事態だよ」

「失礼ですが、警備体制の検討と再構築は、永明捜査官の管轄ではありません。それは、郷土捜査部長などの責任の範疇《はんちゅう》にあります」

淡々と指摘するレオナを見て、永明は苦笑した。

「確かにそうだな。だが、そう簡単に割り切れるものじゃない。感情や恐怖を伴った問題だから、ロボットには解らないだろうがな……」

そう指摘して、永明はこの話を打ちきった。それから、制御カードを持つ、レオナのほっそりした銀色の指を見て、

「ところで、〈シャボン玉〉の調整はいつ、完了する?」

と、確認した。

「あとは、これを差しこんで、操縦モジュールと同期させるだけです。やはり〈モンスター〉が発したパルスが強力だったので、メモリーの内容は消え失せ、メモリー自体にも損傷がありました。それで、補助電子頭脳のメモリー領域を代替えとし、消えた内容は、私のメモリーの方から書き加えておきました」

「これまで、飛行中に〈シャボン玉〉とお前は同期していたな。だから、ログがお前の頭の中にも残っているわけか」

「はい。〈シャボン玉〉側の全部の記憶を復活させるのは無理ですが、これによって、飛行能力は充分に整えることが可能です。後は、薬丸博士に修理していただいた方がいいでしょう」

「解った。整備を進めてくれ――」

と言った時だった。稲妻が走るように、永明の頭の中を突き抜けたものがあった。

永明は蒼白な顔で、レオナの顔から制御カートリッジを奪った。その裏表を改め、顔を上げると、

「レオナ。お前にも、これと同じような制御カートリッジがあるのか」

と、興奮ぎみの声で尋ねた。

多少、レオナは当惑した顔で、

「いいえ。私のメモリーは光子型の生体書きこみ式になっています。電子頭脳の付帯脳部分に、特殊な湿潤エネルギー伝達液が満たされていて、これは、人間の脳で言えば、神経伝達物質のようなものです。それに、全身の探知器から得た情報を記憶として書き——」

「細かい説明は要らない」と、永明はきっぱり言い、手を振って遮った。「制御カートリッジはないが、人格サブルーチンの入れ替えはできるんだな？　逆に言えば、お前の人格は、5号の体でも6号の体でも、好きな方を利用できるんだよな」

「そうです」

「おい、レオナ。すぐに東京に戻るぞ。〈シャボン玉〉に火を入れろ。何分後に、飛行が可能になる？」

「二分三十秒——いいえ、すぐです」

答えたレオナは、ただちに〈シャボン玉〉を飛ばすための作業に入った。

永明はフィルフォンをタップし、支部を呼び出した。緊急の要件ができたので、ただちに東京へ帰還すると報告した。詳細を訊かれたが、秘密保持が必要な案件であるとだけ返事をして、通信を切った。

〈シャボン玉〉が港を離れ、青空に向かって飛翔した。永明はアイアン・レディに、全速力で東京へ向かえと命令した。

レオナは理由を訊かず、黙って指示に従い、ジャイロの操縦に徹した。

永明は目を閉じ、腕組みして背凭れに体を預け、寝ているかのようにじっとしていた。

昼過ぎには富士山が見える所まで来たが、永明は駿河湾の上をよけるよう、守護ロボットに言った。また、〈ブルーゾーン〉の潜水艦に、ミサイルで狙われたらたまらないからだ。

東京が間近になると、レオナが振り向いて尋ねた。

「連州捜査局本部へ帰還しますか」

永明はフィルフォンをタップして、山居響子を呼び出そうとした。しかし、応答はなかった。今度は、小島陽夏にビデオ通信を繋いだ。

予定より早く戻ったと知って、陽夏は驚いた。

「どうしたのですか、永明さん?」

相手の質問を無視して、永明は言った。

「山居さんを探している。どこにいるかな?」

「病院のはずです。待ってください、確認しますから――確かに、日本自衛大学病院にいます。怪我の治療で、昨夜から入院しているわけですが――」

「位置確認をしてくれ」

永明が真剣な顔で頼んだので、陽夏も緊迫した事態だと理解したようだ。

「フィルフォンが発するGPS信号は、病棟の十二階の個室からです。ですが、呼び出しに対する返事はありません」

「病室には監視カメラがあるだろう。その映像を調べてくれ。それから、看護師にも個室を調べさせるんだ」

「はい――」

少しして、陽夏が緊張した面持ちで答えた。

「病室に、山居捜査官はいません。ベッドは蛻《もぬけ》の空で、剝ぎ取られたフィルフォンが、窓辺に捨ててありました」

それを聞いて、永明は厳しい顔になった。

「俺がさっき呼び出しをかけたので、あわてて逃げたんだな。病院の警備責任者に通報して、山居さんを捕らえるように言ってくれ。それから、誰か捜査官も行かせるんだ。

山居さんはまだ、病院内にいるだろう。だが、追われたら、彼女は何をするか解らない。非常に危険だから、絶対に油断するなと忠告するんだ！」

「解りました。ですが、どういうことなんですか。山居捜査官がどうしたんです？」

「中国人マフィアに情報を流していた奴は、青田敬行じゃない。山居響子だ。彼女が本当のスパイだったんだ！」

と、永明は体の奥から絞り出すように言った。

「まさか！」

「本当だ。〈ドーベルマン〉に小型追跡装置を付けたのも、彼女だ。青田のデスクの引き出しに同じ物を入れ、彼に嫌疑がかかるようにしたのさ。

さらに彼女は、コンピューター・ウィルスの痕跡を改竄《かいざん》した。そして、青田や彼の妻、同行した捜査官まで撃ち殺した。脇腹の怪我も自分でやったものさ。すべて、青田の容疑をでっち上げるためで、自分の身の安全を図って、彼に罪をなすりつけたんだよ！」

と、永明は強い声で言いきった。

「――詳しい事情は後で説明する。とにかく、郷土捜査部長にも伝えておいてくれ。間違いなく、山居響子が裏切り者だから！」

それだけ言うと、永明はレオナに、立川へ向かえと命令した。

3

飛行中、陽夏は逐次、響子の捜査状況を知らせてきた。廊下の防犯カメラの映像を過去に遡《さかのぼ》って見ると、十五分前に彼女が部屋を出て、廊下を歩いていく姿が映っていた。

通報を受けた病院の警備担当は、ただちにすべての出入り口を塞《ふさ》いだ。彼らは身分的には軍人なので、対処方法に怠りはない。連州捜査局の捜査官が駆けつけたところで、〈ゴリラ〉たちも使い、合同で響子の捜索を始めた。病棟の階と部屋を、下から順番に調べだした。

「病棟の屋上にヘリポートがある。そこに着陸してくれ」

と、永明はアイアン・レディに頼んだ。

〈シャボン玉〉が、十五階建ての、真っ白な建物に向かって降下を始めた時だった。

「永明さん。警備員と山居響子とが、十四階で撃ち合っています！」

と、陽夏が悲鳴に近い声を上げ、防犯カメラの映像を流してきた。耳を劈《つんざ》く銃声が立て続けに聞こえ、廊下の角にいる警備員が、奥の方を狙って撃ちかえしている姿が見えた。

軍人である警備員が、テーザー弾ではなく実弾を撃っているということは、向こうも実弾で攻撃しているのだ。

映像が別の防犯カメラに切りかわり、非常階段を必死に駆けあがる響子の後ろ姿を捉えた。頬や首が血で汚れているのは、警備員の銃弾がかすめたからだろう。

「あそこだ！」

下を指さし、永明はレオナに言った。

〈シャボン玉〉が着陸するより早く、響子が屋上に出てきたのが、コックピット内から見えた。こちらを見上げた響子は、憎悪に満ちた顔でマルチガンを撃ってきた。銃弾が何発か、機体の下部とジャイロの外周部に当たり、金属音を立てた。

レオナは、いったん〈シャボン玉〉を上昇させ、後ろ向きに病棟から離れた。ぐるりと回って、大きな看板の裏の方から、ふたたびヘリポートへ近づいた。

それに気づいた響子が、看板の脚の横から、マルチガンを撃ってきた。

「かまわない。そのまま着陸させろ！」

永明は怒鳴るように言い、ガルウイング・ドアを跳ね上げた。コックピットから身を乗り出し、テーザー・モードのまま、マルチガンの引き金を続けて引いた。

反撃を受けた響子は、ジグザグに走って銃弾をよけようとした。弾の一発が彼女の左腕をかすめ、彼女は電撃による衝撃を受けて、前方へ派手に転がった。

彼女は、屋上の手すりにつかまりながら立ちあがった。そして、苦痛に顔を歪めながら、また銃を撃ってきた。

「永明捜査官。つかまってください！」

レオナは言い、わざと四つのジャイロを傾け、送風面を響子の方に向けながらゆっくりと着陸した。台風並みの激しい風が、響子の体を吹き飛ばした。横にゴロゴロと転がった彼女は、五メートルほど先にある調整室の壁にぶつかった。

その間に、レオナも永明も〈シャボン玉〉から飛び降りた。

響子は片膝を突き、容赦なく撃ってきた。レオナは両手を広げ、自分の体で弾を受け止め、永明の盾となった。三発の弾が当たり、跳ね返った。

「山居捜査官。その弾では、私を傷つけることはできません」

レオナは言い、ゆっくりと響子の方へ進んだ。

「山居さん、もう諦めろ！　あんたが中国マフィアに情報を売っていたことは、完全に解っているんだ！」

と、その後ろで銃を構え、永明は怒鳴った。

すると、毒々しい顔をした響子は、マルチガンの銃口を自分のこめかみに当てた。それと同時に、別の手で違う銃を取り出し、まっすぐにレオナに向けた。

その銃は、ミサイルガンと呼ばれるものだった。先端に、大きめの、サイレンサー状の装置が付いている。その中には、四発の小型ミサイルが装塡されているのだ。

赤いレーザー光線のポイントが、レオナの額を捉えていた。

「ふん。男のくせに、アンドロイドに守ってもらわないと、何も言えないのか！　それ以上近づいたら、あんたが死ぬか、アンドロイドがぶっ壊れるよ。どっちが望みだ、永明！」

「どうせ、逃げ場はないぞ！」

永明は悔しげに言い、レオナの横に出た。

非常口のドアからは、警備員と、連州捜査局捜査官も姿を現わした。永明は左手を振り、そこにいろと彼らに指示した。

　響子はチラリと非常口の方を見て、苦しげに微笑んだ。そして、ミサイルガンの照準を永明の頭に変更した。

「どうやら、そのようだわね。でも、私はただでは捕まらない。それくらいなら、ここで自分の頭を吹き飛ばす。そうすれば、証拠は何一つ出てこないよ！」

「そうだとしても、逃がすという選択肢はない。そんなことは解っているはずだ！」

「だったら、私が自殺するのを見るんだな。だけど、そうしたら、アンドロイドはどうなるかしらね。ロボット法に基づいて電子頭脳が動いているわけだから、人間が死ぬのを見過ごすことはできないし、かと言って、助けることもできないんだよ。さぞかし、ジレンマを感じて、プログラムがおかしくなるだろうね！」

　そういう二者択一の究極の事態に陥り、これまで何体ものロボットが壊れていた。あるいは、不調に陥っていた。そのことは永明も知っていたし、時折、ニュースにもなっていた。

　すると、レオナが静かな声で、彼女を諭すように言った。

「山居捜査官。私は普通の護衛ロボットではありません。新型で、特別な、守護ロボットです。永明捜査官を守るためなら、どんなことでもしますし、できます。

　つまり、あなたが私の目前で自殺しても、プログラムに被害を受けません。永明捜査官の心身が傷つかないことならば、まったく平気なのです」

　しかし、響子は怯まなかった。

「永明。確かこのアンドロイドは、レオナと言ったね？」

「そうだ」

永明は乾いた声で答えた。

「じゃあ、よく教えておいてやりな。自分の電子頭脳が壊れなくとも、私の死ぬ姿を見れば、あんたの心が傷つくということを。それが、人間の心だということを」

「――レオナ。動くな。どうなるにせよ、俺が決着を付ける」

と、永明は憮然とした声で命じた。

すると、響子は苦々しい声で言った。

「一つだけ、訊いておこうか。どうして、私がスパイだと解った？」

「〈ドーベルマン〉の制御カートリッジのことに気づいたからさ。〈爆弾魔ｂ３６２号〉が死んだ後、あなたは自分の〈ドーベルマン〉と、俺の〈ドーベルマン〉とを素早くすり替えたんだ。というのも、自分の車にはすでに、小型追跡装置が組み込んであったからだ。

もちろん、ただすり替えたのでは、車の認識番号と捜査官の認識番号の不一致で解ってしまう。でも、あの時には、電磁パルス《EMP》兵器によって、二台の車の制御カートリッジの中身は綺麗にかき消えていた。だから、あそこには、未登録と同じ状態の、まっさらな〈ドーベルマン〉が二台あったことになる。

あなたは、俺の〈ドーベルマン〉に乗りこむと、ダッシュボードから制御カートリッジを取り出し、自分の認識番号を書きこんだ。それを使ってエンジンを復活させ、車を駐車場の端へ移動した。この時点で、認識番号からすると、その車はあなたの車になっていたわけだ。

それに、〈ドーベルマン〉のナンバープレートは液晶型で、制御カートリッジに書きこまれている車両番号や、運転者の免許証番号を表示する。だから、そこからは車が違っていることも解らないし、むしろ俺は、番号だけ確認して満足して、何の違和感もいだかなかった」

「相当な間抜けね」

と、山居が嘲笑うように言ったが、永明は無視した。

「それから、あなたは、今度は自分の車に乗り、同じ作業をして、爆弾魔のRVの後ろまで移動した。エンジンを切ると、リセットを行ない、制御カートリッジの内容を空にした。そこにちょうど、俺がやって来た。馬鹿な俺は、同じ場所に止まっている車を見て、それが俺の車だと思いこんでしまった。実際は——小型追跡装置が事前に設置された——あなたの〈ドーベルマン〉だったのにだ。

ツインタワーの地下駐車場の監視カメラを調べても、誰かがあの装置を車に取り付ける場面や、不審な行動を取る者が映っていなかったのは、そういう訳だったからだ」

「そうね。あのトリックはうまくいったわ。新車が配属されたばかりだったから、できたすり替えよ。ロボットやロボット型車両の場合、体と電子頭脳を入れ替えてもぜんぜん平気なのだから、笑えるじゃないの！」

と、響子は冷たい声で言った。偽装のために自分で撃った脇腹の傷が開き、かなり痛むようだった。衣服が、流れ出た血でドス黒く濡れている。

「他にも、細工をされた車が二台見つかっている。機会を見ながら、同様の手口で、あなたが局外ですり替えたんだろう。電磁パルス兵器もしくは類似の装置を使い、車をリセットして制御カートリッジを交換し、車を入れ替えたわけさ」

「それは、憶測にすぎないわね」

と、響子は悔しそうな顔をして言った。

永明は半歩前に出て、強く指摘した。

「だが、あなたはミスを犯している」

「ミス？」

「〈龍眼〉のアジトを攻撃する前に、あなたは俺に通信を入れた。あの時、あなたはこう言ったんだ──俺が、韓国で、雪梅《シュエメイ》の配下に襲われながらもつかんできた、貴重な情報だ──とね。だが、俺は、誰にも雪梅のことは言っていなかった。郷土捜査部長にも言っていないし、報告書にも書いてなかった。なのに、何故、あなたは知っていたんだ？」

馬鹿にしたように永明が言い、しかし、響子は唇を噛んで黙っていた。

「そのことを思い出して、俺はあなたが、〈龍眼〉に情報を売っているのだと気づいた。それから、本当の頭領である雪梅とも繋がっていることもね」

「なるほど。私は馬鹿だわ」

響子が喘ぎながら言い、永明は目を細めた。

「今度は、こっちが質問する番だ。あなたは何故、連州捜査局を裏切ったんだ？」

「簡単な話よ。お金に決まっているじゃない。夫の病気のせいで、多額の治療費が必要だったのよ。そこを、中国人マフィアにつけ込まれたわけ。一度、情報を漏らして、悪事に手を染めたら、後は奈落の底へ落ちていくだけだったわ」

「あなたが、そんな汚い方法で治療費を稼いでいたと知ったら、彼は悲しむだろうな」

「いいえ、そうはならないわ。夫はもう昏睡状態に陥っている。『長く生きても、あと二日の命だ』と、昨日、医者に言われた。悔やむとしたら、彼の最期の瞬間に立ち会えないことかしらね――」

響子が初めて後悔したように言い、両手の、引き金にかけた指に力を加えた。

「やめろ!」

「永明君。私を止める気なら、テーザー・モードじゃ無理だわ。殺傷モードにしなさいよ。私は本気で、あんたか、そのアンドロイドを撃ってやる!」

と、響子は永明を睨みつけながら喚いた。

永明の額から汗がしたたり落ちた。彼は覚悟を決め、指の操作だけで、マルチガンのモードを変更した。

「――ふん。それでいいわ。結局、あんたが死ぬか、私が死ぬか。どっちかしかないんだから」

永明は響子の顔を見据えたまま、レオナに尋ねた。

「山居さんが引き金を引く前に、お前が飛びついて、彼女の行動を阻止できるか」

アイアン・レディは静かに首を振った。

「いいえ。この距離では、コンマ二秒、足りません」

「そうか――」

レオナの答を聞いた途端、永明は容赦なく、引き金を引いた。二発の銃声が屋上に響き渡った。

轟音がやんだ時、響子の額と首には穴が空いていた。彼女の体はドサリと横に倒れ、血を流す単なる死体と化した。

見開かれた響子の目には、マルチガンを撃つ永明の姿が焼きついていた――。

エピローグ

山梨の本栖湖畔にあるという、薬丸博士の秘密の別荘へは、福岡から帰った翌日に行くことにした。

細かい位置情報は、レオナのメモリーの中に入っていた。それを〈シャボン玉〉に伝えて、連州捜査局本部を飛び立ったのである。

よく晴れた日で、目の前に見える富士山は雄大かつ美麗であった。〈シャボン玉〉は、本栖湖の北西の岸辺に向かった。そのあたりになると、人気のない森が水際まで迫っていた。

四つのジャイロが水平状態になり、〈シャボン玉〉はホバリング態勢を取った。すると、それに合わせて、森の中から、長さ五十メートルはある着陸台が湖面に向かってせり出した。

〈シャボン玉〉はその先端に着陸し、ドアをあけた。永明とレオナは外に出て、周囲を見回した。ずいぶん静かで、小鳥のさえずりしか聞こえない。紺碧色の湖面も凪いでいて、富士山の姿を逆さまに映していた。

「とても良い所だな」

と、永明は呟き、ロボットも自然の美しさに感銘するのだろうかと、レオナを振り返った。そして、彼女の額のインジケーターが、ランダムに光っているのに気づいた。

「どうしたんだ？」

インジケーターが消えると、レオナはぎこちなく微笑んだ。

「ドアの鍵があきました。別荘の中に入るのに、ドアの暗号キーと、私の個体承認キーとの一致が必要でした」

「で、照合できたというわけか」

「はい」

レオナは頷き、樹木に覆われた湖岸に向かって歩きだした。永明もそれに続いた。

湖畔には、樹木に隠れる形で、エレベーターの入口があった。二人が箱に入ると、自然に動きだした。リニア駆動らしく、音も揺れもなかった。

エレベーターが停止し、ドアがあくと、ロビーにはロビタ型ロボットが待っていた。

「いらっしゃいませ。私はロビタ32号です。永明捜査官とレオナ5号を確認し、かつ、承認しました。奥へどうぞ――」

クルッと回って、ロビタは先に立って廊下を進み始めた。

「薬丸博士は、今、何をしている。ロボットの組み立て中か」

念のために尋ねたが、ロビタ32号は返事をしなかった。

文字通りの寸胴型で、足のないこのロボットが案内したのは、三日月形のとても広いリビングだった。装飾も家具類も、すべて真っ白に統一されている。片面が広い窓になっているが、ガラスの外は本栖湖の水中であった。泳いでいる淡水魚などが、はっきりと見える。

「ソファーにお座りください。お飲み物を用意します。何がいいですか」

ロビタ32号が尋ねて、壁の調理パネルに向かった。

永明はそれを無視して、

「薬丸博士はどこだ？」

と、はっきり尋ねた。

ロビタはこちらを振り向き、事務的に答えた。

「実は、博士は不在です。ですが、あなた方を歓待するよう、指示を受けています」

「いつ戻る？」

「しばらく帰ってきません――コーヒーでよろしいですか」

「飲み物は要らない。それより、薬丸博士がどこに行ったかを教えろ」

永明は荒っぽい言い方をした。

「ヨーロッパの方へ出掛けました。昨日のことです」

「だが、俺たちにここへ来いと、あの人が言ったんだぞ」

まったく、自分勝手な老人だ。

永明は内心、憤慨した。

ロビタ32号は調理パネルから離れ、

「それでは、これを御覧ください――」

と言い、部屋の中央を指さした。

すると、天井から光線が照射し、薬丸博士の等身大のホログラムが表示されたのだった。

「やあ、永明君。そして、隣にはレオナもいるはずだな。君たちを呼び寄せたのに、わしが留守にしていて、大変申し訳ない。ただ、それにはいろいろと事情があるんだ。

一番大きな理由は、わしがユリカに狙われていることにある。身の危険を感じたので、しばらくの間、姿を消すことにした。

狭山の研究所の方は、この際、完全に新しく作り直す。それには半年以上ほどかかるので、その間だけ、ある場所に隠れていようと思う。だから、わしのことは探さないでくれ」

「でも、どこに隠れるつもりなんです？」

それでも、永明は尋ねた。映像は相互方向プログラムになっているはずだから、ある程度の答はあるはずだ。

「正しい質問をしてくれ。その問いへの回答はない」

映像の薬丸博士は、無表情で言った。

「私たちが、あなたを保護しますよ。その方が安全でしょう」

「郷土君から、連州捜査局内に裏切り者がいたことを聞いた。よって、君たちの所も信用ができない。

それから、ユリカの属する〈ロボット撲滅同盟〉と、その隠れ蓑である〈ブルーゾーン〉の連中も油断できない。かなりの力を持っている。諸外国の、金持ちや企業の後ろ盾がたくさんいるからな」

「本当に、逃げきれるんですか」

永明は懐疑的だった。

「ああ。唯一、ユリカが近づこうとしない場所をわしは知っている。そこに潜伏するつもりだ」

「どうしても、あなたと連絡を取りたくなった場合は？」

「正しい質問をしてくれ。その問いへの回答はない」

と、薬丸博士は先と同じ言葉を言った。

永明は、レオナに命令した。

「外務省、航空局、飛行機会社のデーターベースに繋いで、薬丸博士の出国状況を確認してくれ」

アイアン・レディは目を瞑った。額の青いインジケーターが点滅する。

「——薬丸博士は、昨日、成田空港から出国しています。午後二時十分のフランス行き、エール・フランスの直行便に乗っています。現地についてからの行動は不明です」

永明はそれを聞いて頷くと、白髪の老人に尋ねた。

「もしかして、あなたの亡くなった奥さん、デンマーク人のアンナ・ニールセン博士の身内に会いにいったのですか」

「正しい質問をしてくれ。その問いへの回答はない」

と、薬丸博士はまた言った。

この推測が当たっていたとしても、認めるわけはないか——そう永明は思った。

すると、レオナが発言して良いかと永明に尋ねた。

彼が許可を与えると、守護ロボットは一歩、映像に近づいた。

「——お父様。お尋ねします。もしも、お父様がいらっしゃらない時に、私が壊れたり、不調になったりしたら、どうすれば良いのですか」

なるほど。もっともな質問だ。連州捜査局のポーカロ博士では、この特別なアンドロイドは修復できない。

永明も、映像の返答に注目した。

「この別荘には、ロボットの自動メンテナンス装置がある。万が一、レオナが壊れたとしても、ある程度なら、その装置を使って修理できる。必要なことは全部、ロビタ32号が知っているから、何でも訊いてくれ」

「レオナの仕様書と取説をください」

永明はここに来た目的を思い出し、頼んだ。

すると、薬丸博士の映像は首を振った。

「いいや、今も言ったが、連州捜査局を信用できん。だから、アイアン・レディに関する細かい情報は渡さないことにした」

「それは困ります。今でも、レオナの機能について、解らないことだらけなんですから」

「たとえば？」

「この前、俺はレオナに尋ねました。身体的に何か武器を持っているかと。彼女は何もないと答えました。

ですが、〈ブルーゾーン〉の連中や、〈モンスター〉という巨大ロボットと戦った時、彼女はヘアバンドをナイフに変えて攻撃手段としました。それは、彼女が嘘をついたということですか。他にも何か、武器を持っているのでしょうか」

「レオナ本人に、尋ねてみたかね」

映像の老人は、自分の作ったアンドロイドの方へ視線を向けた。

「いいえ」

「レオナ。永明君に説明してやりなさい」

「はい」と、頷いたアイアン・レディは、「あの時、私は、急に思いついたのです。ヘアバンドも生体金属《ライブメタル》製ですから、己の意のままに形状を変えられるはずだと。それで、実際にナイフに変形させ、武器として用いたわけです」

頷いた白髪の老人は、ニコリとした。

「――ということだ、永明君。レオナは自分で考えついたんだよ。つまり、いろいろな敵との戦いの中から、創意工夫を学びとったわけなのさ。そうした案出は、これからも続くだろう」

永明は首を傾げながら、質問した。

「では、レオナは体験の中から新しいことを考えつくとか、発見するとか、そういう学習能力があると言うのですね？」

「そのとおりだ。この娘はまだ生まれたばかりだ。外見は大人だが、心は幼子と一緒だ。だから、前にわしは言ったのだ。君とレオナは、共に働き、共に暮らすうちに様々なことを学び取っていく必要があるとね」

「じゃあ――」

「もういいだろう、永明君。伝えるべきことは伝えた。これで、わしは消えることにする。では、さらばだ」

と、薬丸博士の映像は永明の言葉を遮り、勝手に別れを言って消えてしまった。

永明は、ロビタ32号を振り返った。

「おい。もう一度、今の映像を出してくれ。まだ訊きたいことがあるんだ」

「申し訳ありません。要請にはお応えできません」

「何故だ？」

「映像出力は一度きりと、本物の薬丸博士が設定していました。今のが、その一度です」

「くそ！　あの爺さんめ！」

と、永明は悪態をついて、老人の代わりにロビタ32号を睨みつけた。

3

ロビタ32号に連れられ、永明とレオナは、ふたたびエレベーターに乗った。

さらに二階下に、こぢんまりしたロボット研究室があった。壁際にはコンピューター・パネルやモニター、検査装置が並び、部屋の中央には、大きな病院にある総合断層診断装置に似た、ベッドと工作機械を組み合わせたような複雑な機械があった。天井からは、四本のフレキシブル・アームがぶら下がっている。

ロビタ32号は、その機械の前へ進んだ。

「これが、薬丸博士の新発明で、ロボット用統合型メンテナンス装置です。レオナ5号や私などが壊れた時には、この装置の中に入れてください。多少の故障であれば、この機械が自動的に修理してくれますから」

しかし、永明はその説明をほとんど聞いていなかった。

彼の視線は、奥の壁に三つ並んでいる、カプセル型ブースに注がれていた。

「――6号じゃないか」

と、多少の驚きと共に言い、歩みよって、永明は透明なカバーの中を覗きこんだ。

「はい。薬丸博士が、連州捜査局から回収して、修理を施しました。もう完全に修復は終わっています。御希望であれば、起動しますが」

と、ロビタ32号は言い、ブースの脇に並ぶボタンに手を伸ばした。

人間そっくりのアンドロイド――まさにヒューマノイドというに相応しいロボット――それが、レオナ6号だった。

5号も6号も、死んだ恋人のエリカにそっくりな顔をしている。だが、5号は全身銀色なので、普段はそのことを忘れていられる。これまでだって、ロボットであるという意識しかなかった。

しかし、6号はそうはいかない。人工毛髪や人工皮膚を用いて外観が作られており、パッと見たところは、人間とあまり違いがない。動きだすと、ますます人間と見紛うような感じだった……。

永明は、レオナ6号の容貌をじっくり観察した。つくづく、よくできていると思ったほどだ。どの道、これらレオナの場合、体が二つあっても、人格サブルーチンは一つしかない。今の自分に必要な体と能力は、明らかに銀色の5号の方である。

永明はブースから目を逸らし、手を振って、ロビタ32号に頼んだ。

「6号の起動は必要ない。このまま、眠らせておいてくれ」

「了解しました」

透明な頭の部分で、チカチカと光が発し、寸胴型のロボットは、永明の命令を受諾した。

4

エレベーターのドアがあくと、湖面をわたる風が永明とレオナを優しく取り囲んだ。少し涼しく感じる風だった。

空を見ると、富士山から西の空にかけて、薄灰色の雲が発達しつつあった。

「山梨でも東京でも、今夜、雨が降る確率は、九十パーセントです。アメダス・レーダーの情報が知りたいですか」

と、レオナも空を見上げながら尋ねた。

「いいや、いい。それより早く本部へ帰ろう」

そう言って永明は、着陸台を、〈シャボン玉〉の方へ歩き始めた。レオナも後ろから付いてくる。

ロボット・ヘリは、二人の姿を察知して、ガルウイング・ドアを両側とも開いた。〈シャボン玉〉はジャイロを回転させ、静かに飛翔しはじめた。永明に、日本一の高さを誇る富士山の優美な姿を見せるため、あえてゆっくり飛んでいるかのようだった。

〈シャボン玉〉が河口湖上空まで来た時、二列目の座席に座る永明は、前列に座る銀色のロボットに声をかけた。

「――レオナ。考えたら、お前にまだ礼を言っていなかったな。いろいろとありがとう」

ちょっとぶっきらぼうな言い方になったが、それでも精一杯、感情を込めたつもりだった。

「何がですか、永明捜査官？」

レオナは肩越しに振り返り、不思議そうに尋ねた。

「ここ何日かの、お前の活躍だよ。お前がいなかったら、今回、俺が担当した事件を解決できたかどうか解らない。本当にありがたく思っているんだ」

「ですが、マック堀口を取り逃がしてしまいました」

「それはお前が悪いわけじゃない。俺があいつを、もっと疑うべきだった。何もかも俺の責任さ。それに、中国人マフィアやマック堀口に殺されずにすんだのは、間違いなくお前のお陰だ。だから、もう一度、礼を言わせてくれ。ありがとう」

すると、アイアン・レディは静かに瞬きし、軽く微笑んだ——少なくとも、永明には、彼女が笑ったように見えた。

「礼には及びません、永明捜査官。私は、あなたの守護ロボットです。あなたのことを守り、あなたの仕事を助け、あなたの役に立つことが私の使命ですし、義務なのですから——」

だとしても、永明は、人間がロボットに対して感謝しても、何も悪いことはないと悟ったのだった。

あとがき

だいぶ前から、近未来を舞台に、男性の刑事と、女性型ロボット（アンドロイド）の組み合わせで、事件を解決していくＳＦミステリーを書きたいと思っていた。感じとしては、手塚治虫先生のマンガ『旋風Ｚ』みたいなもので、パートナーの女性型ロボットは、男性刑事の守護者でもある。

二人の映像的イメージにおいては、やはり手塚治虫先生が制作した長編アニメーション『火の鳥２７７２』の、ゴドーとオルガが近いかもしれない。

まあ、その他、石森章太郎先生のマンガ『ロボット刑事』とか、アイザック・アシモフのＳＦ小説『鋼鉄都市』と『はだかの太陽』とか、ＴＶのＳＦドラマ『ALMOST HUMAN/オールモスト・ヒューマン』とかいったものが、間違いなく、影響を及ぼしている。

で、実際に書いてみたのが、この『アイアン・レディ』というわけだ。

そして、書いてみたら、無性に面白くて仕方がない。こんなに、自作に惚れ込んだのも珍しい。だから、第二弾、第三弾も、どんどん書いていきたいと思っている。

今回の〈誕生〉編は、背景や舞台や世界観の紹介もあるから、わりと活劇重視にしてみた。それから、理屈抜きに読んで面白いものを目指した。

第二弾『アイアン・レディ〈密室殺人〉』は、題名どおり不可能犯罪を扱って、本格ミステリー寄りになる予定である。乞うご期待！

この本は、親指シフト・キーボードと親指シフト入力を用いて書きました。
日本語入力コンソーシアム（http://nicola.sunicom.co.jp/）

二階堂黎人　（にかいどう・れいと）

1959年東京生まれ。中央大学理工学部卒。1990年、第一回鮎川哲也賞に『吸血の家』佳作入選。92年に『地獄の奇術師』でデビュー。二階堂蘭子シリーズが人気を博す。主な作品に『聖アウスラ修道院の惨劇』『人狼城の恐怖』『鬼蟻村マジック』『クロノモザイク』など多数。

アイアン・レディ

●

2015年8月31日　第1刷

著者…………二階堂黎人《にかいどうれいと》

装幀…………スタジオギブ（川島進）
装画…………荒川眞生

発行者…………成瀬雅人
発行所…………株式会社原書房

〒160-0022 東京都新宿区新宿 1-25-13
電話・代表 03（3354）0685
http://www.harashobo.co.jp
振替・00150-6-151594

印刷・製本…………シナノ印刷株式会社

ISBN978-4-562-05199-1, Printed in Japan